SON DISTRACTION AUX COURBES GÉNÉREUSES

UNE ROMANCE DE PETITE VILLE AVEC UNE HÉROÏNE AUX COURBES VOLUPTUEUSES

À LA RECHERCHE DU HÉROS LITTÉRAIRE PARFAIT
TOME DIX-SEPT

MARY E THOMPSON

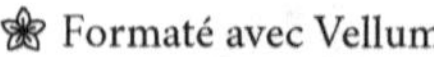 Formaté avec Vellum

À LA RECHERCHE DU HÉROS LITTÉRAIRE PARFAIT

Venez découvrir L'anse MacKellar. Vous y découvrirez tout ce qui fait de cette petite ville un lieu vraiment spécial. Il y a la librairie et le bar du coin. Il y a la boulangerie et la place du village. Et l'amour flotte dans l'air. Prenez un verre, une part de gâteau, et faites connaissance avec votre prochain book boyfriend et votre prochaine book best friend ! Pour ne rien manquer, abonnez-vous à la newsletter de Mary.

LIVRE 17

Son Distraction aux Courbes Généreuses

Omar

Ma réélection n'était censée être qu'une formalité. Mon équipe me soutenait, la ville m'adorait et mon bilan était excellent. Tout se passait bien jusqu'à ce qu'un photographe prenne cette photo de moi.

Ce n'était pas ce que l'on pouvait croire. Oui, elle était à genoux. Oui, je remontais mon pantalon. Mais les apparences étaient trompeuses.

Le fait que j'aie fantasmé sur cette scène précise avec cette femme précise ne signifiait rien. Manifestement, Natalie ne ressentait pas la même chose, et elle ne s'est pas gênée pour me le faire savoir.

Natalie

Le maire par intérim pouvait-il être plus casse-pieds ? Je veux dire, d'accord, c'est un peu mon patron, et il m'a protégée quand ce photographe a pris cette photo de nous. Mais pourquoi a-t-il besoin de comptes rendus réguliers ? Et pourquoi diable a-t-il son mot à dire sur tout ?

Il avait beau être le maire, il n'était pas responsable de mon projet. Il fallait bien que quelqu'un lui dise ce qu'il pouvait faire de ses grands airs, de son entêtement et de ses exigences—

Il m'a embrassée ! En plein milieu d'une réunion. J'étais en train de lui dire où il pouvait se mettre ses recommandations, et j'ai fini par lui enfoncer ma langue dans la gorge à la place.

Était-ce mal de trouver que me disputer avec lui était tout aussi amusant que de me réconcilier ?

Pour L...

OMAR

Ne. Pas. Bander. Surtout pas. Reprends-toi, Omar. Ne te presse pas contre sa main. Mauvaise idée.

Le flash de l'appareil photo juste derrière Natalie Edwards, agenouillée devant moi alors que j'essayais de remonter mon pantalon, a été le rappel dont j'avais besoin : j'étais le fichu maire de L'anse MacKellar.

J'ai levé les yeux vers le photographe, un homme que je n'ai pas reconnu, mais lui, de toute évidence, savait qui j'étais. Le sourire narquois qui s'est dessiné sur son visage lorsqu'il a regardé son téléphone indiquait que la photo semblait bien pire que la situation réelle.

— Eh, ai-je aboyé, attirant l'attention de l'homme.

Il a tourné brusquement la tête dans ma direction, a adressé un sourire narquois à Natalie, puis s'est retourné pour repartir dans la foule.

J'ai commencé à le suivre, puis je me suis souvenu de la magnifique femme à genoux. Je l'avais vue sortir des toilettes et le type qui passait en courant l'avait percutée. Quand j'ai tendu la main vers elle, elle est tombée et s'est agrippée à moi. Mais elle a tout de même heurté le sol, durement.

— Vous allez bien ? ai-je demandé, mon besoin de retrouver ce connard qui avait pris notre photo luttant avec mon besoin de m'assurer qu'elle n'était pas blessée.

Ses yeux noisette se sont écarquillés sous ce rideau de frange que je voulais écarter de son visage pour pouvoir bien la regarder. Elle a serré sa main contre sa poitrine et a levé les yeux vers moi, ces yeux de biche faisant presque autant d'effet à ma bite que sa main.

Même si ses yeux faisaient beaucoup moins mal que son poing.

— Je suis tellement désolée.

J'ai secoué la tête. — Ce n'est rien. Vous n'y pouviez rien. Mais je dois trouver celui qui a pris cette photo et m'assurer qu'elle ne finira pas par ruiner ma réélection. Vous allez vous en sortir ?

Elle a hoché la tête, tendant la main vers le mur pour se soutenir en se relevant.

J'ai pris son autre main et l'ai aidée à se relever. Cette frange a glissé en arrière, révélant davantage son visage lorsqu'elle a levé les yeux vers moi.

Pendant un instant, nous étions seuls. Le bar a disparu, le monde extérieur s'est évanoui. Il n'y avait que nous deux dans ce couloir, ses beaux yeux levés vers moi et mon cerveau qui me disait que l'embrasser était une très, très bonne idée.

— Vous êtes énorme. La façon dont ses yeux se sont écarquillés avant qu'elle ne les referme brusquement indiquait qu'elle n'avait pas voulu dire ça. — Je voulais dire grand. Vous êtes grand. J'ai l'habitude de regarder des enfants, pas des adultes, et vous êtes vraiment imposant. Grand. Je dois y aller.

Avant que je puisse répondre, elle était partie, disparaissant dans la foule, tout comme le photographe.

Bon sang. Il fallait que je le trouve.

Je me suis plongé dans la foule, à la recherche de l'homme avec la photo de Natalie et moi. Hudson Grant, le propriétaire de l'O'Kelley's et un homme bon, était derrière le bar. Je me suis approché.

— Monsieur le Maire, a dit Hudson en m'apercevant. Il ne laissait personne d'autre me servir quand il était là.

— Je vous ai dit de m'appeler Omar.

— On verra. Qu'est-ce que je vous sers ?

— Je cherche un homme. À peu près de ma taille, cheveux bruns, peut-être dans la fin de la vingtaine. Chemise en flanelle et jean. Vous l'avez vu ?

Les sourcils de Hudson se sont haussés un peu plus à chaque mot de ma description. — Euh, j'ai vu un type correspondant à cette description très détaillée sortir il y a quelques secondes. Est-ce que vous…?

— Merci ! Je me suis précipité vers la porte, sans écouter la fin de la question de Hudson.

J'ai esquivé des gens et fait un signe de la main à quelques-uns qui essayaient de m'arrêter, puis je me suis jeté dehors dans la fraîcheur du soir. J'ai regardé à gauche et à droite et j'ai vu un homme qui se dirigeait nonchalamment vers le parc Catherine.

J'ai instantanément regretté mon choix de chaussures, mais je n'avais pas le choix. Je me suis lancé à la poursuite du type, en espérant pouvoir le rattraper et le convaincre de supprimer cette photo.

Il s'est arrêté pour traverser la rue, puis a traversé en trottinant jusqu'au parc.

J'étais à quelques pas derrière lui quand il a quitté le trottoir. Je me suis dépêché de traverser avec lui, puis j'ai parlé. — Il faut que vous vous débarrassiez de cette photo.

Il sursauta et se retourna vivement vers moi, les mains levées pour se défendre.

Je reculai d'un pas et levai les mains à mon tour. — Du

calme. Je sais que vous savez qui je suis. Je veux juste vous parler.

Le type regarda autour de lui, réalisant à quel point nous étions seuls. — Qu'est-ce que vous voulez ? Sa voix se cassa en posant la question, sa fanfaronnade du bar s'était envolée.

— Je veux juste que vous supprimiez cette photo.

— Pourquoi est-ce que je ferais ça ?

Mille raisons se bousculaient dans ma tête, mais s'il avait été prêt à prendre la photo au départ, il était peu probable que ces raisons le convainquent de la supprimer. — Je peux vous payer.

Il haussa les sourcils et son sourire narquois revint.

Merde. Mauvaise réponse.

— Si vous êtes prêt à me payer, quelqu'un d'autre le sera probablement aussi.

— Cette photo… Ce que vous croyez avoir vu n'est pas ce qui s'est passé.

Il sourit et croisa les bras. — Qu'est-ce que vous pensez que je crois avoir vu ?

J'ouvris la bouche pour répliquer, mais je la refermai aussitôt. Admettre quoi que ce soit ne ferait que lui donner des munitions.

Une autre tactique pourrait peut-être fonctionner.

— La femme en question dirige un programme de camp d'été. Une chose pareille pourrait la ruiner.

Le type secoua la tête. — On ne peut pas savoir qui c'est. Le seul visage visible, c'est le vôtre, monsieur le Maire.

— Je ne vous crois pas.

L'homme commença à mettre la main dans sa poche, mais il s'arrêta.

Merde.

— Je ne vais pas tomber dans le panneau. Mais je garde votre offre à l'esprit.

— Cette photo ne fera de bien à personne.

— Si, elle m'arrangera bien, moi. Pensez à tout ce que je peux en tirer. Une belle soirée avec ma copine. Un beau cadeau de Noël pour elle. Je crois que je vais garder cette photo encore un petit moment.

— C'est une mauvaise idée.

Il a eu un sourire narquois et a secoué la tête. — Je ne crois pas, non. Mais passez une bonne soirée, monsieur le maire.

J'avais envie d'étrangler ce petit con, mais ça n'aurait fait qu'empirer les choses. À la place, je suis resté planté là pendant qu'il s'éloignait, emportant avec lui tous mes espoirs de me faire élire maire.

Expliquer une chose pareille aux habitants de L'anse MacKellar allait être quasiment impossible. J'étais le maire par intérim. Provisoire. Uniquement là parce que l'ancien maire était un connard misogyne qui avait essayé de virer la femme qui dirigeait l'office du tourisme.

Et maintenant, quelqu'un avait une photo de moi dans un lieu public avec une femme à genoux devant moi. Je n'avais pas l'air meilleur que le précédent.

Ce qui signifiait que j'allais perdre l'élection. À moins de récupérer cette photo.

Parce que je voulais être maire. Je voulais être élu. J'étais bon dans mon travail. Et le garder signifiait continuer à servir ma ville d'adoption et les gens qui y vivaient.

Y compris la femme qui m'avait mis dans cette situation.

J'AI ÉPLUCHÉ les réseaux sociaux et le journal local pendant des semaines, après Thanksgiving et jusqu'en décembre, et je n'ai vu absolument aucune trace de la photo. J'ai rencontré le conseiller juridique de la ville et on m'a dit qu'il ne pouvait rien faire, car c'était une affaire personnelle et non une affaire municipale. J'ai envisagé d'appeler Ramsey Holland, une de mes connaissances et avocat local, mais j'y ai renoncé. Ramsey avait beaucoup de relations et pourrait facilement devenir un risque tout aussi grand. Je ne m'y attendais pas de sa part, mais je ne le connaissais pas non plus assez bien pour en être certain.

On a frappé à la porte de mon bureau, me tirant de ma dernière tentative pour retrouver l'homme qui avait pris la photo. J'ai invité Jane, mon assistante, à entrer.

— Monsieur le Maire, vous avez de la visite. Mme Rucker du centre communautaire demande si vous êtes disponible.

J'ai hoché la tête et j'ai fait signe à Jane de laisser entrer Amelia. Amelia et moi avions travaillé ensemble sur quelques projets et je la trouvais sympathique et tout aussi dévouée à la défense du centre qu'à celle des enfants qui le fréquentaient.

— Bonjour, Amelia. Comment vas-tu ? ai-je demandé en me levant et en lui tendant la main. Un homme que je ne connaissais pas l'a suivie dans mon bureau.

— Je m'excuse de débarquer comme ça, Omar, mais Harry est passé ce matin et je tenais à ce qu'on te parle de sa proposition.

J'ai souri à Amelia et Harry, curieux de savoir ce que l'homme avait à dire. Il paraissait avoir près de soixante ans, avec des cheveux grisonnants sur les tempes qui formaient une couronne à l'arrière de sa tête. Il portait un jean délavé et une chemise en flanelle, un clin d'œil à l'hiver glacial qui s'était installé dans la région ces dernières semaines.

— Ravi de vous rencontrer, Harry. Que puis-je faire pour toi ?

— Moi de même, Monsieur le Maire. Hum, alors, je suis allé voir Amelia, et elle a insisté pour qu'on vienne directement ici. Je n'avais pas réalisé que c'était si important. Harry a jeté un coup d'œil à Amelia, qui lui a adressé un large sourire.

— Dis à Omar ce que tu m'as dit. À propos du camping.

Un camping ? Ils avaient définitivement piqué ma curiosité.

— Je suis propriétaire du terrain où se trouvait le camping Mountain View. Il n'a pas été ouvert depuis un moment, une décennie peut-être ? Harry a regardé Amelia pour avoir confirmation, et elle a hoché la tête. « Bref, ma femme et moi avons gardé la propriété, en essayant de décider quoi en faire. Nous avions des projets, mais nous vieillissons, et maintenant nous déménageons, nous laissons le froid derrière nous pour partir dans l'ouest où vivent nos enfants, mais nous adorons L'anse MacKellar. Nous adorions voir des enfants au camping, et des familles, et nous détestons l'idée que tout soit simplement détruit et vendu à un promoteur qui ruinera tout ce que cet endroit était. Vous voyez ? »

J'ai acquiescé. Cela n'arrivait pas si souvent à L'anse MacKellar, mais ça arrivait quand même. La région était magnifique, mais relativement préservée. Parfaite pour le bon promoteur, et il était important de les tenir à l'écart et de maintenir l'atmosphère pittoresque de petite ville.

— Ma femme et moi voulons faire don du terrain de camping. Nous avons pensé que ce serait un endroit formidable à utiliser pour le centre communautaire. J'ai suggéré une colonie de vacances, et Amelia est devenue très enthousiaste.

Mes sourcils se sont haussés. Un ancien terrain de camping pour une colonie de vacances ? Ça semblait vraiment parfait.

— Ce à quoi je pensais, a dit Amelia, c'était qu'on pourrait déplacer le nouveau programme que Natalie Edwards a lancé l'été dernier. Elle s'est occupée de toutes les activités en plein air, et son camp a eu un succès fou auprès des plus grands. Elle voulait s'agrandir, mais elle est au centre communautaire, donc il n'y a pas beaucoup de place. Mais si elle reprenait le terrain de camping, elle pourrait accueillir beaucoup plus d'enfants, et nous pourrions développer ce que nous faisons au centre communautaire.

Mon esprit a buté sur le nom de Natalie, et il m'a fallu un instant pour comprendre le reste de ce qu'Amelia avait dit.

— Y a-t-il une demande pour ça?

Amelia a hoché la tête, son sourire s'effaçant.

— Des familles nous ont déjà contactés. L'été est dans plus de six mois, mais les parents qui travaillent à plein temps ont besoin de solutions. On a dû en refuser l'année dernière, et beaucoup d'entre eux ont dû trouver des places dans d'autres programmes en dehors de la ville.

— Ce n'est pas ce que nous voulons.

Amelia a secoué la tête.

— Non, en effet. Mais nos capacités sont limitées. Avec ce terrain, nous pourrions faire plus.

— Tu en as parlé à Mme Edwards?

Amelia a de nouveau secoué la tête.

— Non. Je voulais d'abord t'en parler. M'assurer que tu étais d'accord. C'est un gros projet et, comme le camp de Natalie est sous notre tutelle, c'est un programme municipal. Elle a son propre budget au sein du centre communautaire puisqu'elle répond à une partie de nos besoins, mais elle dépend de mon centre de coûts. Nous n'avons absolument pas les moyens de financer tous les travaux que Harry a mentionnés.

Et voilà. La raison pour laquelle ils étaient venus me voir. L'argent.

— Je sais, je sais, a dit Amelia. Il n'y a pas de budget. Je comprends. Mais ce sera vite rentabilisé. Et comme Harry veut faire don du terrain, nous n'avons qu'à payer les réparations et les rénovations.

J'ai hoché la tête. C'était la meilleure affaire qui soit. Un terrain gratuit. Mais si sa rénovation coûtait plus que ce que nous avions de disponible, et plus que ce que nous pouvions en retirer, était-ce judicieux?

— À quoi ressemble le terrain? ai-je demandé à Harry.

— Il fait un peu plus de deux hectares. Il y avait des raccordements pour trente camping-cars, mais ils sont tous coupés. Il faudra les enlever, cependant. Il y a une vieille caravane qui nous servait de bureau et qui est en assez bon état. Elle n'est pas très jolie, mais elle est fonctionnelle. Elle a probablement besoin d'un bon nettoyage, car personne n'y est allé depuis longtemps. Il y a beaucoup d'espaces de loisirs. Une piscine qui n'a pas été ouverte depuis un moment, mais qui était en bon état la dernière fois qu'elle a été utilisée, un terrain de beach-volley, un terrain de basket et d'autres jeux. Quelques autres choses que vous voudrez peut-être enlever.

— Comme quoi?

— Des foyers extérieurs, des allées carrossables, des tables de pique-nique. Il n'y a pas d'accès à l'eau, c'est pourquoi la piscine est là. Elle était clôturée, mais la clôture n'est plus aux normes et doit être remplacée. La route d'accès est en gravier. C'est… C'est le terrain qui a de la valeur, monsieur le maire. Je ne vais pas vous dire que je vous cède un bien immobilier de premier choix. Il est en mauvais état. Mais je pense que ça pourrait être génial. Je pense que ce sera génial.

Le sourire sur le visage d'Amelia m'a indiqué qu'elle était d'accord. Ce serait un gros chantier, qui risquait de coûter plus cher que sa valeur réelle. Si j'acceptais, c'était quelque chose qui pourrait définir ma campagne. Quelque chose qui pourrait me faire gagner l'élection, ou qui pourrait couler mes chances plus vite qu'une piscine qui fuit.

Mais qui ne risque rien n'a rien. Et ce risque était presque aussi grand que la récompense potentielle.

— Je pense aussi que ça peut être génial.

Amelia a poussé un petit cri de joie.

— Mais. J'ai croisé son regard. — Il faut qu'on surveille le budget. Il faut déterminer ce dont il a vraiment besoin et être malins dans nos décisions.

— Je suis d'accord. Mais ça va être génial. Merci, Omar.

— Oui, merci, monsieur le maire. J'apprécie vraiment votre temps et l'opportunité de faire ça pour la ville.

— Merci, Harry. C'est très généreux de ta part, et c'est un geste énorme de donner ainsi en retour à la ville.

— J'adore cet endroit. Je déteste le quitter, mais je sais que nous reviendrons en visite. Mon aîné vient d'avoir un bébé, et ma femme brûle d'envie d'être là-bas avec leur famille. Notre premier petit-enfant. Harry s'est rengorgé, tel un grand-père fier.

Je n'ai pas pu m'empêcher de sourire. Même sans avoir mes propres enfants, je connaissais la fierté que les gens ressentent quand leur famille s'agrandit. J'avais espéré ressentir ça un jour, mais le destin en avait décidé autrement pour moi. Pas encore, en tout cas.

— Cela va aider tellement de petits-enfants de la région. Tu seras comme leur grand-père honoraire, a dit Amelia. Elle était douée. Elle savait toujours quoi dire.

Harry a tamponné ses yeux et a dégluti difficilement. — Merci, Amelia. Merci beaucoup.

Amelia a pris Harry dans ses bras. — Toi et Sue, vous m'appelez avant de partir dans l'Ouest, d'accord ?

Harry a hoché la tête et s'est dirigé vers la porte. Amelia l'a suivi, puis s'est arrêtée et a dit qu'elle avait besoin d'une minute de plus avec moi, mais qu'elle verrait Harry bientôt.

— Merci encore, monsieur le maire.

— Merci à toi, Harry. Profite bien de ton petit-enfant.

— Je n'y manquerai pas. Merci.

Harry s'est arrêté devant mon bureau et a parlé à Jane tandis qu'Amelia s'approchait de nouveau du mien.

— Le terrain de camping est en piteux état. Je le sais. Et je sais que ça va être difficile, mais si quelqu'un peut y arriver, c'est bien Natalie. Elle est formidable, Omar. Je ne crois pas que tu la connaisses, mais elle est vraiment passionnée par l'aide aux enfants, et c'est une personne exceptionnelle. Laisser ça entre ses mains est la bonne décision.

— Je l'ai rencontrée plusieurs fois, mais je ne la connais pas bien. Ma bite a encore tressailli quand j'ai pensé à son poing enroulé autour. Mais si tu penses que c'est la bonne personne pour mener ce projet, je ne vais pas te dire non. Par contre, je te préviens, j'étais sérieux quand j'ai dit qu'on devait surveiller le budget. Pas de folies.

— Depuis quand m'as-tu vu faire des folies ? a demandé Amelia. Elle avait raison.

— Toi, non, mais ça ne veut pas dire que Natalie ne le fera pas. Laisse-moi quelques jours pour examiner ce que nous avons de disponible et ce que nous pouvons y consacrer. On devra peut-être financer une partie à crédit jusqu'à ce qu'on reçoive les revenus du camp d'été. — On peut aussi organiser des collectes de fonds et demander à la communauté de nous aider. Il y a beaucoup de gens qui seraient prêts à faire ce genre de choses. On a organisé un grand événement dans mon quartier il y a quelques années. Ça a aidé à rénover le centre communautaire. Et chaque semaine, il y a un groupe qui vient faire des petits travaux au centre, encore aujourd'hui. C'est une ville formidable, Omar, et on peut en profiter.

J'ai hoché la tête. — Voyons ce que Natalie nous propose, et on avisera à partir de là. Je te recontacterai en début de semaine prochaine avec un budget, et on pourra se voir tous les trois pour établir un plan.

— Ça me paraît parfait. Merci, Omar. Je suis vraiment emballée par ce projet.

— Je suis content que ça puisse se faire.

Amelia m'a serré la main, puis est sortie de mon bureau, s'arrêtant pour parler quelques minutes à Jane et s'extasier devant les photos de son bébé de onze mois.

Je me suis tourné vers mon ordinateur pour établir le budget du nouveau projet de Natalie. Une fois de plus, le succès de mon élection était entre les mains de Natalie Edwards. Et elle n'en avait pas la moindre idée.

NATALIE

— *N*atalie ! a appelé Amelia à travers le centre communautaire. Il faut que je te parle !

Je suis sortie précipitamment de la réserve située à l'arrière du terrain de basket. La panique dans sa voix m'a mise sur les nerfs alors que je me suis dépêchée de la trouver, une raquette de tennis à la main.

— Waouh ! a dit Amelia, en levant les mains et en s'arrêtant net.

— Tu m'as fait peur. Qu'est-ce qui se passe ?

— Tu vas me frapper avec ça ? a demandé Amelia, un sourire en coin m'indiquant qu'elle n'était pas inquiète.

— J'essayais de voir ce que nous avions comme activités. Je pensais à un nouveau jeu que je pourrais apprendre aux enfants de la colonie de vacances. Quelque chose qui ne prend pas beaucoup de place, vu que nous sommes limités à l'extérieur.

— C'est de ça que je veux te parler. J'ai une nouvelle propriété pour toi. Une immense. Où tu pourrais faire tout ce que tu veux.

Mon cœur s'est emballé pendant qu'elle parlait. Je sentais son excitation vibrer en moi. — De quoi est-ce que tu parles ?

— La réunion que j'ai eue tout à l'heure ? Un couple du coin déménage et veut faire don de son terrain de camping. À nous, pour qu'on l'utilise comme colonie de vacances.

— Tu es sérieuse ? Un terrain de camping ? Ça ferait une tonne d'espace.

— Oui ! a glapi Amelia. C'est parfait. Tu peux faire tout ce dont tu as toujours rêvé. Tu peux t'agrandir. Tu peux accueillir plus d'enfants. Il y a tellement de choses à faire.

— Waouh. C'est… Mon esprit s'est emballé devant les possibilités. Un terrain de camping signifierait tellement d'options. Tellement d'enfants que nous pourrions accueillir. Plus que je n'aurais jamais cru possible. On pourrait faire des jeux, être dehors et s'étaler et…

— Natalie !

J'ai secoué la tête, réalisant qu'Amelia me parlait. — Désolée. Mes joues se sont empourprées. Amelia me connaissait bien, et elle était habituée à ma bizarrerie, mais je détestais toujours autant me perdre dans mon monde.

— Tu n'as pas à t'excuser auprès de moi, Natalie. Je sais que tu imagines déjà tout ce que tu pourrais y faire. Mais avant de t'emballer, ce n'est pas parfait.

— Rien n'est parfait.

— C'est vrai, mais cet endroit est probablement encore moins parfait. Le terrain fait deux hectares, mais d'après ce qu'a dit Harry, c'est à peu près le seul point positif. Il faudra y faire des travaux pour que ce soit prêt pour la colonie, mais je pense que c'est possible.

— Je n'ai pas l'argent pour faire beaucoup de rénovations. Mon anxiété est montée d'un cran, et les rêves que j'avais laissés s'insinuer en moi se sont évanouis aussi vite que je les avais fait naître.

— Ne t'inquiète pas de ça pour l'instant. Omar va examiner le budget et voir ce que la ville peut se permettre.

— Omar ? ai-je couiné. Oh, non. C'était déjà assez grave que cet homme soit le patron de ma patronne et qu'il puisse me renvoyer quand bon lui semblerait, mais après la façon dont je l'avais malmené quelques semaines plus tôt, il n'y avait aucune chance qu'il soit de mon côté pour la colonie de vacances.

— J'ai emmené Harry rencontrer Omar un peu plus tôt. Omar a convenu que c'était une excellente option pour la colonie de vacances, et il va nous préparer un budget. Quelque chose que la ville soutiendra, puisque la colonie sera sous l'égide du centre communautaire. Ce ne serait pas à toi de trouver le budget.

— D'accord. Mais s'il y a tant de travail que ça, tu penses que je peux vraiment y arriver ?

Amelia a attrapé mes mains et les a tenues ensemble, les siennes à l'extérieur des miennes. Elle a attendu que je lève les yeux vers elle. — Ma chérie, écoute, ça fait beaucoup. Je sais que ça fait beaucoup. Mais je sais que tu ne penses qu'aux enfants. Ça en vaut la peine pour les enfants. Ça vaut la peine d'aller voir Omar et d'entendre ce qu'il a à dire. Et s'il n'a pas un budget suffisant pour nous, nous trouverons le reste.

— Comment est-ce qu'on fera ?

— Des collectes de fonds, des événements communautaires. On peut aussi organiser certaines de nos soirées de réparation là-bas. Tu sais que les gens aideront.

— Je ne veux pas la charité, Amelia.

— Ce n'est pas la charité, Natalie. C'est pour ça qu'on vit dans un endroit comme L'anse MacKellar. On veille tous les uns sur les autres. On est tous là les uns pour les autres. Tu le sais.

— Je suppose, mais je n'aime pas profiter des autres.

— Parlons d'abord à Omar, et on avisera ensuite. Mais pour l'instant, profite du fait que tu n'as plus à t'inquiéter de créer des jeux pour de petits espaces. Tu vas avoir deux hectares à ta disposition, Natalie. Y compris une piscine.

— Une piscine ?

Amelia a hoché la tête, son sourire s'élargissant.

— D'accord. Je vais garder l'esprit ouvert. Ça pourrait valoir le coup que tout le monde donne un coup de main.

— Oui, absolument. Tu rends un service à la ville, Natalie. Les gens apprécient ça.

J'ai hoché la tête. Elle avait raison. Les parents m'avaient dit si souvent à quel point leurs enfants avaient adoré la colonie l'été dernier. À tel point qu'ils essayaient déjà de s'inscrire pour cet été, des mois avant l'ouverture des inscriptions.

Mais si j'avais deux hectares d'espace, je pourrais accueillir trois ou quatre fois plus d'enfants. Je pourrais offrir tellement plus. Et je pourrais embaucher plus d'adolescents pour m'aider et tout gérer.

C'était un rêve. Tant que ça rentrait dans le budget.

Ça rentrerait. Il le fallait. C'était pour les enfants. Il était hors de question que même un grippe-sou comme le maire Knight dise non à quelque chose pour les enfants de L'anse MacKellar.

MA MEILLEURE AMIE ET COLOCATAIRE, Daisy Lincoln, était tout aussi excitée que moi à propos du terrain de camping. Nous avons passé tout le week-end à rêver à tout ce que nous pourrions faire sur la propriété.

— Ooh, regarde ça, a dit Daisy en tournant son ordinateur vers moi. Elle avait cherché le site en ligne et affichait des photos satellites et de vieilles photographies de l'endroit.

— La piscine est jolie.

J'ai hoché la tête, le regard fixé sur l'écran. Les vieilles photos du camping Mountain View étaient superbes. C'était un terrain de camping, bien sûr, mais il était magnifique. De grands espaces ouverts avec beaucoup de place pour les activités. Du volley-ball et du basket-ball. La piscine était idéale.

Je me demandais juste à quoi ça ressemblait maintenant.

— C'était superbe.

Daisy a ri. — Oh, attends de voir. Ça va être incroyable.

— Tu ne peux pas penser ça. Pourquoi quelqu'un donnerait-il cet endroit s'il était en parfait état ? Amelia a dit qu'il était en piteux état. Je suis sûre que c'est une horreur.

— Et si c'est le cas, on l'arrangera. On le rendra parfait.

— La perfection n'existe pas, lui ai-je dit.

Daisy a balayé mon commentaire d'un revers de la main, comme toujours face à mon pessimisme. Je n'ai jamais vraiment su pourquoi notre duo fonctionnait, mais elle m'avait adoptée comme sa meilleure amie le jour où nous avions emménagé dans notre chambre universitaire. Daisy était joyeuse, pétillante et optimiste en toutes circonstances. Elle enchaînait les rendez-vous galants et c'était la personne la plus heureuse que je connaisse.

Tout le contraire de moi, qui étais anxieuse, tendue et qui m'attendais toujours au pire. Daisy m'a fait comprendre que tout le monde n'était pas mauvais, mais ce n'était pas une leçon que j'ai eu facile à apprendre.

Une leçon que je n'étais toujours pas sûre d'avoir retenue en ce qui concernait les hommes.

— Quand a lieu ton rendez-vous avec le maire ? a demandé Daisy, ramenant l'homme avec qui j'avais le plus de mal au premier plan de mes pensées.

— Mardi. Amelia a dit qu'il préparait un budget, et que nous devions voir ce que nous pourrions faire après ça.

— Alors, élabore un plan. Détermine ce que tu peux faire, ce que tu veux faire. La piscine est indispensable. Ce sera génial pour les enfants. Et tu as besoin d'un espace dégagé pour les activités. Les terrains de basket et de volley seront parfaits. Et un parking pour les employés et les parents. Oh, et pourquoi pas un court de tennis ou un terrain de foot ? Je veux dire, avec deux hectares, tu pourrais faire à peu près n'importe quoi. Une grande zone abritée serait aussi super pour protéger les enfants du soleil. Des tables de pique-nique et un barbecue, pour que tu puisses organiser un déjeuner pour les campeurs une fois par semaine ou quelque chose dans le genre. Il y a tellement de choses que tu pourrais faire.

J'ai hoché la tête, m'imaginant tout cela. Ce serait incroyable. J'avais hâte d'aller voir à quoi l'endroit ressemblait, de me lancer et d'en faire exactement ce que je voulais.

— Je ne pourrai peut-être pas tout faire, mais ce serait génial. À terme.

— Bien sûr. À terme. Daisy a fait défiler d'autres photos et a rêvé avec moi jusqu'à ce que mon téléphone sonne, annonçant un message. — C'est lui ?

Mes joues se sont échauffées sous son ton taquin. Je parlais avec un homme en ligne. Je n'aurais jamais pensé que je serais du genre à faire des rencontres en ligne, mais cela me donnait l'occasion de prendre du recul et de rassembler mes pensées avant de répondre.

Non pas que cela ait mené à une connexion instantanée. J'avais rencontré quelques-uns des hommes avec qui j'avais discuté en ligne et ça n'avait pas marché, mais ma dernière compatibilité me donnait l'impression de ne pas être si bizarre que ça.

J'ai attrapé mon téléphone sur la table basse et j'ai souri.

— Qu'est-ce qu'il a dit ? a demandé Daisy. Elle était heureuse pour moi, même s'il n'y avait pas de quoi se réjouir. Nous discutions, nous n'étions pas fiancés.

J'ai lu le message et j'ai secoué la tête. — Il m'a demandé quel était mon moment préféré de la journée."

— Il a une drôle de manière de flirter, a dit Daisy en plissant le nez. Elle était mignonne, blonde et pulpeuse, et souriait et riait tout le temps. Elle attirait l'attention des hommes partout où nous allions.

— On apprend à se connaître.

— Tant qu'il te plaît, c'est ce qui compte.

Je me suis levée du canapé pour pouvoir lui parler sans avoir Daisy sur le dos. — Je vais aller lui parler."

— Amuse-toi bien. Daisy a attrapé la télécommande et a allumé la télé.

Je suis allée dans ma chambre et j'ai fermé la porte, me glissant sous les couvertures pour lui parler.

C'EST GÊNANT

J'adore la fin de soirée. J'ai une colocataire, et c'est ma meilleure amie, mais elle est du matin. Je suis plus discrète qu'elle, et le soir, quand elle ralentit le rythme, j'ai l'impression de pouvoir respirer un peu mieux.

GRANDE VILLE CONVERTIR

Pareil. Pas pour la colocataire, mais pour le fait de ralentir et de pouvoir respirer.

C'EST GÊNANT

Qu'est-ce que tu aimes faire le soir ?

GRANDE VILLE CONVERTIR

Faire un tour en voiture. J'adore sortir pour me vider la tête. Et toi ?

C'EST GÊNANT

Les voitures, ce n'est pas mon truc. Je préfère m'installer pour lire un livre. Quelque chose de calme, de solitaire. Je passe beaucoup de temps avec des gens pendant la journée et j'aime être seule le soir.

GRANDE VILLE CONVERTIR

Moi aussi. Je travaille dans un endroit très
fréquenté, mais conduire a toujours été un
moyen pour moi de me vider la tête.
Remonter la rivière et trouver un petit coin
pour manger un morceau.

C'EST GÊNANT

Plat préféré ?

GRANDE VILLE CONVERTIR

Question difficile. Il n'y a pas grand-chose
que je n'aime pas, mais je crois que ce que
je préfère, ce sont les grillades. C'est un
plaisir dont je n'ai pas souvent l'occasion de
profiter.

C'EST GÊNANT

On ne fait jamais de barbecue. J'aime bien.
Ça me rappelle mon enfance. Mon père
adorait faire des grillades en été.

GRANDE VILLE CONVERTIR

Tu as grandi dans le coin ?

J'ai hésité. Nous n'avions pas échangé beaucoup d'informations personnelles. Ça faisait un mois qu'on se parlait, et il
était logique qu'il cherche à en savoir plus.

J'ai pris une grande inspiration et j'ai répondu.

C'EST GÊNANT

Un peu au nord, mais oui, dans la région des
Mille-Îles. Et toi ?

GRANDE VILLE CONVERTIR

Non, pas du tout. Plus au sud de l'État, plus
près de New York.

C'EST GÊNANT

Qu'est-ce qui t'a amené ici ?

GRANDE VILLE CONVERTIR

Des vacances avec mon ex-femme. Quand
on s'est séparés, j'ai déménagé ici. J'ai
adoré et j'ai voulu revenir. L'ambiance petite
ville était exactement ce que je cherchais.

Ex-femme. Je ne m'y attendais pas du tout. Je n'étais pas
sûre non plus de ce que j'en pensais. Il était honnête, mais
est-ce que ça me convenait ? Est-ce que ça voulait dire qu'il
avait des enfants ? Est-ce que ça voulait dire qu'il en voulait ?

C'était pour ça que je ne sortais avec personne. Mon
cerveau s'emballait, partant dans une spirale sans rien savoir.

GRANDE VILLE CONVERTIR

Je t'ai fait peur avec cet aveu ?

C'EST GÊNANT

Je suis en train de réfléchir.

GRANDE VILLE CONVERTIR

Merci pour ton honnêteté. Pour tout te dire,
ça fait des années. Il y avait beaucoup de
raisons, mais au final, ce n'était pas un bon
mariage. Pas d'enfants, et aucun regret que
mon mariage soit terminé.

C'EST GÊNANT

Merci de me l'avoir dit.

GRANDE VILLE CONVERTIR

Ça t'angoisse un peu moins à mon sujet ?

C'EST GÊNANT

Si seulement tu savais à quel point cette
question est drôle. Mais oui.

GRANDE VILLE CONVERTIR

Peut-être qu'un jour, tu pourras me le dire.

C'EST GÊNANT

Peut-être un jour.

Comme je n'ai pas eu de ses nouvelles pendant quelques minutes, j'ai branché mon téléphone et je me suis préparée pour aller au lit, en rêvant à tout ce que je voulais faire pour la colonie de vacances.

AMELIA et moi nous sommes retrouvées au centre communautaire mardi matin. Elle était excitée par notre réunion de budget avec le maire Knight, mais moi, j'espérais juste ne pas vomir.

— Puisque la neige s'est arrêtée, je pense qu'on devrait aller jeter un œil au terrain de camping aujourd'hui. Je n'y suis pas allée depuis des années, mais j'adorerais y jeter un coup d'œil.

— Ça me va, lui ai-je dit. J'étais curieuse de voir l'endroit, moi aussi. J'étais prête à commencer à le nettoyer et à le rendre fonctionnel pour l'été.

Amelia a insisté sur le fait que je n'avais besoin de rien apporter, alors nous sommes montées dans son véhicule utilitaire sport et nous nous sommes dirigées vers la mairie. Elle s'est garée sur une place visiteur et nous nous sommes dépêchées d'entrer pour échapper au froid qui s'infiltrait à travers nos manteaux.

Amelia connaissait tout le monde. Elle s'est arrêtée pour parler à la moitié des gens que nous avons croisés, leur demandant des nouvelles de leur famille et des détails sur leur vie.

Je ne connaissais aucune de ces personnes. J'ai esquissé un sourire gêné, sans rien dire pendant qu'elle parlait. Je détestais me retrouver dans des situations sociales. Je ne savais jamais quoi dire et j'avais toujours l'impression de déranger, même si j'avais toutes les raisons d'être là.

Nous avons finalement poursuivi notre chemin jusqu'au

bureau du maire, et Amelia a salué chaleureusement la femme assise devant l'entrée du bureau.

— Jane, comment allez-vous ? Est-ce que votre fils dort mieux ?

— Oh, Amelia, merci. Vous nous avez sauvés avec vos conseils. Je ne sais pas comment nous pourrons vous remercier.

— Inutile de me remercier. Ce n'est pas facile d'être parent pour la première fois. Ça fait un moment, mais je me souviens de cette époque, a souri Amelia.

Je suis restée là, me sentant à nouveau complètement déplacée.

— Jane, est-ce que… Oh, Amelia. Tu es là. Mademoiselle Edwards, a dit le maire, apparaissant de nulle part.

Le maire Omar Knight était le genre d'homme qu'il était impossible d'ignorer. Et à côté de qui il était impossible de se détendre.

Amelia ne semblait pas ressentir la même chose.

— Omar, ravie de vous revoir. Merci d'avoir pris le temps de nous parler, a dit Amelia avec un sourire et un clin d'œil à Jane, avant de suivre le maire Knight dans son bureau.

Je les ai suivis comme une enfant qui accompagne ses parents au travail.

Amelia s'est assise et n'a pas perdu de temps avant d'interroger le maire Knight sur le budget. « De quel budget disposons-nous, Omar ? »

Omar a pris une inspiration et lui a donné un chiffre qui a coupé le souffle à Amelia.

— Je sais que ce n'est pas autant que ce que tu espérais, mais c'est le mieux que nous puissions faire pour le moment.

— Omar, vous savez bien que ce sera à peine suffisant pour faire le minimum. Nous avons besoin de plus d'argent, a protesté Amelia.

— Je t'avais dit que je n'étais pas sûr que nous pourrions nous permettre beaucoup.

— Vous et moi savons que nous pouvons faire mieux. C'est pour les habitants de L'anse MacKellar. Le camp d'été aide les familles qui travaillent et qui ont des enfants scolarisés. Les familles qui ont besoin d'un endroit sûr pour leurs enfants.

— Amelia, je ne sais pas vraiment quoi te dire d'autre.

— Dis que tu feras mieux.

Il a gémi doucement. Son regard a croisé le mien et ne l'a plus lâché. — Quels projets avez-vous pour le camping ? Je crois comprendre que c'est vous qui allez vous en occuper.

J'ai ouvert et fermé la bouche, puis j'ai regardé Amelia. Je n'avais pas de proposition toute prête. Je n'avais aucune idée de ce que je voulais faire.

Mais Amelia a hoché la tête, m'incitant silencieusement à parler.

J'ai repensé aux choses dont Daisy et moi avions parlé et je me suis inspirée de ma meilleure amie.

— La piscine doit être réparée pour qu'on puisse l'utiliser. Les enfants vont adorer. Et les terrains de sport remis en état. Un grand préau avec des tables de pique-nique pour pouvoir s'asseoir à l'abri du soleil pendant le déjeuner, et pour les jours où le temps n'est pas terrible. Un parking goudronné serait idéal. Peut-être un terrain de foot, des courts de tennis. Beaucoup d'espace pour que les enfants puissent courir, jouer et profiter de leur été.

Le maire Knight m'a dévisagée comme si j'avais perdu la tête. Son regard s'est durci à chaque suggestion que je faisais. — Il est hors de question de financer tout ça avec le budget.

— Elle voit les choses en grand, Omar. Pas pour tout de suite. Nous savons qu'il faudra du temps pour en arriver là.

— Mais c'est pour les enfants. Ça va aider la ville et offrir aux enfants un endroit sûr. Nous devons faire tout ce qu'il faut.

— Non, a-t-il dit.

Et merde.

3

Quel crétin sans cœur ! Il n'avait aucune compassion. Aucune vision. Aucune sympathie. Croyait-il que tous les enfants avaient de telles opportunités ? Je savais par expérience que ce n'était pas le cas. Il y avait des tas d'enfants à L'anse MacKellar qui ne sortaient que pendant la récréation à l'école. Des enfants qui ne mangeaient qu'à l'école. Des enfants qui n'avaient personne à la maison pour veiller sur eux.

Amelia et moi avions créé un endroit pour ces enfants. Nous leur offrions le genre d'été que des enfants devraient avoir. Et maintenant qu'on nous donnait l'opportunité de le faire pour plus d'enfants, ce grand crétin coincé de maire disait non.

Pas même un peut-être, juste non.

J'étais assise là, les bras croisés, en essayant de ne pas m'agiter, pendant qu'Amelia faisait de son mieux pour le raisonner.

— Omar, tu sais quelle opportunité énorme c'est pour la communauté. Tout ce que ça peut apporter aux familles d'ici.

— Nous ne pouvons pas nous permettre tout ça, Amelia.

Ce n'est pas possible. On ne parle pas d'un budget énorme. On peine à rassembler assez pour payer les réparations nécessaires sur la propriété pour la rendre fonctionnelle pour les enfants. Et ça ? il a fait un geste vers moi, son regard noir suivant sa main qu'il a rejetée. — Ce n'est pas réaliste. Ça n'arrivera tout simplement pas.

— Donne-nous quelques jours, Omar. Une semaine. Natalie n'est même pas encore allée sur le site. Avec le temps qu'il a fait, nous ne pouvions pas y aller. Nous y allons juste après cette réunion. Nous reviendrons dans une semaine avec un plan.

Il a secoué la tête avant même qu'elle ait fini de parler.

Mon cœur s'emballait. Mes paumes étaient moites. La sueur s'accumulait sous mes seins et trempait mon soutien-gorge. J'avais la gorge serrée. Je le voulais, ce projet. Je détestais à quel point je le voulais, mais alors que j'étais assise là à l'écouter tout anéantir, m'arracher mon rêve des doigts, j'avais envie de pleurer. Et de crier. Et de lui dire où il pouvait se carrer ses tenues de luxe et sa voiture de collection.

Oui, je savais tout de sa voiture. Tout chez cet homme criait la haute société et le luxe. Il n'avait aucune idée de ce qu'était la vie sans le privilège de l'argent.

— Je ne vois rien de tout ça se concrétiser, Amelia. Vraiment pas.

— Je comprends, mais nous, si. Nous savons ce que ça pourrait apporter à cette ville. Nous savons que le besoin est là. Et une fois que nous serons allées sur place pour voir les lieux et avoir une meilleure idée de ce qui nous attend, nous pourrons établir un plan plus concret. Tu as dit toi-même qu'on pourrait fonctionner à crédit. Donne-nous une chance, Omar. Laisse-nous une semaine de plus pour voir ce qu'on peut faire avec le budget dont tu disposes, et on avisera à partir de là.

Le maire Knight laissa échapper un long soupir, ce qui n'apaisa en rien l'anxiété qui parcourait mes veines. Il était prêt à dire non, et j'y étais préparée, mais je m'accrochais à cette petite lueur d'espoir que je sentais émaner d'Amelia.

Elle n'allait pas accepter un refus.

— Très bien…

Amelia poussa un cri de joie.

— Mais !

Elle se tut, mais son sourire ne s'effaça pas.

— Mais si vous n'avez pas de plan plus solide, un qui s'inscrive plus étroitement dans ce budget, nous devrons tout remettre à plus tard. Et la seule façon de l'inscrire au budget de l'année prochaine est de couper dans d'autres domaines. Tu sais comment ça marche, Amelia.

— Je sais, Omar. Et je suis reconnaissante que tu nous donnes une chance de trouver une solution. Nous ne te décevrons pas.

— Je l'espère bien. Il me lança un regard noir, ce crétin. — Voyez avec Jane pour convenir d'un nouveau rendez-vous dans mon agenda, et revoyez votre liste d'exigences à la baisse pour quelque chose de plus réaliste.

— Nous le ferons. Promis. Amelia se leva et attrapa mon bras, me tirant de ma chaise. — Merci, Omar.

Amelia me traîna presque hors du bureau, sans me laisser la chance de dire quoi que ce soit d'autre. Elle garda son bras enroulé autour du mien comme si j'étais une enfant sur le point de s'enfuir à tout moment.

— Jane, Monsieur le Maire a accepté de nous revoir la semaine prochaine. A-t-il un créneau de libre dans son agenda ? Amelia sourit à Jane, me tenant fermement contre elle.

Jane cliqua sur quelques touches et fixa l'écran de l'ordinateur. — Euh, il semble qu'il soit disponible mercredi prochain. Le matin ou l'après-midi ?

— Le matin, c'est généralement mieux pour moi. Pas d'enfants dans le bâtiment, dit Amelia.

Jane hocha la tête, souriant à Amelia. — Dix heures, ça vous va ?

— Parfait. Merci beaucoup, Jane. Nous nous verrons alors. Amelia me traîna hors du bâtiment, ne me lâchant que lorsque nous arrivâmes à sa voiture.

Je suis montée dans la voiture et j'ai bouclé ma ceinture de sécurité, en grommelant tandis qu'Amelia contournait le véhicule. Quand elle s'est glissée derrière le volant et a démarré, elle s'est enfin tournée vers moi.

— On doit être raisonnables sur ce qu'on peut faire. J'adore tes idées, mais il n'allait jamais accepter tout ça.

— Je… Il m'a prise au dépourvu.

— Je sais. Et je sais que tu ne partageais que des choses qui seraient géniales, mais il ne voit pas les choses comme nous. Il ne sait pas à quel point c'est difficile pour ces enfants.

J'ai hoché la tête. Amelia n'était pas en colère contre moi. Elle était capable de comprendre les deux points de vue. De comprendre ce dont chacun avait besoin dans une situation.

— Allons voir l'endroit, ensuite on pourra commencer à établir un plan. On pourrait peut-être contacter des entrepreneurs qui peuvent nous aider. Si c'est pour la colonie de vacances, il y a peut-être des entreprises qui feront le travail gratuitement. Beaucoup d'entre elles aiment faire du bénévolat, et leur proposer un projet est un avantage.

J'ai hoché la tête, me demandant comment elle faisait. Comment faisait-elle pour parler aux gens et leur donner envie de l'aider à concrétiser sa vision ? J'arrivais à peine à aligner deux mots la plupart du temps quand je parlais à des adultes, et Amelia avait déjà dix coups d'avance.

Elle a quitté le parking et a pris la direction de la périphérie de la ville, se dirigeant vers l'est en direction du terrain de camping. Elle a conduit en silence pendant quelques minutes, me laissant rassembler mes esprits.

— Qu'est-ce que tu aurais dit quand le maire Knight a demandé ce que tu voulais faire ?

Amelia m'a jeté un coup d'œil.

Je me suis mordillé la lèvre et me suis tordu les mains. Je savais que j'avais dit ce qu'il ne fallait pas, et je voulais comprendre pourquoi.

— Omar s'inquiète des dépenses. Il se présente aux élections à l'automne, ce qui signifie qu'il réfléchit à ce qu'il doit faire pour conserver le soutien des habitants de L'anse MacKellar. Dépenser une tonne d'argent pour un site de colonie de vacances ne va pas lui faire gagner les faveurs des habitants qui vont l'élire.

— Mais c'est pour les enfants. Comment les gens peuvent-ils dire que ce n'est pas bien de le faire ?

— Parce que tous ceux qui vivent ici n'ont pas d'enfants. Toi et moi, on ne tire aucun avantage de l'ouverture de la colonie de vacances, à part un emploi. Aucune de nous n'a d'enfants qui pourraient en bénéficier.

— Mais nous savons que ça fera une différence.

— Oui, c'est vrai. Je le sais. Et je suis pour. Mais si tu prends un couple de retraités qui vit de sa pension et que ses impôts augmentent pour payer une colonie de vacances, sa perspective est différente. Ce couple pourrait dire qu'il veut un nouveau maire. Un qui ne va pas dépenser des fortunes de l'argent de la ville pour quelque chose qui ne profitera qu'à un petit groupe de gens du coin.

— Je… J'ai laissé ses paroles faire leur chemin et je l'ai vraiment écoutée. — D'accord, tu as raison. Je ne vois que le côté positif, mais oui, je comprends ce que tu veux dire.

— C'est pour ça qu'Omar a freiné des quatre fers. Amelia a quitté la route principale pour s'engager sur un chemin de terre à peine assez large pour sa voiture. — Il doit penser à tout le monde. Donc si la ville a dix mille dollars, par exemple, il doit décider s'il vaut mieux dépenser cet argent pour cette colonie ou s'il serait préférable de l'utiliser pour des choses comme la réparation de la promenade le long de la rivière, l'amélioration du parc Catherine, ou encore l'économiser et réduire un tout petit peu les impôts pour tout le monde.

Je comprenais ce qu'elle disait, mais j'ai arrêté d'écouter quand la route a débouché sur une clairière et que j'ai vu le terrain de camping pour la première fois.

C'était... Pas ce que j'espérais. — Waouh.

— Oh la vache, a soufflé Amelia en se garant.

Nous sommes sorties de la voiture et nous sommes restées bouche bée.

Un grand arbre gisait en travers du terrain de basket. Le revêtement avait l'air en bon état, mais tant que l'arbre ne serait pas enlevé, nous ne pouvions pas en être sûres. Il n'y avait plus de filets. Les mauvaises herbes avaient envahi les bords du terrain, rendant impossible de voir où il s'arrêtait.

Nous nous sommes approchées et avons découvert ce qui était censé être le terrain de beach-volley. Il y avait plus de mauvaises herbes que de sable, et là encore, le filet avait disparu. L'un des poteaux était tordu, ce qui signifiait qu'il faudrait le remplacer.

La piscine était couverte, mais la quantité de feuilles sur la bâche m'en a dit plus que je n'avais besoin de le savoir sur son état. La bâche était clairement dans l'eau, mais je ne voulais pas penser à la couleur de cette eau. Et il n'y avait pas de clôture autour de la piscine. Un vieux panneau se tenait à une extrémité, mais les autres avaient complètement disparu.

Des fils et de vieux branchements sortaient de terre sur toute la zone dégagée de la propriété. Trente emplacements de camping. Tous nécessitant des travaux. Les gaines et les connexions devaient être retirées, et toute la propriété devait être creusée depuis chaque emplacement jusqu'à là où ils rejoignaient la route.

— Bon, le camping-car a l'air en bon état, a dit Amelia. Elle avait les mains sur les hanches, son attention fixée sur le camping-car garé non loin de la piscine. — Tu veux y jeter un œil ?

J'ai haussé les épaules. Aucun mot ne me venait. Je ne savais pas si j'étais excitée ou terrifiée. L'endroit était magnifique. Les montagnes des Adirondacks se dressaient au loin. Les arbres se balançaient dans la brise. C'était calme et paisible, un véritable cadeau.

Mais, bon sang, c'était un désastre. Je ne savais même pas par où commencer. Les photos que Daisy avait trouvées en ligne donnaient l'impression d'une tout autre propriété que celle qu'Amelia et moi regardions.

Amelia a ouvert la porte du camping-car et a immédiatement reculé. — Oh, mon Dieu. Ça sent horriblement mauvais là-dedans. Elle a eu un haut-le-cœur et s'est éloignée, laissant la porte ouverte pour aérer l'endroit.

L'odeur est parvenue jusqu'à moi, et j'ai lutté contre l'envie de vomir. C'était un mélange de vieille nourriture et peut-être d'un animal mort. — On ne pourra jamais faire ça.

— Mais si, on peut. L'odeur s'améliore déjà, a dit Amelia.

J'ai secoué la tête. — Je ne parle pas seulement de ça. De tout. Comment peux-tu rester là et penser que c'est possible, d'une façon ou d'une autre ? Tout ce travail, toute cette propriété. C'est trop. C'est trop grand. À quoi est-ce que je pensais quand j'ai imaginé ça ? Pourquoi ai-je cru que c'était possible ?

Amelia s'est mise devant moi, me cachant la vue du camping-car. Elle m'a attrapé les mains. — Natalie, arrête. Écoute-moi. Tu m'écoutes ?

J'ai hoché la tête.

— Ne panique pas. On va prendre les choses une par une. Ça ne va pas être facile.

— Pas facile ? J'ai ri comme une folle. — « Pas facile », ce serait pour un seul de ces problèmes. On a un arbre sur le terrain de basket. Il n'y a aucune chance que la piscine soit fonctionnelle. Le terrain de volley-ball pourrait tout aussi bien ne pas exister. Et cette allée ? Ta voiture a à peine réussi à arriver jusqu'ici. Qu'est-ce qu'on va faire s'il pleut ? Ou si quelqu'un a un gros véhicule ? Ce n'est pas possible. Ça ne va tout simplement pas marcher. Le maire avait raison.

— Non, il avait tort. Ferme les yeux.

Je l'ai fusillée du regard.

— Sois sympa. Elle m'a serré les mains. — S'il te plaît ?

J'ai inspiré, puis je l'ai regretté en sentant l'odeur horrible de la caravane. J'ai expiré, puis j'ai inspiré par la bouche et fermé les yeux.

— Bon, d'abord, tous ces emplacements de camping ont disparu. Le terrain est dégagé et spacieux. Tu le vois ?

J'ai essayé de chasser cette vision que je savais être la réalité. De me débarrasser des branchements et des câbles. Ça m'a pris un instant, mais j'y suis arrivée. — D'accord, je vois. Mais…

— Non, ne va pas trop vite. Concentre-toi sur le grand terrain dégagé. Sans tous ces raccordements, on peut construire cette grande structure dont tu as parlé. Un bâtiment qui pourra accueillir une centaine d'enfants, ou même plus.

— Deux cents, ai-je dit, un sourire étirant mes lèvres. — L'école primaire compte un millier d'élèves, et si on peut en avoir cent au centre communautaire et quatre cents ici, soit deux groupes de deux cents, on devrait pouvoir accueillir tous les enfants qui en ont besoin.

— D'accord, deux cents enfants. Des tables de pique-nique ?

— Oui. Des tas et des tas de tables. Avec un espace libre au milieu. Pour les jeux et autres activités quand le temps n'est pas de la partie.

— On pourrait y organiser des mariages. Une autre façon de financer le lieu.

— Ça pourrait aider.

— Parfait, alors. Garde les yeux fermés. Qu'est-ce que tu vois d'autre ?

J'ai laissé mon imagination prendre le dessus. — La piscine est entièrement clôturée, donc elle est sécurisée. Elle est d'un bleu éclatant et remplie d'enfants.

— Je les entends rire, a dit Amelia.

J'ai eu un petit rire, reconnaissante qu'elle se prête au jeu. — Le terrain de basket a juste besoin d'être remis en état. Celui de volley peut être réparé ou déplacé. Et on peut réaménager les foyers pour feux de camp. Peut-être les regrouper pour qu'il y en ait moins, mais qu'ils soient plus grands, avec des grilles par-dessus pour qu'on puisse s'en servir pour faire des grillades une fois par semaine. Ou peut-être des guimauves grillées. Ce lieu pourrait être utilisé en hiver pour un parcours lumineux en voiture ou pour créer une sorte de paradis hivernal.

— J'aime bien cette idée. Tu trouves des moyens de l'auto-financer.

J'ai soupiré lourdement et ouvert les yeux. — Mais ça n'arrivera jamais.

— Pourquoi pas ?

— Parce que tous ces revenus n'arriveront qu'après qu'on aura dépensé l'argent pour transformer cet endroit. On n'en a pas les moyens.

— Peut-être pas pour tout, pas tout de suite, mais si on élabore un plan, je pense que c'est quelque chose qu'Omar approuvera.

— Mais comment est-ce qu'on va bien pouvoir faire ça ?

— Natalie, tu as déjà fait plus avec moins. Le jardin du centre communautaire n'avait rien de tout ce que tu viens de mentionner. Pourtant, tu as quand même réussi à en faire un endroit amusant pour les enfants. Un lieu où ils meurent déjà d'envie de revenir. On va s'attaquer à tout ça, un projet à la fois.

J'ai inspecté le terrain de camping du regard et j'ai réalisé qu'elle avait raison. Il y avait tellement plus d'espace, et même si le lieu était en piteux état, c'était plus grand et mieux que ce que nous avions déjà.

— Je reconnais ce regard, a dit Amelia.

J'ai penché la tête. — Quel regard ?

— Celui qui dit que tu commences à comprendre. Tu vas trouver un plan. Et Omar l'approuvera.

J'ai pris une grande inspiration et j'ai regardé autour de moi. C'était trop parfait pour ne pas essayer. Pour tout laisser en l'état. — Ça ne va pas être facile.

— Ne dit-on pas que rien de ce qui en vaut la peine n'est jamais facile ?

J'ai pincé les lèvres et secoué la tête. — Ouais, eh bien, ce serait vraiment bien si c'était facile.

— Les habitants de la ville vont aider. Tu sais qu'ils le feront. Je vais parler à mon fils, et on pourra trouver des gens prêts à donner un coup de main. Le nettoyage fera une énorme différence. Rien que le fait de tailler les arbres le long de l'allée, d'enlever l'arbre du terrain de basket et de tondre cette pelouse, et ce sera un endroit complètement différent.

— Qu'est-ce qu'on va faire de ce camping-car ?

Amelia l'a regardé. Elle a posé les mains sur ses hanches et haussé les épaules. — On le brûle ?

J'ai reniflé en riant. — Même si j'adore l'idée, je ne suis pas sûre qu'on puisse se le permettre. Tu penses qu'un de ces bénévoles serait d'accord pour aider à le vider ?

— Il y a peut-être quelqu'un qui n'a aucun odorat.

— Le veinard, ai-je dit.

— Ouais, parce que c'est horrible.

J'ai hoché la tête. — C'est tellement horrible.

Amelia a gloussé. — Allons voir le reste de la propriété. Ensuite, on pourra commencer à établir un plan.

— Ça me va.

AU MOMENT où nous sommes remontées dans la voiture, je voulais tellement ce camp que j'étais prête à commencer les travaux moi-même. Il y avait beaucoup à faire, mais je pouvais le visualiser. Je pouvais imaginer où chaque chose irait. Ce serait parfait.

Si tant est que la perfection existe. Mais on s'en approcherait sacrément, en tout cas. Nous sommes retournées au centre communautaire, et Amelia est allée à son bureau. Je me suis retirée dans le mien et j'ai commencé à rêver à tout ce que nous pourrions faire.

Sur mon tableau blanc, j'ai dessiné un plan du terrain de camping. J'ai ajouté les structures actuelles, y compris les raccordements et le camping-car, puis j'ai fait une liste de tout ce qui devait être fait.

- *Retirer les raccordements*
- *Déblayer et goudronner la route*
- *Nettoyer le terrain de volley-ball*
- *Enlever l'arbre et réparer le terrain de basket-ball*
- *Nettoyer la piscine*
- *Clôturer la piscine*
- *Exterminer les campeurs*

C'était le strict minimum à faire pour ouvrir la colonie et être sûrs qu'elle était sans danger. Si on ne pouvait pas ouvrir la piscine, on devrait installer des barrières tout autour. Les terrains de volley et de basket n'étaient pas indispensables, mais ils rendraient le camp plus amusant et, avec un peu de chance, ne demanderaient pas trop de travail ni d'argent.

La seule chose que je voulais vraiment ajouter, c'était de l'ombre. Mais il n'y avait aucune chance que ça rentre dans le budget.

Peut-être que quelqu'un avait un vieux chapiteau de cirque dont il ne voulait plus. Et que, par miracle, il ne verrait pas d'inconvénient à en faire don à la colonie de vacances.

J'ai secoué la tête et j'ai épinglé ma liste à côté du dessin sur mon tableau blanc. Même si Amelia parvenait à trouver des gens pour aider, il était impossible qu'on arrive à tout faire à temps. Mais je refusais de baisser les bras. Même en n'atteignant que la moitié de l'objectif, ça nous rapprochait du but pour l'été suivant.

Je devais juste mettre mon impatience de côté et accepter que *certaines personnes* ne se souciaient pas autant du bien-être des enfants.

Et ensuite, lui faire changer d'avis.

4

OMAR

J'ai redressé ma cravate en entrant dans la cuisine, alors que le café finissait de couler. J'ai attrapé une tasse, puis j'ai sorti des œufs et du beurre du réfrigérateur, ainsi qu'une miche de pain au levain du garde-manger. Ça allait être une bonne journée.

J'ai siroté mon café tout en faisant cuire des œufs. J'ai mis le pain au levain dans le grille-pain, et il en est ressorti d'un doré clair parfait au moment même où les œufs étaient cuits. Je me suis assis à table et j'ai lu le journal local sur mon téléphone.

J'ai mis la vaisselle sale dans le lave-vaisselle, en me faisant la remarque de le lancer après le dîner, puis je me suis dirigé vers le garage.

— Bonjour, ma belle, dis-je à celle qui faisait toute ma fierté. La Camaro bleu électrique était une occasion récente et me faisait encore sourire chaque fois que j'entrais dans le garage. J'hésitais à la conduire au travail, mais je veillais à passer devant elle tous les jours. Si ma journée se déroulait comme prévu, j'espérais la sortir pour un tour, puisque je n'avais qu'une seule réunion.

Je suis passé devant mon petit bijou et je me suis dirigé vers le véhicule utilitaire sport noir que je conduisais au quotidien. C'était tout de même un bon véhicule, mais il était plus utilitaire qu'autre chose.

La mairie était encore calme quand je suis arrivé, j'ai donc pu parcourir mes e-mails et mettre de l'ordre dans mes idées pour la journée à venir. Cela ne devrait pas être nécessaire, mais comme Natalie Edwards allait de nouveau être dans mon bureau, j'en avais besoin. Cette femme accaparait mes pensées, et je ne pouvais pas la laisser recommencer. Je devais avoir les idées claires quand elle arriverait. Être rationnel.

Ouvert d'esprit.

Ce n'est pas parce qu'elle est arrivée la dernière fois avec un tas d'idées hors de prix pour lesquelles elle n'avait pas le budget, puis qu'elle a essayé de me faire accepter sous prétexte que *c'est pour les enfants*, qu'elle allait recommencer.

Mais si elle le faisait, elle obtiendrait la même réponse que la dernière fois.

J'ai pris une inspiration et j'ai expiré lentement. Cette femme me mettait en colère ou m'excitait. Je ne pouvais lui laisser susciter aucune de ces émotions.

Ma matinée s'est déroulée sans incident, ce qui était une bonne chose. Quand Jane a frappé à ma porte à dix heures moins deux, je m'attendais à ce qu'elle fasse entrer Natalie et Amelia, mais au lieu de ça, elle était seule.

— Je viens de parler à Natalie Edwards, elles ne viendront pas.

— Comment ça, elles ne viendront pas ? ai-je aboyé.

Jane a tressailli.

— Je vous présente mes excuses. Je ne voulais pas déverser ma colère sur vous.

— Ce n'est pas grave. Jane fit tourner sa bague autour de son doigt. Je ne sais pas ce qui s'est passé. Natalie vient d'appeler pour dire qu'elle avait un empêchement et qu'Amelia n'était pas disponible.

— Alors, où se trouve Mme Edwards ?

Jane secoua la tête. — Je ne sais pas.

J'ai verrouillé mon ordinateur et j'ai fermé le dossier sur lequel je travaillais. — Nous nous étions mis d'accord sur cet horaire, n'est-ce pas ?

— Oui, monsieur.

— Et elle appelle à la dernière minute pour dire qu'elle ne peut pas venir ? Que peut-elle bien faire de plus important que ça ? C'est elle qui a dit que c'était pour les enfants. Que tous ses grands rêves devaient se réaliser pour le bien des enfants. Et maintenant, elle ne daigne même pas se présenter ? Croit-elle vraiment qu'elle obtiendra le moindre centime de cette mairie si elle n'a pas de projet concret ?

— Je… Je ne sais pas.

J'ai poussé un gros soupir en secouant la tête, puis j'ai expiré lentement. — Voulez-vous bien rappeler Mme Edwards, s'il vous plaît ?

— Euh, d'accord. Que voulez-vous que je lui dise ?

— Dites-lui que je suis en route pour le centre communautaire pour la voir. Que j'attendais un compte rendu aujourd'hui, et que si elle espère que la ville soutienne sa cause, elle a intérêt à être là pour me recevoir. Je me suis dirigé d'un pas furieux vers la porte, puis je me suis arrêté. — En fait, ne l'appelez pas. Je vais juste débarquer à l'improviste.

J'ai laissé une Jane désemparée plantée au milieu de mon bureau et je suis sorti en trombe.

Quel était le problème avec cette femme ? Avait-elle oublié la réunion que nous avions eue une semaine plus tôt ? Celle où je lui avais dit non quand elle avait exposé toutes ses exigences ? Et maintenant, elle voulait annuler notre réunion au lieu de se présenter pour demander ce dont elle avait besoin.

Pas question. Son budget pouvait être réduit à zéro, et elle pouvait perdre son emploi si elle continuait à se montrer aussi irrespectueuse.

J'ai claqué la portière de mon véhicule utilitaire sport et, dix minutes plus tard, je suis entré d'un pas rageur dans le centre communautaire. L'endroit était silencieux, comme une école après les cours. J'avais honte d'admettre que je n'avais jamais mis les pieds dans le bâtiment, donc je n'avais aucune idée de l'endroit où trouver qui que ce soit.

— Il y a quelqu'un ? ai-je lancé, en espérant que quelqu'un se manifesterait pour m'orienter vers Mme Edwards. De préférence dans un lieu public, où nous ne serions pas seuls.

— Bonjour ? a répondu une femme. La femme que je cherchais.

Et, bon sang, c'était une mauvaise idée d'y aller.

Natalie avait relevé ses cheveux bruns haut sur sa tête, mais des mèches folles retombaient sur ses épaules, comme si elle avait passé la main dans sa coiffure et en avait tiré quelques-unes sans s'en rendre compte. Ses yeux noisette étaient écarquillés, et ils s'écarquillèrent encore plus lorsqu'elle m'aperçut.

— Monsieur le maire, a-t-elle lâché. Elle a jeté un regard vers la pièce d'où elle venait, comme si elle allait y retourner et m'ignorer.

Je me suis avancé vers elle, sans lui laisser la chance de se cacher. — Nous avions un rendez-vous.

— Oui, et j'ai appelé pour l'annuler. Vous n'avez pas eu mon message ?

— J'ai eu votre message. Mais j'avais bloqué ce créneau dans mon agenda pour vous rencontrer. Donc, nous allons nous voir.

— Maintenant ? a-t-elle couiné.

— Oui, maintenant. C'est votre bureau ?

Elle a de nouveau regardé la pièce, et mon regard a suivi le sien.

La pièce était à peine plus grande qu'un placard, et certainement pas un bureau, mais on y avait entassé un minuscule bureau avec une chaise coincée dans un coin. Un classeur occupait la majeure partie de l'espace, surmonté d'un tableau blanc au mur avec un dessin du terrain de camping.

— Vous n'allez pas pouvoir entrer là-dedans, a-t-elle dit.

— On dirait que vous y entrez à peine vous-même.

Elle a eu un mouvement de recul comme si je l'avais offensée, puis a pincé les lèvres. — Je suis consciente de ma taille, Monsieur le Maire.

— Votre taille ?

— Je vous assure que mon poids n'a rien à voir avec ma capacité à diriger cette colonie de vacances.

— Mais quel serait le rapport, bon sang ?

— Vous…

— Moi, quoi ?

— Rien. Nous pouvons monter sur l'estrade. Il y a de la place là-haut. Elle a fait un signe de tête vers la plateforme surélevée tout au fond du gymnase.

Je me suis dirigé dans sa direction, mais elle est entrée dans le bureau. — Vous venez ?

— Si vous insistez pour que nous nous voyions maintenant, je dois aller chercher mes affaires. Si ça ne vous dérange pas.

J'ai hoché la tête et l'ai suivie du regard tandis qu'elle entrait dans son bureau. Elle s'est mise de côté pour se faufiler entre le bureau et le meuble de classement, puis s'est assise sur sa chaise. Elle a fait pivoter son siège pour faire face à l'autre mur, a ouvert un tiroir dissimulé sous le bureau et en a sorti un dossier. Elle a refait le chemin en sens inverse et m'a surpris en train de la regarder au moment où elle est revenue dans le gymnase.

— Je pensais que vous alliez sur l'estrade.

— Vous pensiez aussi que je faisais une remarque sur votre poids. Quand j'ai dit que vous teniez à peine dans votre bureau, c'était un commentaire sur la taille du bureau, pas sur vous. Personne ne pourrait travailler confortablement dans un tel endroit.

— Pardonnez-moi, Monsieur le Maire, mais nous n'avons pas autant d'espace ici qu'à la mairie. Nous préférons consacrer notre temps aux enfants, et chaque bureau est petit pour s'assurer que les espaces communs soient aussi grands que possible.

J'ai hoché la tête, voyant la même étincelle qu'elle avait eue en parlant des enfants auparavant. L'étincelle qui indiquait qu'elle était aussi passionnée qu'Amelia par les enfants avec qui elle travaillait, et qu'elle n'essayait pas seulement de me manipuler pour obtenir ce qu'elle voulait en prétendant s'en soucier. Elle pensait ce qu'elle disait.

Elle a fait un geste en direction de l'estrade, puis m'a suivi. Je me suis assis à l'une des tables et j'ai essayé de ne pas inspirer son parfum quand elle s'est assise en face de moi.

J'ai échoué.

Elle sentait le feutre et la fraise. Une combinaison étrange, mais que je ne détestais pas. Bizarrement.

— Amelia avait un rendez-vous ce matin qu'elle avait oublié et n'était pas disponible pour la réunion. C'est elle qui, euh, assemble les choses et fait en sorte que ça sonne juste.

— Je pensais que c'était votre projet.

— Ça l'est. Mais Amelia est plus douée que moi avec les gens.

— D'accord, je ne suis pas là pour juger vos talents d'oratrice. Je dois savoir ce que vous avez l'intention de faire avec le budget du terrain de camping.

Elle a pris une inspiration, sa poitrine se soulevant. Elle s'est mordu la lèvre inférieure et, bon sang, j'ai dû bouger sur mon siège.

— Le terrain de camping a besoin de travaux. Beaucoup de travaux. Le strict minimum que nous devons faire est de retirer le câblage et les raccordements de tous les anciens emplacements de camping. Malheureusement, cela pourrait signifier beaucoup de travaux d'aménagement paysager par la suite. Il y a un arbre abattu sur le terrain de basket, et le terrain de volley a plus de mauvaises herbes que de sable, mais ma plus grande préoccupation, c'est la piscine.

J'ai ouvert la bouche pour la contredire, mais elle a continué sur sa lancée comme si elle ne m'avait pas remarqué.

— Il faudra beaucoup de travail pour rendre la piscine fonctionnelle, j'imagine, mais que nous le fassions maintenant ou plus tard, la piscine a besoin d'une clôture. En l'état actuel, le service de santé ne nous donnera pas de permis d'exploitation. Il est dangereux de la laisser ouverte comme elle est.

J'ai hoché lentement la tête. Je n'étais pas allé sur les lieux, mais elle avait raison. Toute piscine devait être sécurisée pour empêcher les gens d'y errer. Et pour un camp rempli d'enfants, les règles allaient être encore plus strictes que n'importe où ailleurs. — Pensez-vous que tout cela rentrera dans le budget?

Elle a secoué la tête. — Non. Je sais que ça ne rentrera pas. Nous avons discuté avec des entrepreneurs de ce qu'il faudrait pour tout faire. Nous n'avons pas de devis officiels, plutôt des estimations, mais j'ai un plan. Ce n'est pas simple.

— D'accord, je vous écoute.

Elle a levé les yeux vers moi comme si elle me voyait pour la première fois. La lueur dans ses yeux m'a fait me demander ce qu'elle attendait de notre réunion.

Étais-je vraiment un si gros connard?

— Tout ce que j'ai mentionné constitue la première phase. C'est le strict minimum pour un espace fonctionnel. Idéalement, nous aurions aussi une structure pour que les enfants puissent se mettre à l'abri du soleil et des intempéries, en cas de pluie pendant la journée, mais c'est plus un luxe qu'autre chose.

— Vraiment? Que se passe-t-il s'il y a un orage?

— Il y a une petite caravane sur le site. Elle ne pourrait pas accueillir beaucoup de monde, donc nous serions limités quant au nombre d'enfants que nous pouvons avoir en toute sécurité à l'intérieur.

— Je pensais que le but était de développer les programmes.

— C'est le but, mais si nous n'avons pas le budget pour réaliser ces choses, je ne peux pas l'inventer.

J'ai pouffé devant sa réponse véhémente.

Elle a plaqué une main sur sa bouche. — Je suis vraiment désolée, monsieur le Maire. S'il vous plaît, ne me renvoyez pas pour ça.

— Vous renvoyer ? Pourquoi est-ce que je vous renverrais ?

— Parce que vous ne m'appréciez pas. Et je... vous ai attrapé... Elle a baissé les yeux. — Vous. Et Amelia n'est pas là pour s'assurer que je ne vous dise pas de telles choses, alors je suis sûre que vous allez simplement me renvoyer et je devrai retourner à l'enseignement, ce que je détestais, mais je le ferai parce que j'adore cette ville et j'adore les enfants d'ici et...

— Natalie ! Arrêtez. S'il vous plaît. Je ne vais pas vous renvoyer. Prenez un instant.

Elle a refermé la bouche. Son visage était rouge, ses yeux affolés balayaient la pièce en évitant de se poser sur moi. Elle a passé les mains dans ses cheveux, s'arrêtant en atteignant la queue de cheval qui retenait la majeure partie de sa chevelure. Elle a retiré ses mains, puis a arraché l'élastique de ses cheveux et a laissé les mèches tomber librement dans son dos.

Putain, cette femme était une tentatrice. Et elle ne le savait même pas. Elle ne faisait pas ça pour me provoquer, elle était juste décontenancée.

Elle a ébouriffé ses cheveux, puis les a enroulés dans sa main, y passant ses doigts jusqu'à ce qu'elle tienne toute sa chevelure dans une seule main. Elle a enroulé l'élastique autour de la queue de cheval et a de nouveau attaché tous ses cheveux en un chignon sexy sur le dessus de sa tête.

Un chignon que je voulais désespérément défaire. Un chignon que je voulais dénouer avec mes doigts.

Je me suis éclairci la gorge pour éliminer la tension qui s'était emparée de tout mon corps.

— Je suis désolée, a-t-elle dit, détournant toujours le regard. — Je ne voulais pas rendre les choses si gênantes. J'ai l'impression de faire ça tout le temps, c'est pourquoi j'ai annulé la réunion. Amelia est meilleure que moi.

— Tout va bien, ai-je grogné. Pouvait-elle entendre le désir dans ma voix ? Merde. Je devais me ressaisir. — Quelle est la deuxième phase ?

— La deuxième phase concernerait la structure. Amelia a suggéré de l'utiliser pour des mariages, et j'ai pensé que nous pourrions utiliser la propriété pour créer une sorte de pays des merveilles hivernal. Nous essayons de trouver d'autres moyens pour que la propriété rapporte de l'argent à la ville afin qu'elle ne soit pas un fardeau financier.

— Ce sont de bonnes idées, ai-je dit.

Son regard a de nouveau croisé le mien. — Merci.

— Avez-vous d'autres idées ? D'autres phases ?

Elle a hoché la tête. — Je... Il y a beaucoup d'espace sur la propriété. Presque trop pour une colonie de vacances. Les enfants pourraient facilement s'y perdre, alors j'envisagerais plusieurs structures pour accueillir différents types de camps. Peut-être un camp scientifique, un camp axé sur le sport, un pour le théâtre, et un camp plus général qui regrouperait tout ça. On pourrait construire une plus grande piscine. Voire même y déménager l'intégralité du centre communautaire. Mais tout ça, c'est du très long terme. La troisième phase serait de clôturer la propriété.

Alors qu'elle parlait et que son enthousiasme grandissait, j'ai hésité à marquer mon accord, mais j'adorais la regarder parler. Elle était passionnée par ce projet. Elle s'illuminait en parlant des options et des idées qu'elle avait. C'était communicatif et je me suis laissé emporter.

Quand elle a eu fini d'exposer ses pensées, je me suis penché vers elle, la distance qui nous séparait se réduisant. Mon regard a glissé sur ses lèvres.

Elles se sont entrouvertes, et sa légère inspiration m'a pétrifié.

Bon sang. J'ai oublié où j'étais. Ce que je faisais. Il fallait que je fiche le camp d'ici. — On devrait peut-être finir ça une autre fois.

— Je pensais… Oui, c'est une bonne idée, a-t-elle convenu lentement.

Je me suis levé, en me détournant d'elle pour qu'elle ne voie pas l'effet qu'elle me faisait. — Je vais demander à Jane de vous recontacter pour fixer un autre rendez-vous.

— D'accord. La voix de Natalie était douce, timide.

J'ai descendu les escaliers jusqu'au sol du gymnase, mettant de la distance entre nous, puis je me suis retourné pour la regarder. Le jean qu'elle portait était ample autour de ses jambes mais moulait ses hanches. Son haut était un simple t-shirt, celui d'un vieux groupe de musique, bien usé et qui semblait doux. Elle était dans son élément, prête à tout ce que les enfants lui feraient subir quand ils arriveraient dans quelques heures.

— Amelia sera là plus tard, ou vous êtes seule avec les enfants ?

Ma question l'a fait sursauter et elle a secoué la tête. — Je ne serai pas seule. Nous avons du personnel qui vient pour l'après-midi.

J'ai hoché la tête, sans trop savoir pourquoi je posais la question. — Bien. J'ai reculé de quelques pas, puis je me suis arrêté à nouveau. — Nous aurons une autre réunion, Mme Edwards. Vous avez d'excellentes idées. Je pense que quelques options de collecte de fonds seraient également une bonne chose. Pour ce qui est de ce que vous m'avez dit aujourd'hui, je suis d'accord avec votre évaluation actuelle et ce qui doit être fait avant que vous puissiez ouvrir.

Un sourire a effleuré ses lèvres, mais elle l'a étouffé en se mordillant la lèvre. — Merci, Monsieur le Maire.

— J'attends de vous que vous me teniez informé de ce que vous faites, cependant. Et plus d'annulations de réunions. Ce n'est pas très professionnel, Madame Edwards.

Sa gorge se contracta tandis qu'elle déglutissait. Elle a hoché la tête comme une enfant réprimandée plutôt que comme une adulte assumant la responsabilité de ses actes.

Je ne voulais pas qu'elle se sente dans un cas comme dans l'autre.

— Ce projet est important. Je le sais. Mais cela signifie que j'ai besoin de savoir tout ce qui se passe. J'ai besoin d'être tenu informé à chaque étape. Je peux aider à faire avancer les choses, mais seulement si je sais ce qu'il faut faire.

— Merci.

J'ai hoché la tête. Elle n'avait pas bougé de la scène avec moi, ce qui signifiait que chaque pas que je faisais m'éloignait d'elle. C'était une bonne chose. J'avais besoin de prendre mes distances avec elle.

Mais je ne voulais pas prendre mes distances avec elle. Je

voulais m'asseoir à cette table et apprendre tout ce qu'il y avait à savoir sur elle.

Mais je ne le ferais pas. Chat échaudé craint l'eau froide, comme on dit. Je n'étais pas fait pour partager ma vie avec quelqu'un, et se rapprocher impliquait de partager des choses. Les rendez-vous sans lendemain et le sexe encore plus occasionnel me convenaient mieux.

Et rien de tout cela ne s'appliquait à une femme comme Natalie Edwards.

Il valait mieux que je parte.

— Merci pour votre temps aujourd'hui, Madame Edwards.

— Merci, Monsieur le Maire.

J'ai acquiescé une dernière fois, puis j'ai tourné les talons et j'ai quitté le bâtiment.

Une fois dehors, j'ai pris une grande inspiration d'air froid, le laissant pénétrer et m'emplir. Ce n'était pas une douche froide, mais il faudrait que ça suffise jusqu'à ce que j'aie terminé ma journée et que je puisse aller faire un tour en voiture pour chasser loin de moi toute pensée de Natalie Edwards.

Là où elles devaient rester.

5

NATALIE

J'ai écouté la porte se refermer derrière le maire et j'ai failli m'écrouler. Je pouvais enfin respirer maintenant qu'il était parti.

Je ne pouvais pas être attirée par le maire. Impossible. C'était une mauvaise idée. C'était la pire des idées. Il était hors de ma portée. Et de loin. Ces regards qu'il me lançait…

Je les avais mal interprétés. Il n'était pas attiré par moi non plus. C'était juste un moment chargé d'émotions et…

Mince, je n'en savais rien. Mais il était impossible que le maire Omar Knight veuille vraiment de moi. Peu importe ce que le regard dans ses yeux me laissait croire. J'avais bien trop souvent mal interprété les regards des hommes dans ma vie et je savais qu'essayer de deviner ce qu'il pensait serait un désastre encore plus grand que la dernière fois où j'avais cru qu'un homme me regardait avec désir.

Oh, non. Cette fois-là, c'était embarrassant. Après avoir discuté quelques semaines avec un type sur À la Recherche du Héros Littéraire Parfait, nous nous sommes rencontrés en personne. Nous avons dansé et nous nous sommes embrassés, pour finalement découvrir qu'il se servait de moi pour rendre son ex jalouse. Ça a marché, et elle me l'a piqué juste sous le nez. Ce n'était pas vraiment le voler, puisqu'il voulait que ça arrive.

Je n'étais pas attachée, donc ce n'était pas bien grave, mais cette fois-ci ? Non. Le maire Knight était quelqu'un avec qui je devais travailler. Je ne pouvais pas me laisser emporter par mes propres fantasmes. Je devais rester lucide.

— Est-ce que j'ai bien vu Omar partir ? m'a demandé Amelia, me tirant de ma rêverie à propos de l'homme en question.

— Ouais, ai-je répondu en m'éclaircissant la gorge, tout en rassemblant les papiers éparpillés sur la table. Il est venu pour cette réunion.

— Je croyais que tu allais à son bureau. Amelia m'a lancé son regard de mère sévère, un sourcil haussé, une main sur la hanche et les lèvres pincées en signe de désapprobation. Tu l'as fait venir ici ?

— Non, ai-je répondu en secouant la tête. Ce n'est pas le cas.

— Alors pourquoi était-il là ?

— Parce que j'ai annulé la réunion, ai-je avoué à voix basse.

— Natalie. Je pensais que tu étais d'accord avec ça.

— Moi aussi, je le pensais ! Puis je suis arrivée ce matin et j'ai su que je n'en étais pas capable.

— Mais si, tu en es capable. Je sais que tu peux y arriver. Tu es tellement passionnée par la colonie de vacances, et quand tu le montres, c'est communicatif. Mais il faut que tu veuilles le montrer.

— Je l'ai fait. Enfin, je crois. Il a dit qu'il était d'accord avec ce que j'ai dit sur le fait de tout régler avant l'ouverture de la colonie.

Amelia a affiché un large sourire. — C'est une excellente nouvelle ! Vous avez parlé des différentes phases ?

J'ai hoché la tête. Il m'a relancée, me donnant une chance de formuler mes pensées sans avoir l'impression de bâcler les choses. — Oui. Je crois qu'il était d'accord avec tout, mais je n'en suis pas entièrement sûre.

— Comment ça ?

— Il veut qu'on se revoie la semaine prochaine. Toutes les deux.

— Ce n'est pas mauvais signe. Ça veut dire qu'il est prêt à nous suivre. Il ne laisse pas tomber.

— Il a mis fin à notre entretien assez brusquement, ai-je dit, en me mordant la lèvre pour taire l'effet que son regard me faisait avant que le maire Knight ne fiche le camp.

Peut-être qu'il a lu mes sentiments sur mon visage, et que ça l'a fait fuir. Mince. J'essayais de ne pas lui montrer que j'étais attirée par lui. Je ne voulais pas me pencher en avant pendant que nous parlions, mais ça a dû le déranger.

— Il avait probablement d'autres réunions. Il est très occupé, surtout avec Noël dans dix jours et les gens qui prennent des congés pour les fêtes. Jane a dit qu'aujourd'hui était le seul jour où il était disponible, donc il devait probablement avoir un autre rendez-vous.

— Oui, tu as sûrement raison.

Amelia a hoché la tête. — Ne t'inquiète pas. On se réunira avec lui la semaine prochaine et on verra à partir de là. En parlant des vacances, nous sommes au complet pour la pause. À quoi tu penses pour les activités ?

Je me suis plongée dans les préparatifs des vacances d'hiver et j'ai laissé mes pensées pour le maire Knight s'évanouir.

LA SEMAINE SUIVANTE, le seul jour où le maire Knight était disponible pour une réunion tombait deux jours avant Noël.

C'était le dernier jour d'école avant les vacances d'hiver, et le dernier jour de garderie de l'année.

C'était une sacrée journée chargée. Un jour où Amelia ne pouvait pas se libérer pour rencontrer le maire. Quelle que soit l'importance de la réunion.

— Je suis désolée, Natalie, vraiment, mais tu peux t'en occuper. Tu as déjà eu une réunion avec lui.

— Et ça ne s'est pas bien passé.

— Quoi ? Je pensais que tout s'était bien passé. Tu m'as dit qu'il était d'accord avec toi sur la proposition et les différentes phases. Que s'est-il passé ?

Merde, merde, merde. Je ne pouvais pas dire à ma patronne que j'avais pensé à embrasser son patron pendant la réunion. Ça ne passerait pas du tout. — Tout allait bien. Désolée. Je suis juste maladroite. Je n'ai pas l'impression d'avoir tout bien expliqué, et je…

— Natalie, tout va bien. Tu dois arrêter de douter de toi. Franchement, je ne sais même pas pourquoi il veut que je sois là. Je ne suis pas impliquée dans le projet, à part être ta patronne. Je te fais entièrement confiance.

— Oui, mais tu diriges le centre communautaire.

— Et un jour, tu le dirigeras aussi, Natalie. Si tu le veux. Je n'ai aucun doute que tu en es capable.

— Où est-ce que tu vas ? ai-je demandé, la panique montant en moi.

Amelia a ri. — Nulle part. Mais un jour, je pourrais prendre ma retraite et profiter de mes vieux jours avec moins d'activités. Chaque matin en sortant du lit, je me découvre une nouvelle douleur.

— Tu es encore jeune, ai-je dit.

Amelia se mit à rire de plus belle. — Tu es adorable. Mon âge ne me pose aucun problème. Je sais que l'alternative au vieillissement, c'est de mourir jeune, et ce n'est pas non plus ce que je veux. Mais je sens que je vais bientôt avoir besoin de lever le pied. Pas tout de suite, mais un jour. Et je dois penser à qui prendra la relève. J'espère que ce sera toi.

Je ne savais pas quoi répondre. Je voyais la manière de faire d'Amelia, sa façon de parler aux gens et de donner l'impression que tout était si facile. C'était une patronne extraordinaire, juste, gentille et créative, et j'étais convaincue que je ne pourrais jamais faire tout ce qu'elle faisait.

— Tu n'as rien à décider pour l'instant. Mais ce que je veux que tu fasses, c'est d'aller à cette réunion avec Omar et d'adopter mon attitude. Tiens-lui tête s'il en demande trop. Et des réunions hebdomadaires, c'est trop. Je ne vois pas vraiment quel est l'intérêt de la réunion d'aujourd'hui. Nous n'avons pas pu avancer à cause de la période chargée de l'année et de la météo.

Le ton d'Amelia m'a fait m'interroger sur la réunion, moi aussi. Je n'y avais pas pensé quand le maire Knight l'avait demandée la semaine précédente, mais son arrivée au centre communautaire m'avait troublée et angoissée.

Pourquoi avions-nous besoin de nous voir ?

La question tournait en boucle dans ma tête pendant que je retournais à mon bureau pour rassembler mes affaires. Mais quelles affaires ? Je n'avais aucune nouvelle information. Je n'avais rien programmé. Personne ne faisait grand-chose tant que les fêtes n'étaient pas terminées. Je m'étais renseignée.

Je suis sortie de mon bureau les mains vides, car je n'avais rien de nouveau à montrer au maire. J'ai pensé à annuler la réunion, mais après sa réaction la dernière fois que je l'avais fait, je savais que je devais me présenter, même si je n'avais rien à lui présenter.

J'ai dit au revoir à Amelia et je suis partie pour ma réunion avec le maire Knight. L'hôtel de ville était calme quand je suis arrivée, beaucoup de gens étaient soit partis pour les fêtes, soit sortis pour d'autres réunions. J'ai penché pour la première option.

Jane était assise derrière son bureau quand je suis arrivée et m'a dit que je pouvais entrer. La porte du bureau du maire Knight était ouverte, alors j'ai pénétré à l'intérieur, avec l'impression d'entrer dans l'antre de la bête.

Il avait la tête baissée, concentré sur une pile de papiers devant lui. Il avait l'air fatigué, comme si son travail l'épuisait.

J'ai pris une seconde pour apprécier l'homme, la courbe de ses doigts, la masse de ses épaules musclées, et même la barbe qui couvrait sa mâchoire. Je me suis demandé quelle sensation elle procurerait contre ma peau. Mon pouls s'est emballé à cette pensée, et j'ai dû faire un bruit, car il a levé les yeux vers moi.

Son regard s'est ancré dans le mien, et quelque chose d'intense et d'intime est passé entre nous. J'étais figée, clouée sur place, comme s'il m'avait jeté un sort qui limitait mes mouvements.

Que me ferait-il si c'était le cas ?

J'ai secoué la tête, rompant le contact visuel et brisant la tension qui régnait dans la pièce.

— Amelia est-elle avec vous ? a-t-il demandé.

— Elle n'était pas disponible. Aujourd'hui, c'est notre dernier jour de garderie périscolaire avant les vacances d'hiver, et elle a beaucoup de choses à préparer, car demain, nous aurons les enfants toute la journée.

— Pourquoi n'avez-vous pas reporté cette réunion ? a-t-il aboyé, comme s'il m'en voulait d'être venue.

Sa frustration m'a exaspérée. — Ce n'est pas moi qui ai demandé cette réunion, monsieur le Maire. C'est vous. Et la semaine dernière, vous avez piqué une crise quand j'ai annulé une réunion à la dernière minute parce qu'Amelia n'était pas disponible.

Il a pris une inspiration et a hoché la tête. — Vous avez raison. Je vous présente mes excuses.

— Je vous remercie.

Il a acquiescé d'un signe de tête.

Je me suis assise de l'autre côté du bureau, reconnaissante de l'imposante barrière qui nous séparait. Il était deux fois plus grand que la minuscule table à laquelle nous nous étions assises la semaine précédente, et constituerait une division bien plus importante à franchir.

Non pas que j'allais le faire. Je ne pouvais pas. Je ne le ferais pas. Je devais garder une attitude professionnelle.

— Alors, quelles sont les nouvelles ? a-t-il demandé après une minute de silence.

— Aucune.

— Aucune ?

J'ai secoué la tête. — Tous les entrepreneurs à qui nous avons parlé la semaine dernière ont dit qu'ils ne prenaient pas encore de réservations pour le printemps et qu'il fallait les recontacter après les fêtes. Ils ont des projets à terminer pendant l'hiver, et leurs plannings peuvent dépendre fortement de la météo, donc tout est en suspens pour le moment.

— Vous êtes en train de me dire que vous n'avez aucune nouvelle information. Qu'Amelia ne pouvait pas être là. Et que vous n'avez fait aucun progrès ?

J'ai résisté à l'envie de grogner contre cet homme. Comment osait-il me remettre en question ? Ce n'était pas moi qui avais voulu cette réunion. Ce n'était pas moi qui avais besoin de tout microgérer. — C'est exactement ce que je suis en train de vous dire. J'adorerais avoir plus de nouvelles à vous donner, mais nous ne faisons rien sur le chantier en ce moment. Pas avec les vacances d'hiver la semaine prochaine. Amelia vous dirait la même chose si elle était là en ce moment, mais ce n'est pas le cas, car elle s'occupe des préparatifs pour les vacances.

— Deux semaines, a-t-il aboyé. — Je veux que vous soyez de retour ici dans deux semaines, et je veux un compte rendu.

— Et ensuite ? Allez-vous nous donner plus d'argent ?

— Nous n'avons pas plus d'argent.

— Alors pourquoi dois-je revenir ici dans deux semaines ? Pourquoi dois-je même revenir ? Êtes-vous comme ça avec tous vos services ? Est-ce que vous micro-gérez tout le monde ? Faites-vous en sorte que tout le monde réponde à vos exigences irréalistes ? Comment diable arrivez-vous à faire quoi que ce soit si vous rencontrez tous les deux semaines chaque employé municipal qui a un projet en cours ?

Il s'est levé de son siège, se penchant vers moi comme il l'avait fait la semaine précédente, mais cette fois d'une manière bien moins amicale. — Vous n'avez pas fait vos preuves. Vous recevez un énorme bonus avec cette propriété offerte. Vous n'avez jamais mené un projet comme celui-ci, et je ne sais pas si je peux vous faire confiance pour agir au mieux pour la ville.

J'ai imité sa posture, me levant de ma chaise et me penchant en avant. — Vous ne pouvez pas me faire confiance ? Vous plaisantez ? Non. Ce n'est pas la vérité.

— Alors, quelle est-elle ? Puisque vous semblez si bien me connaître ?

— Vous ne m'aimez pas, Monsieur le Maire. Vous l'avez clairement montré. Vous avez quelque chose contre moi. Je ne sais pas ce que c'est, mais vous avez décidé que j'étais le problème et que vous ne vouliez pas que je prenne le contrôle de quoi que ce soit. Vous voulez juste me faire taire et...

Il m'a embrassée. Putain de merde, il m'a embrassée.

Ses lèvres se sont écrasées contre les miennes, et sa

brusque inspiration a indiqué que c'était un choc aussi grand pour lui que pour moi.

Je devrais reculer. Je devrais arrêter ça. Je devrais résister.

Mais je ne le pouvais pas.

Mes mains ont agrippé sa chemise et l'ont tiré plus près. J'ai entrouvert les lèvres sous les siennes et passé ma langue sur ses lèvres.

Il a grogné et m'a saisie. Ses mains ont plongé dans mes cheveux, inclinant ma tête sur le côté, et il m'a dévorée comme s'il avait été affamé de moi, de la même façon que j'étais moi-même affamée de lui.

Mes cuisses ont heurté son bureau, ce qui m'a rappelé que nous étions dans son bureau. J'avais envie de dire que je m'en fichais, que l'embrasser faisait disparaître tout le reste et que plus rien n'avait d'importance, mais nous étions dans son bureau.

N'importe qui pouvait entrer et nous voir. Prendre une autre photo de nous.

— Bordel, ai-je soufflé en rompant notre baiser et en le relâchant.

Il m'a lâchée immédiatement, les yeux toujours fermés, tandis qu'il serrait les poings le long de son corps.

— Monsieur le Maire...

— S'il vous plaît, ne m'appelez pas comme ça. Il a ouvert les yeux et m'a captivée avec le même besoin que celui qui se reflétait dans les miens. — S'il vous plaît.

— Omar, je...

— Et ne me dites pas que c'était une erreur. Simplement... vous pouvez partir. On se voit dans deux semaines.

J'ai hoché la tête, ne sachant de toute façon pas ce que je voulais dire. Il valait mieux que je mette de la distance entre nous. Mieux pour tout le monde.

J'ai adressé un sourire forcé à Jane, puis j'ai fichu le camp du bâtiment. J'ai dit à Amelia que nous avions une autre réunion dans deux semaines, puis j'ai baissé la tête et travaillé le reste de la journée, sans absolument pas ressasser le baiser torride que le maire Omar Knight m'avait donné.

Je me suis réveillée le lendemain matin, les draps enroulés autour de mes chevilles et le corps échauffé et excité par les rêves que j'avais faits d'Omar toute la nuit.

Ça n'allait pas du tout. J'étais fatiguée, j'étais excitée, et j'allais être entourée d'enfants toute la journée.

Au moins, je n'avais pas à m'inquiéter des parents.

Je me suis traînée jusqu'à la douche et je me suis lavée rapidement avant d'aller à la cuisine. Daisy n'ouvrait pas le magasin avant dix heures, alors elle dormait encore. Je me suis préparé un café sans faire de bruit, en lui en laissant un peu, et j'ai attrapé une banane et un bagel, puis je suis partie pour la journée.

Amelia était déjà à l'intérieur et préparait les jeux quand je suis arrivée. Nous avions une feuille sur la table de l'entrée pour que les parents et tuteurs signent à l'arrivée et au départ des enfants. J'ai chassé encore plus loin Omar de mes pensées et j'ai aidé Amelia à se préparer pour l'arrivée.

À six heures pile, les premiers parents ont traîné leurs enfants aux yeux ensommeillés à l'intérieur, certains les aidant à enlever leurs vestes et leurs bottes avant de ranger leurs affaires dans un casier pour plus tard.

Il n'a pas fallu longtemps avant que les bruits des ballons de basket qui rebondissent, des enfants qui rient et des baskets qui crissent ne soient la seule chose à laquelle je pouvais prêter attention.

C'était ce dont j'avais besoin. Pas d'Omar Knight et de ses baisers bien trop tentants. Pas de pensées à son sujet qui m'ont empêchée de dormir la moitié de la nuit. Non, j'avais juste besoin de me souvenir de qui j'étais et de la raison pour laquelle j'étais dans son bureau, au départ.

C'était pour les enfants. Toujours pour les enfants. Pour que nous puissions faire naître des sourires sur leurs visages tout l'été quand ils viendraient au camp de vacances. Pour que nous sachions qu'ils étaient en sécurité et bien traités tout l'été.

Le maire Knight allait aider à ce que cela se réalise, mais c'était tout ce qu'il allait faire. Il allait aider. C'était son travail en tant que maire.

Et mon travail à moi était de rester loin de lui et de ne pas perdre la tête pour un homme qui ne sortirait jamais avec quelqu'un comme moi. Il devait rester un fantasme. Pour de bon.

6

Le premier jour des vacances d'hiver a été un succès, mais j'étais fatiguée en rentrant à la maison. Mais bien moins que Daisy. Ma meilleure amie, toujours si joyeuse, faisait de longues journées à l'approche des fêtes de Noël et avait l'air épuisée quand elle est rentrée du travail la veille de Noël.

— Tu vas bien ? ai-je demandé, alarmée par les cernes sombres sous ses yeux et le regard vide de ses prunelles bleues.

Elle s'est effondrée sur le canapé à côté de moi. — Je suis si fatiguée. Je n'avais pas imaginé à quel point cette ville avait besoin d'un magasin de jouets à Noël.

— Je pensais que c'était l'une des choses que tu avais étudiées avant d'ouvrir Lincoln Toys.

Elle a hoché la tête, la laissant tomber contre le dossier du canapé. — Ouais, mais il y a tellement plus de monde que ce que j'avais imaginé. Le stock est presque épuisé, et certains clients n'étaient pas contents quand ce qu'ils voulaient n'était plus disponible.

— Le magasin est fermé jusqu'à l'année prochaine. Et les gens qui attendent la dernière minute doivent accepter que c'est de leur faute. En plus, ça me prouve que tu as assuré pour ta première saison des fêtes.

Elle a souri et a hoché la tête. — Tu as raison. C'est une bonne chose que ça marche aussi bien. C'est ridicule de me plaindre que mon commerce ait du succès six mois après son ouverture. J'ai aussi rencontré tellement de gens. Et je comprends que l'année prochaine, je devrai embaucher plus de personnel pendant les fêtes pour ne pas m'épuiser autant.

J'ai souri, émerveillée par la rapidité avec laquelle elle arrivait à voir le bon côté des choses. Elle m'impressionnait quotidiennement, mais la voir se ressaisir ainsi alors qu'elle était à bout de forces était une chose que je ne lui avais jamais vue faire. — Prends des notes maintenant pour ne pas oublier d'ici le prochain Noël.

Elle s'est levée et s'est dirigée vers son sac à main près de la porte, a fouillé dans la poche où elle gardait son téléphone et l'a ramené pour s'asseoir à nouveau sur le canapé. — Comment s'est passée ta journée ? Comment s'est passé ce premier jour de rush des vacances d'hiver ?

J'ai haussé les épaules. — C'était bien. Une journée chargée, mais les enfants se sont amusés et sont tous impatients de revenir la semaine prochaine.

— Tu t'amuses toujours avec les enfants. Tu es si douée avec eux. Quelles activités as-tu prévues ?

Elle tapait pendant que je parlais. — Nous avons des récréations en extérieur, alors tous les enfants ont apporté leurs affaires de neige. On a passé beaucoup de temps au gymnase. Trinity s'occupera des activités manuelles deux jours la semaine prochaine, ce qui aidera à rythmer un peu les journées."

— Ce sera chargé, mais ça va être amusant. Pour les enfants et pour toi."

— Je l'espère. Tu pars quand pour aller voir tes parents ?"

Daisy avait fermé sa boutique et pris toute la semaine de congé entre Noël et le Nouvel An pour pouvoir rendre visite à ses parents. — Je vais partir tôt le matin. Ils voulaient que je vienne ce soir, mais en y réfléchissant, ça m'a inquiétée de conduire si tard."

— Je te comprends."

Daisy a hoché la tête, puis a posé son téléphone sur la table. — Tu as déjà mangé ?"

— Non. J'ai fait des lasagnes."

Elle a gémi. — Tu sais comment me gâter."

J'ai reniflé et je l'ai suivie jusqu'à la cuisine. — Oui, comme si ce n'était pas réciproque." Celle qui rentrait la première à la maison cuisinait. Nous faisions les courses pour certains repas chaque semaine, mais aucune de nous ne s'en tenait jamais à un plan fixe. Nous aimions avoir une idée, mais rester flexibles sur ce que nous cuisinions et quand.

— Oui, eh bien, tu aurais pu attendre que je sois partie pour faire des lasagnes." Daisy s'est coupé une grosse part avant d'en couper une tout aussi grosse pour moi.

— Je n'aurais pas fait ça. J'aurais dû les faire hier pour être sûre que tu déjeunes."

Ses joues ont rougi, me confirmant qu'elle avait sauté le déjeuner, encore une fois.

— Tu dois prendre soin de toi."

— Je sais ! Je ferai mieux après les fêtes."

— Bonne résolution du Nouvel An", l'ai-je taquinée.

Elle a ri bruyamment et a hoché la tête. C'était devenu une blague entre nous que l'année suivante, nous ferions toutes les choses que nous disions devoir faire. Perdre du poids, sortir avec des gens, rencontrer de nouvelles personnes, boire plus d'eau. Nous ne nous y tenions jamais, et en décembre, nous en étions revenues au même point, à faire les mêmes promesses que nous faisions toujours.

— On arrivera peut-être à en tenir une, l'année prochaine.

— Peut-être.

Nous avons mangé en silence pendant quelques minutes, tandis que la télévision diffusait le film que j'avais mis plus tôt. Les lasagnes étaient bonnes. Très fromagères, mais l'ajout d'une couche de nouilles de courgette et de dinde hachée leur donnait une saveur différente de celle des lasagnes à la viande traditionnelles.

— C'est vraiment bon, a dit Daisy. — Il faudra qu'on les cuisine comme ça à chaque fois, maintenant.

— C'est exactement ce que j'étais en train de me dire.

Daisy a gloussé. — On devrait peut-être essayer de tenir quelques-unes de ces résolutions l'année prochaine.

— Lesquelles ?

— Ajouter des légumes, ça semble être une bonne idée.

J'ai hoché la tête et j'ai ri avec elle.

Elle a soupiré. — Il faut que je demande de l'aide. Que j'accepte que je ne peux pas tout faire.

— Ça va être dur pour toi. Tu ne demandes jamais d'aide.

Elle a ri. — Je sais ! C'est pour ça que je dois le faire. Il y avait une gamine dans le magasin aujourd'hui avec sa mère, et j'ai dû me retenir de lui crier dessus alors qu'elle touchait à un des jouets.

— Sérieux ? Daisy ne perdait jamais patience. Je l'admirais pour ça, mais apprendre qu'elle avait failli craquer aujourd'hui était préoccupant.

— Je n'ai jamais été aussi fatiguée de ma vie. J'adore Lincoln Toys, et j'adore travailler à mon compte, et je suis si heureuse d'avoir pu emménager ici avec toi, mais ça n'a pas été facile. Cette dernière année a été à la fois la meilleure et la pire de ma vie.

— Je suis désolée, ma chérie. Pourquoi tu ne m'as rien dit ?

Elle ricana. — Vois ma résolution.

J'ai reniflé. — Touché.

— Et toi ? Laquelle veux-tu tenir ?

— Je veux toutes les tenir.

Daisy secoua la tête. — Mais non. Nous le savons toutes les deux. On prend ces résolutions en se basant sur ce qu'on pense devoir vouloir, pas sur ce qu'on veut vraiment.

— Je veux arriver à mieux parler aux gens.

— Peut-être que ça devrait être ta résolution.

— Arriver à mieux parler aux gens, ce n'est pas une résolution.

— Tu as raison. C'est un objectif. Alors, quelle devrait être ta résolution ? Parler à un inconnu une fois par semaine ? Un inconnu adulte ?

Je l'ai fusillée du regard, détestant le fait qu'elle lisait dans mes pensées à la seconde même où l'idée me traversait l'esprit.

Daisy éclata de rire. — Tu es si prévisible.

— C'est ça, cause toujours. La tienne est plus facile.

— C'est toi qui dis ça. Combien de fois as-tu demandé de l'aide récemment ?

J'ai plissé le nez et j'ai su qu'elle avait raison. Je n'étais pas douée pour ça non plus. — C'est pour ça qu'on ne tient pas nos résolutions.

Daisy a ri et s'est penchée, posant sa tête sur mon épaule. — C'est vrai, mais c'est aussi pour ça qu'on en est au même point année après année sans rien changer. Je sais que tu attends plus de la vie.

Les larmes me sont montées aux yeux en hochant la tête. — Oui.

Ce mot murmuré a suffi à Daisy. Elle n'a pas insisté, et elle n'en a pas eu besoin. Elle avait fait passer son message, pour nous deux.

Nous avons fini le film et nous nous sommes traînées jusqu'à nos chambres. Je l'ai écoutée se préparer à se coucher dans sa chambre et je me suis demandé ce que l'année à venir nous réserverait à toutes les deux.

Tout ce qui concernait le terrain de camping était encore en suspens jusqu'à ce que le temps s'améliore et que nous puissions commencer à y travailler. J'étais déterminée à faire tout ce qu'il faudrait pour qu'il soit prêt pour l'été, mais à moins de pouvoir avancer dans le nettoyage, ce ne serait pas prêt à temps pour cet été.

Les inscriptions pour la colonie de vacances ouvraient officiellement le premier mars.

Bon sang. Je commençais à comprendre pourquoi Omar voulait qu'on se voie dans deux semaines. Il savait ce que je venais de réaliser. Je devais faire avancer les choses. Vite.

Est-ce que j'y arriverais si je suivais le conseil de Daisy et parlais à des inconnus ? Si je me mettais en avant ? Ou est-ce que j'allais juste empirer les choses parce que les gens ne m'aimaient pas ?

Je n'avais ni la nature communicative de Daisy ni la prestance imposante d'Amelia. J'étais une de ces personnes discrètes, heureuse d'être loin des projecteurs et prête à laisser les autres mener la danse.

Mais cette colonie, c'était mon bébé. C'était mon rêve. Et personne d'autre n'allait réaliser mes rêves à ma place. Si je la voulais, je n'avais pas d'autre choix que de foncer.

Ce qui signifiait sortir de ma zone de confort, et oui, demander de l'aide à des adultes inconnus.

Que Dieu me vienne en aide.

LA SEMAINE suivante est passée en un éclair, et le calendrier a basculé sur la nouvelle année. Daisy est revenue de sa visite dans sa famille, reposée et heureuse, prête à s'attaquer à la nouvelle année avec sa bonne résolution de demander de l'aide déjà entamée.

— Mon père a chargé la voiture pour moi, et ma mère m'a renvoyée avec de la nourriture pour que je n'aie pas à m'arrêter ailleurs que pour l'essence. Mes neveux et nièces étaient contents de jouer avec les jouets que je leur avais apportés et m'ont donné des avis très honnêtes sur ce qu'ils aimaient. Daisy était fière de ses réussites.

Et c'étaient de véritables réussites. Demander de l'aide à sa famille me semblait facile, mais Daisy n'avait jamais eu l'impression d'en être capable. Sa famille était géniale, mais ils étaient tous comme elle et faisaient tout par eux-mêmes, alors demander aux autres était un défi depuis sa naissance. L'inné et l'acquis s'étaient ligués contre Daisy pour lui dicter de tout faire toute seule.

Et elle bravait les deux pour s'améliorer.

Bon sang. Mais tant mieux pour elle.

— Qu'est-ce que tu fais de beau aujourd'hui ? me demanda-t-elle. Ce lundi après le jour de l'An, nous étions toutes les deux de retour au travail et heureuses de replonger dans nos routines habituelles.

— Je suis au centre communautaire aujourd'hui. Amelia voulait parler de la colonie de vacances, car nous devons prendre certaines décisions."

— Tu penses que tu vas réussir à faire fonctionner le terrain de camping ?"

J'ai haussé les épaules. — Je ne sais pas. Quand nous y étions, ça représentait beaucoup de travail."

— Et tu vas demander de l'aide, n'est-ce pas ? dit Daisy.

J'ai renâclé. — Oui, oui. Quand j'aurai compris ce que je dois faire."

— Je croyais que tu allais organiser des collectes de fonds."

— C'était l'idée d'Amelia, mais j'ai l'impression de faire la manche. S'il vous plaît, venez me donner de l'argent, puis donnez-m'en encore plus pour la colonie."

— Oui, mais c'est ce que tu dois faire pour que ça se réalise. Tu ne peux pas simplement ignorer le budget."

— Je n'ignore pas le budget. Mais je vais faire ce que je peux. Je vais peut-être passer un peu de temps là-bas plus tard dans la journée. La compagnie d'électricité a confirmé que tout sur le site était complètement coupé, et comme le sol s'est un peu réchauffé ce week-end, je veux voir si je peux déterrer certaines de ces lignes."

— Toute seule ?"

J'ai haussé les épaules. — Si ça ne marche pas, je trouverai autre chose, mais je dois essayer. C'est beaucoup de travail, Daisy."

— Je sais, mais… je m'inquiète pour toi.

— Ça ira. Je ne le ferai pas si c'est trop difficile. Je te le promets.

— Sois prudente. C'est assez isolé, là-bas.

— Je ne suis pas inquiète. Et puis, je n'y resterai pas longtemps.

— S'il te plaît, envoie-moi un texto quand tu y vas. Comme ça, si tu ne rentres pas, je saurai que je dois m'inquiéter.

— Je le ferai.

— Merci.

— De rien.

AMELIA SORTAIT de son bureau lorsque je suis entrée dans le centre communautaire vingt minutes plus tard.

— Ah, vous êtes là ! Parfait. Pouvons-nous parler de la colonie de vacances ?

— Oui, laissez-moi juste poser mon manteau dans mon bureau.

— Bien. Je vais chercher mes notes.

J'ai hoché la tête, inquiète qu'elle ait des notes. Je n'avais pas réalisé qu'il y avait matière à prendre des notes.

J'ai attrapé un bloc-notes et un stylo sur mon bureau et j'ai retrouvé Amelia sur scène pour parler de la colonie de vacances. Et de tout ce qui pouvait bien lui trotter dans la tête.

— La semaine dernière s'est bien passée, vous ne trouvez pas ?

J'ai acquiescé. — Oui. Nous avons fait salle comble, mais les enfants se sont beaucoup amusés. Et ça a été d'une grande aide pour les parents.

— Je suis d'accord. C'est pourquoi je pensais que nous avions l'occasion de transformer votre colonie de vacances en bien plus qu'une simple colonie de vacances.

— Que voulez-vous dire ?

— Eh bien, pour les vacances d'hiver, celles de printemps, les jours de pont et ce genre de choses, les parents se démènent pour trouver un endroit où laisser leurs enfants. Les demi-journées, les sorties anticipées, tout ça s'accumule. Et si nous avions un moyen de garder tous les enfants, tous ces jours-là ?

— Tous ces jours-là ? ai-je demandé.

Amelia a affiché un large sourire, comme si c'était l'idée du siècle. — Oui ! Je veux dire, nous avons dû limiter le nombre d'enfants que nous accueillions ici par manque de place, mais vous et moi savons pertinemment que beaucoup d'autres avaient besoin d'un endroit où aller. Les parents au foyer gardaient les enfants de ceux qui travaillaient et certains prenaient simplement des jours de congé. Ils ne peuvent pas faire ça toute l'année. Ce n'est pas raisonnable. Mais maintenant, nous avons l'espace nécessaire.

— Mais ce n'est pas un espace intérieur. Le terrain de camping est... C'est impossible à réaliser avec le budget que nous avons.

Amelia a hoché la tête. — Je sais. Et je n'essaie pas de dire que nous devrions changer ce que vous avez prévu, mais je pense que c'est une immense opportunité pour nous. Une chance d'améliorer la vie de tant de parents.

— Comment ? Mais comment diable pourrions-nous faire tout ça ?

— Nous procéderions par phases, comme vous l'avez dit à Omar. La première phase comprendrait toutes les exigences pour garantir la sécurité, plus la structure pour protéger les enfants des intempéries. Mais je pense que nous devrions faire en sorte que cette structure soit utilisable toute l'année. Quelque chose dont on pourrait ouvrir toutes les fenêtres en été, mais qui serait fermé et chauffé en hiver.

Mon esprit s'emballait pour tenter de suivre ce qui, de toute évidence, n'était pas une idée nouvelle pour Amelia. Quand elle m'avait approchée pour la première fois au sujet de la colonie de vacances, j'étais enthousiaste, mais ça... C'était dix fois plus ambitieux que ce que j'avais imaginé.

— Je ne sais pas si ce sera possible.

— Je sais que vous avez besoin de temps pour réfléchir, c'est pourquoi je vous en parle maintenant. Je pense vraiment que ce pourrait être formidable pour la communauté. Et si nous commencions à organiser des collectes de fonds dès maintenant, il sera plus facile de concrétiser ce projet pour le printemps.

Collectes de fonds. Je détestais ce mot. Pas seulement parce que je détestais demander des choses aux gens, mais parce que cela signifiait généralement parler à des gens. Partager ma vision et mes pensées avec des dizaines et des dizaines d'inconnus.

— Ça fait partie intégrante de la gestion d'un endroit

comme celui-ci, Natalie. Je sais que tu n'aimes pas les collectes de fonds, mais tu vas devoir t'y habituer si tu dois prendre la direction de tout cet endroit un jour.

— Je ne comprends toujours pas pourquoi tu voudrais me laisser les rênes.

— Parce que tu es passionnée par ça. Tu aimes ce que nous faisons ici. Tu aimes ces enfants, et tu aimes cette communauté. Tu es la seule personne à qui j'ai jamais envisagé de léguer cet endroit. Non pas que ce soit à moi de décider, mais personne d'autre ne l'a jamais aimé comme nous deux.

Ma gorge s'est nouée. J'ai avalé ma salive pour faire passer la boule qui s'y était formée. C'était vrai que j'aimais cet endroit, mais je ne pouvais pas m'imaginer entrer dans le bureau du maire et lui parler comme elle le faisait, ou parler à qui que ce soit comme Amelia le faisait. Elle était intelligente et forte. Elle savait trouver ses mots et donner un sens à ses pensées.

Je n'étais rien de tout cela.

Mais j'étais passionnée par les enfants. Et par le centre communautaire. Peut-être que ça pouvait suffire.

— Va-t'en d'ici et réfléchis, a dit Amelia. Je vois bien que ça cogite là-dedans.

— Je viens d'arriver.

— Oui, et je sais que tu as plein de choses qui te trottent dans la tête. Tu y verras plus clair si tu vas là où tu as besoin d'aller. Mais réfléchis à ce que j'ai dit. Sur le fait de ne pas seulement organiser la colonie de vacances là-bas, mais toutes les colonies.

J'ai hoché la tête. — Je le ferai. Et merci, Amelia.

Elle m'a fait un clin d'œil. — On va trouver une solution à tout ça.

Elle avait raison. Je l'espérais. Mais elle avait vraiment raison sur le fait que je devais partir d'ici.

J'ai attrapé mon manteau, sachant que le seul endroit où je voulais être était le terrain de camping.

En y arrivant, la route était meuble, ce qui me donnait un peu d'espoir pour le sol. Je me suis garée à côté du camping-car et je suis sortie de ma voiture, inspirant l'air frais et le laissant me vider l'esprit.

La zone était largement assez grande pour quelques bâtiments. On pourrait faire tellement de choses sur ce site. De grandes choses. Un chalet pour les activités manuelles. Une halle des sports. Un gymnase. Un espace de jeux.

Avec l'idée de colonies de vacances en intérieur en tête, je voulais tout ça. Comme pour tout le reste, nous devions déterminer quels étaient les besoins réels, mais Amelia laissait entendre qu'il y avait beaucoup plus d'enfants dans le besoin que nous n'en accueillions. J'avais entendu dire par certains qu'ils cherchaient des colonies dans d'autres villes. Certains pour les activités proposées, d'autres pour le manque de place.

Les grandes idées devraient attendre, mais ce qui ne pouvait pas attendre, c'était de nettoyer le terrain de camping.

J'ai attrapé une pelle dans le coffre de ma voiture. J'avais demandé aux services publics de marquer l'emplacement des câbles souterrains, et j'étais prête à commencer à déterrer les premiers.

La pelle s'est enfoncée dans la terre sans grande résistance. Elle n'est pas allée bien loin, cinq centimètres environ, mais c'était suffisant pour que j'aie le sentiment de faire quelque chose.

J'ai commencé par l'un des emplacements de camping. J'ai creusé jusqu'à soixante centimètres de profondeur, là où passait la gaine dans le sol, avec les câbles protégés et en sécurité. J'ai tiré sur une extrémité, heureuse de sentir que le tout bougeait.

Déterrer les câbles était un travail lent. Soixante centimètres, ça ne paraissait pas beaucoup, jusqu'à ce qu'il faille le faire sur l'ensemble du site. Je rebouchais les trous au fur et à mesure que je dégageais la section suivante de la gaine.

Le premier s'est dégagé, le chemin entier libéré depuis l'ancien emplacement de camping jusqu'à la jonction où ils se rejoignaient tous. J'ai regardé en arrière et j'ai souri. Ce n'était pas facile, mais c'était possible.

Le fait d'y être arrivée m'a donné l'impression que je pouvais tout faire. Je pouvais déterrer des câbles et faire économiser de l'argent à la ville pour que nous puissions faire du terrain de camping un endroit extraordinaire pour les enfants. Je pouvais y arriver. Je pouvais parler aux gens, lever des fonds et voir mes rêves prendre vie, là, sur ce vieux terrain de camping.

Je me suis attaquée au deuxième, déterrant la gaine aussi facilement que la première. J'ai enlevé mon manteau à mi-parcours, l'effort trempant mes vêtements de sueur et le besoin de me rafraîchir prenant le dessus.

J'étais à mi-chemin du troisième quand j'ai heurté une pierre en creusant. J'ai creusé tout autour, sachant qu'il fallait la sortir. Elle n'était pas énorme, mais elle était plus grosse que ce que je pouvais déplacer facilement. J'ai utilisé la pelle comme un levier et je l'ai soulevée pour l'extraire du trou que j'avais créé.

La gaine était exposée et j'ai pu l'arracher, laissant l'espace libre pour reboucher avec la terre que j'avais retirée du trou. J'ai posé la pelle et mis la gaine de côté, puis j'ai repris ma pelle pour remettre la terre dans le trou.

J'ai trébuché sur la pierre. Ma cheville a hurlé de douleur. J'ai glissé, mon autre pied tombant dans le trou que j'avais fait. La pelle a failli me frapper à la tête.

Un bruit de déchirement m'a fait porter la main à mon derrière, et j'ai prié pour que ce soit mon pantalon qui ait craqué, et non un muscle. La brise froide sur le haut de mes cuisses m'a confirmé que c'était bien mon pantalon.

C'était une bonne nouvelle. Je n'avais rien. Je devais juste trouver comment diable j'allais me sortir du trou que je m'étais moi-même creusé.

Oh, quelle ironie.

7

J'avais les fesses trempées. Mon pantalon était en lambeaux. Ma cheville était foulée. Et j'étais coincée.

J'avais beau tirer de toutes mes forces, je n'arrivais pas à sortir mon pied valide du trou. Il était coincé, et sans l'appui d'un pied sain sur un sol stable, je ne pouvais aller nulle part.

Bien sûr, j'avais laissé mon téléphone dans ma voiture. Pour ne pas le faire tomber, justement. Et bien sûr, personne n'allait passer par là par hasard. Ce qui voulait dire que je devais soit trouver un moyen de me sortir de ce pétrin, soit espérer que Daisy vienne me chercher quand elle verrait que je n'étais pas rentrée.

Dans six heures environ.

— Argh ! ai-je hurlé au ciel.

Mon anxiété habituelle était une vraie plaie quand j'étais avec des adultes, surtout des inconnus. À cause d'elle, je trébuchais sur mes mots, je m'embrouillais sur ce que je voulais dire et comment je voulais agir, ou alors je me renfermais complètement. Ce que je ressentais, coincée dans le trou que j'avais littéralement creusé, était une anxiété d'un tout autre genre.

C'était une nouvelle peur. Une véritable peur pour ma vie. Allais-je survivre ? Je frissonnais déjà, vu que je m'étais débarrassée de ma veste, elle aussi dans cette foutue voiture. Mais à quoi est-ce que je pensais ?

J'ai fermé les yeux et j'ai pris une grande inspiration, en me remémorant les années, les années et les années de thérapie qui m'avaient aidée à être fonctionnelle. D'abord, la respiration en carré pour ramener mon cœur qui s'emballait à un rythme qui me permettrait de réfléchir.

Ensuite, évaluer la situation.

— Vraiment mauvaise, me suis-je dit. Mais je peux y arriver.

Entendre ma propre voix était mieux que de me sentir si seule.

— La boue est humide et froide. Ma cheville me fait très mal. J'ai un pied en haut et l'autre en bas. Si je m'appuie sur mes mains pour me redresser, ça ne marche pas. J'ai deux choix : me mettre en boule et rouler, ou risquer de m'enfoncer encore plus en mettant mon pied blessé dans le même trou.

Mon pouls s'est accéléré face à ces options, sachant qu'aucune n'était idéale. Mais je ne voyais aucune solution qui ne m'oblige à me salir encore plus que je ne l'étais déjà.

— Je peux y arriver. Je me récompenserai avec un bain moussant et je me frotterai chaque centimètre de peau. Deux fois. Plus jamais de bain de boue de ma vie. Pourquoi voudrais-je revivre ça ?

Une autre profonde inspiration.

— Bon, on va s'y mettre.

Je me suis allongée dans la boue, mon t-shirt trop fin instantanément saturé par la gadoue spongieuse. Ça a fait le bruit de succion humide et gluant le plus dégoûtant qui soit, et ça a traversé mon t-shirt pour remplir mon soutien-gorge.

— C'est trop dégueu, grognai-je.

J'avais nettoyé du vomi et mouché des nez. Je m'étais occupée de nourriture renversée et même des petits accidents de propreté occasionnels. Mais rien de tout ça ne m'avait atterri dessus.

— Roule, roule, roule, me suis-je murmuré en essayant de me sortir du trou.

Sans le moindre succès.

— Merde ! ai-je crié, encore une fois à absolument personne. La panique commençait à monter, et l'épuisement et la peur ne faisaient qu'attiser le tout. Si je ne foutais pas le camp de là rapidement, j'allais tout droit vers une crise de panique.

Je n'avais pas le choix. Rouler hors du trou n'était pas une option avec mon pied coincé. La boue au fond aspirait ma botte plus profondément à chaque mouvement que je faisais pour la retirer.

Mettre mon autre botte là-dedans n'était pas tentant. Mais rester là tout l'après-midi et mourir de froid ne l'était pas non plus.

Je me suis redressée de nouveau pour essayer de libérer mon pied. Il a bougé un peu, mais pas assez pour le sortir du trou. Le bruit spongieux m'a indiqué qu'il fallait que je domine cette boue molle dont j'avais été si reconnaissante en commençant à creuser, parce que c'était mieux que de la terre gelée.

— Va te faire foutre, la boue, ai-je marmonné. Une autre grande inspiration. Ignorer l'odeur piquante de la terre et la sensation de la boue croûtée sur chaque centimètre de mon corps. Ignorer la panique qui me griffait la gorge et ne demandait qu'à sortir. J'allais y arriver.

J'ai enfoncé mon pied libre dans le trou, le calant sur le côté au lieu de le laisser descendre jusqu'au fond.

— Argh ! ai-je hurlé, la douleur étant bien pire que ce à quoi je m'attendais.

— Je vais y arriver. Il le faut. Bon. Un. Deux. Trois !

J'ai poussé avec mon mauvais pied, utilisant mes bras et ma jambe pour faire levier et sortir mon bon pied de ce fichu trou.

Je me suis laissée rouler sur le sol, rieuse et soulagée, couverte de boue, mais enfin sortie du trou.

Il devait bien y avoir une morale à cette histoire, une sorte de revers du destin pour m'apprendre à ne pas tomber dans un trou que j'avais moi-même creusé, mais à cet instant, tout ce qui m'importait était de me relever et de me réchauffer.

J'ai tenté de me mettre debout et je me suis effondrée à nouveau par terre.

— Aïe ! Ma cheville n'allait pas bien du tout. Je ne pouvais pas me tenir debout. Ce qui signifiait que je pouvais soit ramper jusqu'à ma voiture, soit essayer de me servir de la pelle comme d'une béquille.

— Ça promet. Je me suis servie de la pelle pour m'aider à me relever, en évitant autant que possible de poser le pied par terre. Le simple fait d'effleurer le sol était douloureux, mais il fallait que je sorte de là. Il fallait que je rejoigne ma voiture.

Chaque pas était lent. Je plantais la pelle dans le sol, puis je sautais à cloche-pied sur mon pied valide, celui qui était trempé jusqu'à l'os et dans lequel l'eau clapotait entre mes orteils. Un pas. Puis un autre. Et encore un autre.

J'ai finalement atteint ma voiture et j'ai réalisé que j'avais un tout nouveau problème. J'étais couverte de boue. De la tête aux pieds. Il n'y avait pas un centimètre carré de ma peau qui ne soit pas couvert de boue. Et je n'avais rien pour protéger ma voiture de moi-même.

Daisy, ma mère et toutes les personnes que je connaissais dans la région disaient de toujours garder une couverture dans sa voiture. De se constituer une trousse de secours. D'être préparée.

Je n'allais nulle part. Du travail à la maison. Chez mes parents parfois. L'épicerie, la librairie et au restaurant. Tous des endroits locaux. Nulle part où j'aurais eu besoin d'une trousse de secours.

J'aurais dû les écouter. Et maintenant, mes sièges allaient être fichus parce que je ne l'avais pas fait.

J'ai ouvert la portière et j'ai hésité. J'ai secoué la tête et j'ai étendu mon manteau sur le siège, détestant l'idée de le ruiner, mais sachant qu'il pourrait être lavé. Probablement. Espérons-le.

Le trajet du retour n'a pas été une partie de plaisir, mais j'y suis arrivée. Je me suis garée dans l'allée et j'ai été extrêmement reconnaissante que Daisy ne soit pas là pour assister à ma démarche claudicante et grognante jusqu'à la porte d'entrée. Je suis entrée et j'ai retiré mes bottes boueuses, grimaçant lorsque j'ai dû enlever celle de mon pied gauche blessé. Mes chaussettes étaient presque aussi boueuses que mes bottes, et mes vêtements n'étaient pas en meilleur état.

— Daisy ? ai-je appelé, espérant que mes soupçons étaient fondés et que sa voiture absente de l'allée signifiait qu'elle n'était pas à la maison. — Tu es là ?

Le silence a répondu à mes questions, et je me suis mordillé la lèvre pendant une minute. J'ai de nouveau vérifié dehors et j'ai décidé que le mieux était de me déshabiller jusqu'à mes sous-vêtements juste là, à l'entrée, et de porter mes vêtements jusqu'à la buanderie plutôt que de risquer de salir toute la maison.

J'ai ramassé tous mes vêtements et j'ai grimacé au contact

du tissu boueux contre ma peau, mais c'était mieux ainsi. Je me suis dépêchée, aussi vite que ma cheville me le permettait, vers la buanderie à côté de la cuisine et je me suis arrêtée net.

— Et maintenant ? ai-je demandé dans le vide.

Mettre les vêtements boueux directement dans la machine à laver ne semblait pas être une excellente idée, mais nous n'avions pas de bac à laver et je n'avais pas de meilleure solution. Je pourrais toujours les laver plusieurs fois si nécessaire.

— Pff.

Mes sous-vêtements devaient aussi finir à la machine. J'ai hésité quelques secondes, puis j'ai retiré mon soutien-gorge et ma culotte. Là, en plein milieu de la maison que je partageais avec ma meilleure amie.

— Pourvu que tu ne rentres pas maintenant, me suis-je chanté à moi-même, priant pour ne pas avoir à me montrer dans mon plus simple appareil à ma meilleure amie.

J'ai versé la lessive dans le bac et j'ai lancé la machine. Je me suis cachée avec mes bras boueux et j'ai boitillé jusqu'à ma chambre, refermant la porte sans encombre.

Au moins, quelque chose tournait en ma faveur.

J'ai ouvert l'eau de la douche et je l'ai laissée chauffer avant d'y entrer, grimaçant à chaque pas que je faisais sur mon pied gauche. La chaussure et le froid avaient limité le gonflement, mais je savais que ma cheville allait enfler dès que je serais au chaud. Surtout si je ne la laissais pas au repos.

Je me suis lavé les cheveux et le corps à fond, deux fois, puis j'ai bouché la baignoire et j'y ai ajouté du bain moussant pendant qu'elle se remplissait. Je me suis plongée dans l'eau chaude avec un soupir.

Tellement mieux.

Je suis restée dans le bain jusqu'à ce que l'eau refroidisse et que ma cheville devienne lancinante. J'ai retiré le bouchon et me suis extirpée de la baignoire, aussi maladroite qu'un faon venant de naître. Je me suis assise sur le rebord pour me sécher et regarder ma cheville enfler.

Bon sang.

J'ai regagné ma chambre, j'ai trouvé mes vêtements les plus confortables et je me suis habillée. Ma salle de bain était aussi bien fournie qu'une pharmacie en matière de bandages, alors j'ai attrapé une bande élastique auto-adhésive et j'ai boitillé jusqu'à la cuisine.

De la glace pour ma cheville, un sandwich pour mon ventre et de l'eau pour mon mal de tête. Puis je me suis installée sur le canapé avec la télécommande et j'ai enroulé la glace autour de ma cheville avant que le gonflement n'empire.

C'est comme ça que Daisy m'a trouvée une heure plus tard quand elle est rentrée à la maison, avec l'air d'avoir passé une journée tout aussi mauvaise que la mienne.

— Je suis si fatiguée, a-t-elle soufflé en suspendant son manteau dans le placard de l'entrée. « Comment s'est passée ta... Mais bon sang, qu'est-ce qui t'est arrivé ? » Elle s'est précipitée vers moi, s'asseyant à mes côtés. Ses yeux se sont écarquillés en voyant le bandage autour de ma cheville.

— J'essayais de déterrer les anciens raccordements pour les emplacements de camping et je suis tombée.

— Tu vas bien ? Tu as besoin d'aller chez le médecin ? Pourquoi tu ne m'as pas appelée ?

J'ai haussé les épaules. C'était ma meilleure amie au monde. La seule personne, en dehors de ma famille, avec qui je sentais que je pouvais être entièrement et véritablement moi-même. Elle ne me jugeait pas, ne me critiquait pas. Je l'aimais comme la sœur que je n'avais jamais eue, et je savais que ce sentiment était réciproque.

C'est pourquoi les larmes me sont montées aux yeux en entendant l'inquiétude dans sa voix. J'aurais été tout aussi bouleversée si c'était elle qui s'était blessée.

— Ça ne va pas, a-t-elle dit. — De quoi as-tu besoin ?

J'ai posé ma tête sur son épaule avant qu'elle ne puisse se lever. — Ça va aller. Je vais probablement devoir brûler mon manteau, et mes vêtements ont peut-être ruiné la machine à laver, mais je vais survivre.

— D'accord, reprends depuis le début et raconte-moi ce qui s'est passé.

J'ai pris une profonde inspiration et j'ai raconté à Daisy que j'avais creusé sur le terrain de camping, la facilité avec laquelle ça avait commencé, puis que j'avais laissé mon téléphone dans la voiture en y jetant mon manteau, et enfin que j'avais glissé dans la boue et que j'étais restée coincée dans le trou.

— Tu penses que c'est cassé ?

J'ai secoué la tête. — Sans doute une entorse. Je me suis peut-être déchiré quelque chose, mais je ne pense pas que ce soit si grave. Je dois changer la glace et mettre ma lessive au sèche-linge. Si elle est propre.

— Assieds-toi, a-t-elle dit alors que j'essayais de me lever. — Je m'occupe de tout ça. Tu as mangé ?

— Je n'étais pas assise ici à attendre que tu rentres pour t'occuper de moi.

Elle m'a fusillée du regard. — Qu'est-ce que tu me dirais si c'était moi qui avais une cheville blessée ?

— La même chose, ai-je admis.

Elle a affiché un grand sourire. — Exactement. De la glace fraîche ? Tu veux que je défasse le bandage ou tu vas le faire ?

— Je vais le faire. Je dois enlever cette glace et laisser reposer un peu. Ça fait presque une heure qu'elle est dessus.

— D'accord, alors défais ton bandage pendant que je mets tes vêtements dans le sèche-linge. Tu as mangé ?

— J'ai mangé un sandwich.

— Des médicaments ?

J'ai secoué la tête. — Je n'ai rien pris.

— Tu veux quelque chose ?

— Pas tout de suite. Peut-être avant d'aller me coucher.

— D'accord.

Daisy est partie s'occuper de ma lessive, puis elle est restée dans la cuisine pendant que je défaisais le bandage de ma cheville. Ça faisait mal, mais le gonflement avait diminué et je pouvais la bouger lentement.

Elle n'était pas cassée, mais elle allait être douloureuse pendant une semaine ou deux.

Daisy est revenue vers le canapé et s'est assise à côté de moi avec son propre sandwich et un pot de crème glacée avec deux cuillères.

Je lui ai souri et j'ai accepté l'offrande. Dès que l'une de nous était malade ou blessée, on s'offrait toujours de la crème glacée et on la partageait. Un chagrin d'amour ? Crème glacée. Pris un poteau en pleine figure ? Crème glacée. Un rhume ou une grippe ? Crème glacée.

Daisy a mangé son sandwich en regardant la fin du film que j'avais mis. Quand il s'est terminé, elle a ramené la crème glacée et son assiette dans la cuisine, puis elle est revenue avec une nouvelle poche de glace.

— Je t'avais dit que ce n'était pas une bonne idée d'y aller seule, a dit Daisy.

— C'est ma responsabilité. C'est moi qui vais diriger la colonie.

— Mais Amelia est ta patronne. Elle ne devrait pas être impliquée ?

— Elle a déjà assez à faire avec le centre communautaire. Et elle veut que le terrain de camping devienne plus qu'une simple colonie d'été. Elle a des idées pour construire un bâtiment quatre-saisons, pour qu'on puisse accueillir des enfants pendant les vacances d'hiver, de printemps et toute l'année.

— C'est ça qui t'a poussée à y aller aujourd'hui.

J'ai secoué la tête. — J'avais déjà prévu de voir ce que je

pouvais faire, mais j'y suis allée plus tôt que prévu et j'ai plus avancé. Je voulais tout finir.

— Pour faire des économies ? Je pensais que tu avais un budget.

— On en a un, mais il n'est pas suffisant pour ce bâtiment dont parle Amelia.

— Alors, elle ne veut pas aider, mais elle veut étendre ton projet et te compliquer les choses ? Je sais que tu parlais d'une structure, mais je croyais que tu la voulais en plein air.

J'ai hoché la tête. — C'était le plan, mais elle n'a pas tort. Il y a beaucoup d'enfants qui ont besoin d'un endroit où aller pendant l'année. Nous venons de terminer les vacances de fin d'année et il y a des enfants qui n'ont pas eu de place parce que nous ne pouvons en accueillir qu'un nombre limité.

— Ça représente beaucoup plus d'argent que ce que tu avais prévu de dépenser. C'est pour ça que tu essayais de t'en occuper toute seule ?

J'ai acquiescé. — Je suis obligée. Le budget que le maire nous a donné n'est pas suffisant pour faire tout ce qui est nécessaire pour qu'on puisse ouvrir, et encore moins pour le reste.

— Mais si Amelia veut ajouter quelque chose à ton plan, ne devrait-elle pas demander plus d'argent ?

J'ai haussé les épaules. — Je ne sais pas. Le maire a été très clair sur le fait qu'il n'y avait pas plus d'argent et qu'il ne changerait pas d'avis.

— Il y a toujours des fonds qu'ils peuvent utiliser pour des choses comme ça. C'est un besoin pour la ville. Tu lui as demandé ?

J'ai pincé les lèvres et j'ai lancé à ma meilleure amie un regard qui disait clairement qu'elle avait oublié à qui elle parlait.

Son rire indiquait qu'elle avait compris. — D'accord, c'est bon. Tu ne vas pas lui parler. Mais Amelia devrait le faire.

— Elle le fera peut-être, mais même si c'est le cas, nous n'aurons toujours pas assez. Le budget total que nous avons actuellement ne couvrirait pas le coût d'un bâtiment. Ou les autres travaux. Je sais que je ne peux pas tout compenser, mais tout ce que je peux faire moi-même allège le budget.

— Sauf si tu te fais tuer, dit doucement Daisy.

— J'ai survécu, ai-je dit, sachant que j'aurais très bien pu y rester si je n'étais pas sortie de ce trou. Je n'avais pas envoyé de message à Daisy quand j'y suis allée, car j'étais trop troublée par cette idée de nouveau bâtiment. Si je n'étais pas sortie de là, elle aurait été la seule à se douter de l'endroit où je me trouvais ou à savoir que j'avais disparu. Ça aurait pu mal tourner.

— Je pense que tu dois organiser une collecte de fonds. Et le plus tôt sera le mieux.

— Tu sais que je suis nulle pour ce genre de choses.

— Tu n'es pas douée non plus pour creuser un trou sans tomber dedans.

Je lui ai lancé un regard noir.

— Tu sais que j'ai raison. Et tu sais que tout le monde aidera.

— Et tu sais que je suis nulle pour parler aux gens.

— C'est ce que tu te dis, mais quand tu parles de ces enfants et de ce camp, c'est différent. Les gens le verront. Et tu n'auras pas à le faire toute seule. Je vais t'aider, et j'espère qu'Amelia aidera aussi. Et c'est important. Ce n'est pas comme si tu essayais de soutirer de l'argent aux gens sans raison valable. Tu as un but, tu as une mission claire. On doit y arriver.

— Je ne sais pas, Daisy. C'est juste que…

— Quelque chose de simple. On peut demander à Hudson si on peut utiliser son bar, et parler à Chelsea et Haley et à toutes les femmes du club de lecture. Je suis sûre que beaucoup de gens seront prêts à aider.

— On devrait parler à Goldie. Elle est douée pour ce genre de choses.

— Oh, bonne idée. Oui. D'accord, on va au club de lecture dimanche pour faire avancer les choses.

J'ai grogné, mais je savais qu'elle avait raison. J'avais besoin d'argent pour que cette colonie de vacances soit incroyable. Je ne pouvais pas tout faire sans un peu d'aide.

J'imagine que cette résolution allait finalement se concrétiser.

8

OMAR

Je n'ai jamais été du matin, mais je savais qu'arriver tôt au travail était la meilleure chose à faire. Surtout quand j'avais une réunion de prévue avec Amelia et Natalie. Je refusais de penser à Natalie et à ce baiser. Deux semaines s'étaient écoulées et je me voilais la face si je pensais avoir oublié. Mais je ne devais pas y penser. Je devais me concentrer, faire mon travail et rester objectif.

De plus, maintenant que la nouvelle année civile avait commencé, je devais commencer à penser à ma campagne électorale.

D'abord, la réunion.

Ma matinée a été calme, avec des e-mails et quelques appels téléphoniques, mais rien de bien important. J'ai approuvé deux projets. L'un concernait la réparation du kiosque du parc Catherine après qu'une tempête de verglas eut endommagé sa structure de soutien. L'autre consistait à faire élaguer les arbres autour des écoles pour qu'ils n'obstruent pas la vue depuis les bâtiments jusqu'au parking.

87

J'étais prêt quand Jane a annoncé qu'Amelia et Natalie étaient arrivées. Du moins, c'est ce que je me disais.

Puis elles sont entrées. Amelia m'a serré la main et m'a demandé comment j'allais. C'était un véritable défi de lui répondre, car j'étais concentré sur Natalie.

Elle portait un T-shirt sombre et un jean, mais sa façon de bouger indiquait qu'elle était blessée.

— Qu'est-ce qui t'est arrivé ? lui ai-je demandé, ayant besoin de savoir si elle allait bien.

Natalie a regardé Amelia, les yeux écarquillés de peur.

— Je suis tombée, a murmuré Natalie.

— Tu vas bien ?

Natalie a hoché la tête.

Je voulais en savoir plus, découvrir ce qui s'était passé, comment elle s'était blessée, et si je devais tuer quelqu'un pour lui avoir fait du mal, mais avant que je ne puisse formuler ces questions déplacées, Amelia a enchaîné.

— C'est en partie ce dont nous devons parler aujourd'hui, intervint Amelia.

Les yeux de Natalie s'écarquillèrent encore plus. Elle secoua la tête.

Amelia l'ignora et reporta son attention sur moi.

Je les regardai tour à tour, attendant que quelqu'un m'explique ce qui se passait.

— Lundi, Natalie travaillait seule au camping et elle a glissé. Elle s'est foulé la cheville. Elle va s'en remettre, mais nous avons besoin de plus de fonds pour que ce projet puisse se concrétiser.

— Je vous l'ai déjà dit, nous n'avons pas plus d'argent, ai-je rétorqué, alors même que je brûlais d'envie de tout faire pour l'empêcher de se blesser à nouveau.

— C'est pourquoi nous allons organiser une collecte de fonds. Plusieurs, je l'espère, mais la première aura lieu dans six semaines, juste avant les vacances d'hiver. Parce que nos plans ont changé.

— Changé ? Chaque parcelle de mon être se crispa à cette nouvelle.

Amelia hocha la tête, les yeux brillants d'enthousiasme. — Oui. Nous avons une opportunité énorme avec cet emplacement. Si nous pouvons construire la structure comme Natalie l'a suggéré, mais en la fermant, nous pourrons l'utiliser pour bien plus de choses. Nous pourrons y accueillir les enfants pendant les vacances scolaires, pas seulement pour la colonie d'été. Nous pourrons y organiser des réceptions. Nous pourrons l'utiliser pour autre chose qu'une simple colonie d'été.

— Et vous pensez pouvoir récolter assez d'argent pour financer tout ça ?

— Oui, affirma Amelia avec assurance. — Peut-être pas avec une seule collecte de fonds, mais je pense que nous le pouvons. Mais le plus important pour moi, c'est d'assurer la sécurité de mes employés. Natalie était seule au camping à déterrer des conduits pour les emplacements et elle est tombée. Elle aurait pu être plus gravement blessée, ou pire, et personne ne l'aurait su. Elle essayait d'économiser de l'argent parce que vous ne voulez pas nous en donner plus.

Amelia était un vrai requin. Je ne l'avais jamais vu sous ce jour, mais cette femme savait exactement quoi dire pour marquer des points. — Plus jamais ça. Nous ne pouvons pas prendre ce risque. Personne n'est autorisé là-bas sans un plan de sécurité. Que ce soit une autre personne, un point de contrôle programmé ou autre chose, mais nous ne pouvons pas risquer que des gens se blessent.

— Je suis heureuse de t'entendre dire ça, Omar.

Je la regardai attentivement et compris que j'étais tombé droit dans son piège.

— Natalie n'est pas d'accord avec moi, mais l'entendre de votre part pourrait la faire changer d'avis.

Natalie a lancé un regard noir à Amelia, mais elle a maîtrisé son expression quand elle a surpris mon regard sur elle.

— Mademoiselle Edwards ? ai-je demandé.

— Soit, a-t-elle grogné.

— Prenez-vous des congés pour vous remettre de votre blessure ? lui ai-je demandé.

— Non. Je... je vais bien.

— Je pensais que votre travail consistait à courir après des enfants tout l'après-midi.

— Amelia travaille avec moi.

— Alors, votre patronne fait des aménagements pour votre blessure au lieu d'insister pour que vous preniez des congés pour vous rétablir ?

— Préféreriez-vous me renvoyer, Monsieur le Maire ?

Cette étincelle dans ses yeux et la façon dont elle avait prononcé « Monsieur le Maire » m'ont indiqué qu'elle n'avait pas plus oublié le baiser que nous avions échangé que moi.

Et bon sang, c'était cette étincelle qui m'avait poussé à l'embrasser. Je voulais la revoir encore et encore, mais je ne pouvais pas céder à ce désir. Je devais me maîtriser.

— Personne ne va se faire renvoyer. Surtout pas pour avoir fait quelque chose sur une propriété de la ville au su de sa patronne. Si elle est renvoyée, elle aura des motifs pour poursuivre la ville en justice, et je serai la première que n'importe quel avocat digne de ce nom citera, m'a dit Amelia.

— Nous poursuivre ? ai-je demandé.

— Je ne vais poursuivre personne, a dit doucement Natalie. — C'est moi qui suis sortie seule. Je ne le referai plus.

J'ai eu le sentiment que c'était une dispute qu'elles avaient eue et que ma présence servait simplement à donner à Amelia quelqu'un d'autre de son côté.

— Maintenant que ce point estéclairci, ai-je dit en tentant de recentrer la conversation, quel est votre plan pour la collecte de fonds ?

— Nous allons l'organiser chez O'Kelley. Natalie a contacté plusieurs habitants, notamment Goldie Spear, Hudson Grant et Trent MacKellar. Elle travaille avec Daisy Lincoln pour élaborer des plans.

— De quoi avez-vous besoin de moi ?

— De plus d'argent ? a suggéré Amelia.

— J'ai tendu le bâton pour me faire battre. Autre chose ?

— Si vous acceptiez de faire une apparition à la collecte de fonds, je pense que ça aiderait. Annoncer à la ville que vous soutenez nos efforts contribuera à en faire un succès.

— Quel est votre objectif avec cette collecte de fonds ?

— Nous avons trois objectifs. Le premier sera de réunir le reste de l'argent nécessaire pour réaliser la première phase des travaux du terrain de camping. Natalie insiste pour dire qu'elle va finir de creuser pour les raccordements des emplacements, mais je ne suis pas sûre que ce soit possible. À un moment donné, nous aurons besoin d'un professionnel. Pour l'arbre sur le terrain de basket, mon fils a dit qu'il pouvait s'en occuper. Le nettoyage du terrain de volley est également facile. La piscine est le plus gros morceau. L'argent de la ville servira à sécuriser la piscine. Le bâtiment sera la phase un et demi, car nous pensons toutes les deux que c'est nécessaire, mais c'est bien au-delà du budget. Idéalement, c'est à cela que la collecte de fonds servira.

— Ça fait deux objectifs, ai-je dit. L'électricité et la piscine, puis le bâtiment. Quel est le troisième ?

Amelia a regardé Natalie.

Natalie a écarquillé les yeux, mais Amelia n'a pas cédé. Finalement, Natalie a ouvert la bouche. — Des bourses d'études.

— Pardon ? Je pensais que ça allait rapporter de l'argent à la ville, pas nous en coûter.

— Oui, mais il y a des familles qui n'ont pas les moyens de payer une colonie de vacances. Des parents qui doivent travailler pour nourrir leurs enfants, ce qui signifie que ces derniers ne peuvent pas aller en colonie et restent donc seuls à la maison toute la journée. Dix pour cent des élèves du district scolaire central de L'anse MacKellar bénéficient de repas gratuits financés par l'État. Dix pour cent supplémentaires bénéficient de repas à tarif réduit. Ces familles n'ont pas l'argent pour payer la colonie, alors les enfants passent entre les mailles du filet. Une bourse donnerait à certaines familles la chance de savoir leurs enfants en lieu sûr pour l'été, nourris et pris en charge.

— Combien de bourses voulez-vous offrir ?

— J'ai déjà un donateur qui a accepté d'en financer trois. J'aimerais commencer avec dix. J'en voudrais plus, à terme, mais dix, ce serait formidable.

— Affaire conclue.

— Pardon ? dit Natalie. Elle regarda Amelia, puis de nouveau moi. — Que voulez-vous dire ?

— Je paierai personnellement les sept autres bourses. La seule condition est que personne ne sache qu'elles viennent de moi.

— Vous ne pouvez pas... pourquoi... comment... Monsieur le Maire ?

— L'argent que vous collectez doit servir à la mise en place de la colonie. Nous pouvons créer un fonds de bourses distinct par le biais de la municipalité et inciter les gens à y faire des dons en dehors de la collecte de fonds.

— Vous feriez ça ? demanda Natalie. Elle me regarda comme le jour où je l'avais embrassée. Comme si je n'étais pas l'homme qu'elle croyait que j'étais. Comme si j'avais d'autres facettes.

Je hochai la tête. Elle travaillait pour moi, donc je devais anéantir tout espoir que les choses entre nous puissent être différentes. — Je le ferais. Et je vais le faire. Nous avons une responsable des contributions caritatives, et je la contacterai plus tard dans la journée pour voir ce qu'il faut faire. En passant par la mairie, vous n'aurez pas non plus la tâche de choisir les élèves qui devraient recevoir les bourses.

Le soulagement sur son visage à ces mots me dit que c'était sa plus grande inquiétude. — Merci, Monsieur le Maire.

— Je pense qu'il est peut-être temps que vous m'appeliez Omar.

Son regard s'accrocha au mien et s'y attarda. La façon dont sa poitrine se soulevait et s'abaissait lentement indiquait qu'elle était tout aussi prisonnière de l'instant que moi. — Omar, chuchota-t-elle.

Amelia s'éclaircit la gorge, et Natalie sortit de la transe qui nous avait tous les deux envoutés.

— Euh, et vous devriez m'appeler Natalie.

— Comme vous voudrez, Natalie.

Ses yeux s'écarquillèrent de nouveau, et elle se mordilla la lèvre inférieure.

Cette fois, ce fut mon tour de m'éclaircir la gorge et je m'éloignai de cette femme qui me faisait oublier ma place. — S'il vous plaît, faites-moi parvenir les informations sur la collecte de fonds, et je ferai en sorte d'y être. Et ne retourne plus seule au camping. Pas sans un plan pour garantir ta sécurité. Je ne veux pas qu'il t'arrive quelque chose, Natalie.

Elle hocha la tête, sans me quitter des yeux.

— Nous le ferons. Merci, Omar, dit Amelia en entraînant Natalie hors de mon bureau avec des chuchotements que je ne pouvais pas comprendre.

Et que je ne voulais probablement pas comprendre.

QUELQUES HOMMES de la région m'avaient invité à les rejoindre le jeudi soir chez O'Kelley, et j'avais toujours refusé. Pour une raison quelconque, après ma rencontre avec Natalie, j'ai décidé d'y aller.

Je n'étais pas allé souvent dans ce bar. Il avait une bonne ambiance, décontractée, mais je n'étais pas un grand buveur et les bars n'avaient jamais été mes endroits préférés pour passer du temps. Mais si je voulais être réélu et si je voulais montrer mon soutien à la collecte de fonds, j'allais devoir surmonter mon aversion pour les bars.

— Monsieur le Maire Omar Knight. À quoi devons-nous cet honneur ? demanda Hudson Grant en m'apercevant. Hudson s'assurait toujours de me saluer quand il me voyait dans son bar, mais cette situation était différente.

— Bonsoir. Je me suis dit que j'allais voir en quoi consistait cette soirée entre hommes. Derek et Patrick m'ont tous deux invité, et j'ai toujours eu autre chose de prévu.

Hudson hocha la tête, laissant passer ce demi-mensonge. — Eh bien, ravi que vous vous joigniez à nous. Je vous sers quelque chose ?

— Quelque chose de local ?

Hudson a hoché la tête et a pris un verre, le remplissant avec précision avant de le poser devant moi. — Dégustez.

J'ai hoché la tête et j'ai pris une gorgée. C'était léger et rafraîchissant, avec une note de fond plus profonde. — Très bon.

Hudson a souri. — Il l'est. C'est l'un de mes préférés.

— Monsieur le Maire ! Comment allez-vous ? a demandé Patrick Hill en prenant le siège à côté de moi. — Ça ne vous dérange pas si je m'assois ici ?

— Bien sûr. Ravi de vous voir, Patrick. Comment va Goldie ?

— Elle va bien. L'homme a rayonné à la mention de la femme qu'il aimait. — Elle espère que vous vous représenterez. Une décision à ce sujet ?

Je l'ai regardé, me demandant pourquoi il n'était pas au courant. — Euh, oui. Je pensais que c'était de notoriété publique que je me représentais.

— Excellente nouvelle. Vous allez la rendre très heureuse. Elle aime vraiment travailler pour vous. Nous tous, d'ailleurs.

J'ai apprécié la marque de confiance de Patrick. — Merci.

— Omar, a dit une autre voix. — Je ne savais pas que vous seriez là.

Je me suis retourné et j'ai vu le fils d'Amelia, James Rucker, s'approcher. James était policier, mais je ne l'avais rencontré qu'à quelques reprises. Il semblait avoir un bon sens de l'humour et une faible tolérance pour les conneries, mais un cœur immense pour les plus démunis de notre communauté. Il tenait clairement ça de sa mère. — Ravi de vous voir, James. Comment allez-vous ?

— Bien. Je fais des plans pour aider ma mère avec cet arbre. Vous avez vu ce terrain de camping ? Ça va faire une magnifique colonie de vacances.

— C'est elle qui vous a dit de me dire ça ?

James a un peu blêmi. — Non, monsieur. Ma mère est plutôt directe avec les gens. Elle n'est pas du genre à manipuler les gens ou à les forcer.

— Je m'excuse. Je ne voulais rien insinuer. Elle n'a vraiment pas sa langue dans sa poche. Contrairement à Natalie Edwards. Cette femme, il faut qu'elle s'énerve avant de dire ce qu'elle pense. Elle pourrait prendre exemple sur votre mère.

James m'a adressé un sourire en coin, comprenant de toute évidence une chose que je ne voulais pas qu'il saisisse. — J'en suis sûr. Mais Natalie n'est pas souvent là quand je suis au centre communautaire. Les quelques fois où nous

nous sommes parlé, elle s'est éclipsée avant que j'aie eu le temps de la mettre dans tous ses états.

Mes joues se sont échauffées devant cette insinuation évidente. J'ai hoché la tête et siroté ma bière, en espérant que James laisserait tomber le sujet avant que je ne finisse par avouer encore plus sur la façon dont j'avais envie de mettre Natalie Edwards dans tous ses états.

— Une autre bière, monsieur le Maire ? a demandé Hudson, détournant mon attention de James.

J'ai secoué la tête et j'ai réalisé que celle que je buvais était presque vide. — Omar, s'il vous plaît. Et je vais passer à l'eau. Merci.

Hudson a hoché la tête et rempli un verre de glaçons, puis a ajouté de l'eau avant de le poser devant moi. Il a servi les hommes qui arrivaient et me rejoignaient au bar, tandis que je faisais de mon mieux pour calmer mon esprit et ma panique.

Daniel Ryan, ancien leader d'un groupe au succès colossal qui a tout abandonné quand il a rencontré l'amour de sa vie et a déménagé à L'anse MacKellar, s'est glissé sur le tabouret à côté de moi et a fusillé du regard le miroir derrière le bar. — Daisy Lincoln va anéantir ma paix et ma tranquillité dans cette ville.

— Daisy est une vraie tornade. Dans quoi est-elle en train de t'embarquer ? a demandé Knox Randall. Knox était le propriétaire de la quincaillerie Al, et nous n'avions pas eu beaucoup de contacts, mais je savais que c'était quelqu'un de très respecté en ville.

— Elle essaie de nous faire donner un concert pour une collecte de fonds. Elle est implacable. Maintenant, Sofia essaie de me convaincre. Sofia était la petite amie et partenaire professionnelle de Daniel. Tous deux créaient leur propre version du succès avec des chansons qu'ils écrivaient ensemble, mais Daniel avait quasiment renoncé à la scène et à la vie de célébrité qui le tenait sur les routes et sous la coupe des autres.

— C'est la collecte de fonds pour la nouvelle colonie de vacances, a dit Ramsey Holland en se joignant à la conversation. — Tu devrais le faire. Melody aide Natalie et Daisy à tout organiser. La meilleure amie de ma fille va à la colonie de vacances et elle adore ça. Elle a dit que Natalie est son adulte préférée, après sa mère ou Melody. Daisy sollicite tout le monde pour s'assurer que la collecte rapporte ce qu'il faut. Natalie a été blessée, et Daisy est devenue un peu folle.

— Est-ce que Natalie va bien ? a demandé Knox.

Il était complètement irrationnel de ma part d'être en colère que Knox pose la question. Cet homme était fiancé et sa fiancée était enceinte, mais je ne voulais pas qu'il prenne des nouvelles de Natalie.

— Elle va bien, ai-je répondu. Sa cheville est foulée, mais elle a dit que ça allait.

— Vous êtes ami avec Natalie ? a demandé Hudson.

Je me suis rendu compte que tous les hommes présents avaient les yeux rivés sur moi. James a haussé les sourcils et m'a adressé un sourire narquois, attendant ma confession, tout comme les autres.

— Elle travaille pour moi. J'ai eu une réunion avec elle et la mère de James, Amelia, un peu plus tôt. Amelia a passé un savon à Natalie et m'a fait convenir qu'elle ne pourrait plus rester seule dehors au risque de se blesser à nouveau, ai-je dit.

Les autres ont échangé des regards et ont hoché la tête.

— Content qu'elle aille bien, a dit Knox. Il a regardé quelqu'un d'autre par-dessus mon épaule. L'avez-vous examinée, vous ou Laura ? Pour vous assurer qu'elle va bien ?

Je me suis retourné et j'ai vu le docteur Nico Allison secouer la tête.

— Nous ne nous occupons généralement pas de ce genre

de blessures, mais je vais m'assurer que Laura soit au courant. Daisy a traîné Natalie au club de lecture. Nico a souri d'un air ironique, et les autres hommes ont gloussé.

— Qu'est-ce que C'est le club de lecture ? ai-je demandé.

— Toutes les femmes se réunissent le dimanche soir chez Petits ami du Livre Illimité pour dire à quel point nous sommes géniaux, a dit Hudson.

Les autres ont laissé échapper des reniflements de rire.

— Quelque chose comme ça, a dit James. En général, elles se plaignent de quelque chose que l'un de nous a fait.

— Parle pour toi, a dit Ramsey. Ma femme ne se plaint pas de moi.

— Plus maintenant, rétorqua James.

Ramsey lui a fait un doigt d'honneur et James a ri.

— Les enfants, nous avons un invité. Arrêtez vos bêtises, leur a dit Hudson. Il a fait un signe de tête dans ma direction.

— Waouh, je suis un invité ? ai-je demandé.

Hudson a haussé un sourcil. — Vous n'êtes jamais venu pour une soirée entre mecs, et vu que vous êtes en quelque sorte le patron de tout le monde, on se doit de bien se tenir.

J'ai secoué la tête. — Non. Je ne veux pas de ça. Je ne suis pas venu ce soir pour que tout le monde soit mal à l'aise. Je voulais juste…

— Ne pas penser à Natalie Edwards pendant un petit moment ? a dit James.

Les autres ont échangé un regard mais n'ont rien dit.

J'ai croisé le regard de James et secoué la tête. — Vous ne m'aidez pas, vous savez ?

James a eu un sourire en coin. — Ce n'est pas pour ça qu'on vient ici. On vient pour trouver quoi faire avec nos femmes. Pas pour les oublier.

— Elle n'est pas à moi.

— Peut-être pas encore, mais vous voulez clairement

qu'elle le soit. Hudson a croisé les bras et m'a défié de le contredire.

— Eh bien, je suppose que mon plan de sortir pour ne pas penser à elle n'a pas vraiment fonctionné. J'ai attrapé mon verre d'eau et en ai bu la moitié, me demandant quoi faire.

— Ne vous inquiétez pas, Monsieur le Maire. Ce qui se dit au bar reste au bar. Maintenant, parlez-nous de Natalie et de la façon dont elle vous a rendu si dingue, a dit Patrick.

Je les ai tous regardés. Pouvais-je leur faire confiance ? Est-ce que ça avait de l'importance ? Ce n'était pas comme si les choses pouvaient empirer.

— 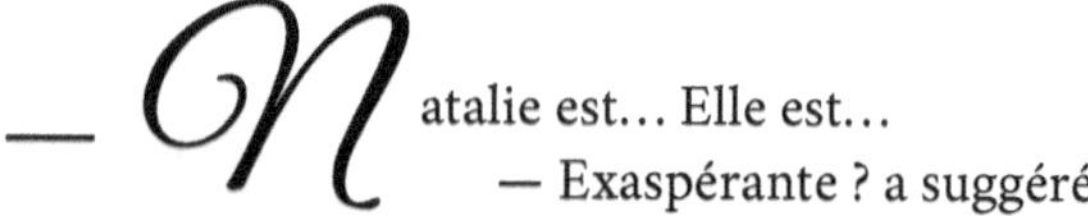atalie est… Elle est…

— Exaspérante ? a suggéré James.

— Enivrante ? a ajouté Knox.

— Addictive ? a dit Hudson.

— Vous cherchez tous à tromper vos femmes ? ai-je lâché d'un ton sec.

— Non, monsieur. On comprend juste cette expression sur votre visage, a dit Patrick.

J'ai regardé les sourires en coin des autres hommes et j'ai compris qu'ils me provoquaient. — Je… Vous êtes tous des salauds.

Ils ont ri à mes dépens, et je me suis surpris à rire avec eux.

— Écoutez, on sait ce que c'est de trouver une femme qui vous met sens dessus dessous, qui vous donne envie de frapper dans les murs et de l'embrasser jusqu'à en perdre le souffle, tout ça en même temps. On est tous passés par là. Et on s'est tous entraidés pour s'en sortir, a dit Hudson.

— Il n'y a pas de honte à avoir. Peut-être qu'on s'amuse un peu de votre gêne, mais on est de l'autre côté, monsieur. On sait à quel point c'est douloureux d'être là où vous en êtes, a dit Patrick.

— Premièrement, vous devez arrêter de m'appeler *monsieur*. Ou *Monsieur le Maire*. Si je dois faire partie du groupe, je ne peux pas avoir cette distance. J'ai croisé le regard de chaque homme présent et j'ai attendu qu'ils hochent la tête. — Deuxièmement, Natalie n'est pas à moi et ne le sera pas. J'ai juste besoin de trouver un moyen de me la sortir de la tête.

— Pourquoi est-ce qu'elle ne sera pas à toi ? À ma connaissance, elle ne sort avec personne, a dit James en prenant sa bière pour en boire une gorgée.

— C'est une employée. Ce ne serait pas correct. J'ai secoué la tête, sachant l'image que ça renverrait et ce que les gens diraient.

— Goldie est ma patronne. Ça nous a tenus à l'écart pendant longtemps parce qu'elle s'inquiétait de la même chose, mais l'une des choses que j'aime chez elle, c'est qu'elle ne compromettrait jamais son intégrité ou ce qui est bon pour la ville à cause de mon opinion. Je serais prêt à parier que tu es pareil, a dit Patrick, en me fixant d'un regard qui était autant une question qu'une certitude qu'il avait raison.

— Je n'utiliserais jamais ma position…

— C'est ce qu'il est en train de dire, m'a interrompu James. « Ma mère est une grande fan de toi. Elle dit le plus grand bien de toi.»

— Goldie aussi, a ajouté Patrick.

— Et tous ceux qui travaillent avec toi, a ajouté Knox. « Ou qui ont eu le plaisir d'apprendre à te connaître. Derek me dit tout le temps à quel point tu es une bonne personne. Pas le maire, la personne. Tu es bien plus que ton titre. Et tu as le droit d'avoir une vie personnelle.»

— Natalie est… Je ne trouvais pas les mots pour la

décrire. Et je n'étais pas sûr qu'ils comprendraient si j'y parvenais.

— Quand j'ai rencontré Anna, ma femme, a dit Hudson, captant mon attention, « je détestais cette femme. Elle était odieuse, bruyante et toujours fourrée dans mes pattes. Elle me détestait aussi. Elle pensait que j'allais pourrir la vie de son fils en lui donnant un travail. Foutre leur vie en l'air.»

— Mais elle t'a épousé.

Hudson a hoché la tête, le sourire d'un homme réellement heureux illuminant tout son visage. Le propriétaire de bar sévère, sérieux et intimidant était un sentimental avec sa famille. « Nous avons appris à voir au-delà du masque. Anna cachait beaucoup de méfiance à cause de son ex-mari. Moi, je cachais beaucoup de douleur suite à la perte de ma femme. Rien de tout ça n'était récent, mais aucun de nous n'avait surmonté son passé. Il a fallu qu'elle ait besoin de mon aide, et que je lui prouve que je n'étais pas comme son ex, pour que nous nous voyions différemment.»

— Et tu dis que je dois faire ça avec Natalie ? ai-je demandé.

James a secoué la tête. « Non, ce qu'il dit, c'est que chaque femme est différente. J'ai jugé Trinity le jour où nous nous sommes rencontrés. J'ai vu une étrangère et j'ai cru qu'elle volait. J'ai perdu beaucoup de temps que nous aurions pu passer à apprendre à nous connaître parce que j'ai tiré des conclusions hâtives à son sujet.»

— J'ai couché avec Haley avant même de connaître son nom. Impossible de lui résister, mais ce n'était pas comme ça que je comptais commencer une relation, a avoué Knox.

— Vous êtes fiancés et vous avez un enfant en route, c'est ça ? ai-je demandé.

Knox a souri fièrement. « Le meilleur coup d'un soir de ma vie, et un rendez-vous encore meilleur le lendemain. Mais ça ne veut pas dire que c'était facile.»

— La question est : est-ce que tu veux oublier Natalie, ou est-ce que tu veux apprendre à mieux la connaître ? a demandé Ramsey.

J'ai secoué la tête, ne sachant pas quoi répondre.

— Il y a cette application de rencontres, a dit Daniel. Elle fait des merveilles pour trouver quelqu'un.

Les autres hommes ont grogné.

— À la Recherche du Héros Littéraire Parfait ? ai-je demandé.

Daniel a hoché la tête, tandis que les autres la secouaient.

— Quel est le problème ?

Daniel a eu un petit rire. — L'appli a une manière folle de jumeler les gens qui sont faits pour être ensemble. On en a tous été victimes.

— Vous avez tous rencontré vos femmes et vos petites amies dessus ? leur ai-je demandé.

Chacun d'eux a hoché la tête.

— Je croyais que toi et Melody étiez allés au lycée ensemble, ai-je demandé à Ramsey.

— C'est le cas. Et nous étions séparés et sur le point de divorcer quand on a été mis en contact sur cette appli. Ça nous a fait nous reparler et ça nous a remis ensemble, a dit Ramsey.

— Mince. Je ne savais pas ça.

Ramsey a haussé les épaules. — Ce n'est pas le genre de chose dont je me vante, d'avoir foutu en l'air mon mariage et d'avoir failli perdre la femme que j'aime.

— Compris, ai-je dit, en voyant la douleur dans son regard.

— Si tu veux oublier Natalie, inscris-toi sur l'appli. Elle te trouvera quelqu'un d'autre. Peut-être quelqu'un qui ne te retournera pas autant le cerveau, a dit James.

J'ai hoché la tête, en pensant à C'est gênant. Il était peut-être temps de lui demander de la rencontrer. D'arrêter de m'inquiéter de savoir si c'était quelqu'un que je connaissais et de sauter le pas.

Après tout, si elle pouvait m'empêcher d'être obsédé par Natalie Edwards, ça valait le coup de risquer d'avoir l'air idiot avec une autre femme.

LE TEMPS de rentrer chez moi, je me dissuadais déjà de contacter C'est gênant. Ça faisait un moment qu'on se parlait et, si les gars avaient raison, c'était peut-être la bonne. Celle qui me permettrait de me reconcentrer sur la campagne, là où je le devais, et non sur la directrice de la colonie de vacances qui mettait ma vie et mon cerveau sens dessus dessous.

GRANDE VILLE CONVERTIR

Comment se passe ta semaine ?

Ouais, ce n'était pas une entrée en matière géniale, mais c'était mieux que de lui lancer comme ça que je voulais la rencontrer.

J'ai posé mon téléphone et je me suis préparé à aller au lit, en espérant recevoir une réponse et pouvoir glisser dans la conversation l'idée de nous rencontrer en personne.

Je me suis glissé dans mon lit, j'ai vérifié mon téléphone et j'ai vu une réponse.

C'EST GÊNANT

Chargée. Beaucoup de choses au travail en ce moment. Et la tienne ?

GRANDE VILLE CONVERTIR

Pareil. Le travail empiète parfois sur mon temps personnel et ça complique les choses.

C'EST GÊNANT

Je vois ce que tu veux dire. Ma colocataire
travaille la plupart des week-ends, et parfois
je lui donne un coup de main. En semaine,
j'ai des horaires assez normaux, mais ces
derniers temps, il m'est arrivé plus souvent
de faire des choses en dehors de mes heures
habituelles.

GRANDE VILLE CONVERTIR

Peut-être que tu pourrais trouver un moment
ce week-end pour qu'on se voie. Qu'on se
rencontre en personne.

J'ai fixé l'écran pendant un temps anormalement long, attendant qu'elle réponde. Mais elle ne l'a pas fait.

J'ai fini par laisser tomber et j'ai rangé mon téléphone, en espérant qu'elle finirait par répondre. Au fil de nos conversations, elle m'avait donné l'impression d'être quelqu'un qui ne fuyait pas ses sentiments, mais plutôt quelqu'un qui en éprouvait d'intenses. Et se rencontrer en personne risquait de faire naître des sentiments très forts.

C'était clairement mon cas.

Mais j'espérais qu'elle serait ouverte à l'idée.

J'ai attendu plus d'une heure qu'elle dise quelque chose, mais en vain. Si je voulais dormir un peu, je devais éteindre mon téléphone et ignorer la peur qui me tenaillait qu'elle n'ait aucune envie de me voir. Ce n'était qu'une femme. Si ça ne marchait pas, ce n'était pas grave.

Le lendemain matin, après une nuit exécrable, je me suis forcé à ne pas regarder mon téléphone avant d'être prêt pour la journée. Je buvais mon café quand j'ai finalement cédé et que j'ai consulté mon téléphone. J'avais une réponse.

C'EST GÊNANT

Ma coloc m'a dit que là, il faut que je me
lance ou que je me taise. J'imagine que je
dois dire oui.

GRANDE VILLE CONVERTIR

Tu n'es obligée à rien. Je ne voulais pas te mettre la pression.

C'EST GÊNANT

Je n'ai pas beaucoup de succès en amour.

GRANDE VILLE CONVERTIR

On pourrait dire que personne n'en a. Réussir, ça veut dire qu'on arrête d'en chercher.

C'EST GÊNANT

Eh bien, je ne peux pas dire le contraire.

GRANDE VILLE CONVERTIR

J'aime parler avec toi. Je pense que tu es quelqu'un avec qui j'aimerais aussi parler en personne. Mais si tu n'es pas intéressée, je comprends.

C'EST GÊNANT

Ce n'est pas ça. C'est pour ça que j'ai du mal. Je ne m'exprime pas bien. Surtout quand je dois dire ou faire quelque chose rapidement. J'aime ça, car je peux prendre mon temps, réfléchir et effacer mes messages une dizaine de fois avant de les envoyer.

GRANDE VILLE CONVERTIR

Il n'y a rien de mal à ça.

C'EST GÊNANT

Sauf quand on est assis l'un en face de l'autre, que tu t'attends à ce que j'entretienne la conversation, que je dis une bêtise et que tu décides que je n'en vaux pas la peine.

GRANDE VILLE CONVERTIR

Ça n'a pas l'air d'une hypothèse.

C'EST GÊNANT

Ça n'en est pas une. C'est déjà arrivé.
Presque chaque fois que j'ai rencontré
quelqu'un.

GRANDE VILLE CONVERTIR

Et si je te disais quelque chose que personne
d'autre ne sait ? Quelque chose qui pourrait
t'aider à te sentir mieux ?

C'EST GÊNANT

Il faudrait que ce soit vraiment bien pour que
je croie que tu ne vas pas me planter là dès
que je serai assise.

GRANDE VILLE CONVERTIR

Premièrement, c'est horrible. Deuxièmement,
crois-moi, je prends aussi un risque.

C'EST GÊNANT

D'accord. Dis-moi tout.

GRANDE VILLE CONVERTIR

Je ne me suis jamais senti à ma place, où
que je sois. Enfant, j'étais un intello et je
passais tout mon temps à étudier. Quand je
me suis marié, mon ex était extravertie et
tape-à-l'œil, et elle m'entraînait partout.
Après notre divorce, j'ai déménagé ici et je
n'ai jamais vraiment créé de liens. Là où j'en
suis maintenant, je pense que ça va finir par
nuire à mon avenir, mais je n'aime pas les
gens qui sont faux. Qui font les choses pour
de mauvaises raisons. J'essaie de faire
connaissance avec les gens, mais je ne
pense pas qu'ils me voient tel que je suis.

C'EST GÊNANT

Eh bien, merde. Tu y es allé fort. Merci. Et je
suis désolée. Mais je comprends. Je
rencontre les mêmes difficultés. Je pense
que beaucoup plus de gens que tu ne le
penses sont dans ce cas.

GRANDE VILLE CONVERTIR

Peut-être.

C'EST GÊNANT

Tu veux toujours qu'on se voie ?

GRANDE VILLE CONVERTIR

Tu es en train de me dire que cette confession a suffi à te faire accepter ?

C'EST GÊNANT

Oui, c'est bien ça.

GRANDE VILLE CONVERTIR

Demain soir, ça te va ? Choisis l'endroit. Un lieu où tu te sentiras à l'aise.

C'EST GÊNANT

Il y a un bar à L'anse MacKellar. Le O'Kelley's. Tu connais ?

GRANDE VILLE CONVERTIR

Ouais, je connais.

C'EST GÊNANT

À quelle heure ?

GRANDE VILLE CONVERTIR

17 heures ?

C'EST GÊNANT

Je serai là.

GRANDE VILLE CONVERTIR

J'ai hâte.

C'EST GÊNANT

Je vais essayer. D'ici là, je risque de paniquer et de ne pas venir.

GRANDE VILLE CONVERTIR

On se voit ce soir ?

C'EST GÊNANT

Oh, je ne suis pas sûre de pouvoir.

GRANDE VILLE CONVERTIR

Quand est-ce que ça t'arrangerait ?

C'EST GÊNANT

C'est parce que tu as vraiment envie de me
rencontrer ou parce que tu essaies de mettre
fin à tout ça ?

GRANDE VILLE CONVERTIR

J'ai vraiment envie de te rencontrer.

C'EST GÊNANT

D'accord. Demain à dix-sept heures.

GRANDE VILLE CONVERTIR

On se voit demain, alors.

Elle s'est déconnectée de l'application, et j'ai souri. J'allais rencontrer C'est gênant dans moins de vingt-quatre heures. Et me sortir Natalie Edwards de la tête.

JE ME SUIS CHANGÉ trois fois avant de sortir pour mon rendez-vous. J'ai hésité sur la voiture à prendre, mais j'ai décidé de prendre ma Camaro, sachant que si les choses se passaient mal, j'aurais envie d'aller faire un tour.

O'Kelley's était animé, mais pas bondé, ce qui était une bonne chose. Il y aurait plus de monde plus tard, mais pour l'heure du dîner, ce n'était pas si mal. Mieux encore, je n'ai reconnu personne, à l'exception d'Hudson derrière le bar.

— Omar, a dit Hudson alors que je m'approchais de lui. Ravi de te voir deux fois en moins d'une semaine.

— Moi aussi.

— Qu'est-ce que je te sers ?

— Une bière, s'il te plaît.

— Et pour dîner ? a-t-il demandé en me servant ma bière, la même qu'il m'avait donnée deux soirs plus tôt, avant de la poser devant moi.

J'ai jeté un coup d'œil à la porte, puis à mon téléphone. — Je ne suis pas encore sûr.

Les sourcils de Hudson se haussèrent si haut qu'ils faillirent disparaître sous sa casquette de baseball bleue. — Tu as rendez-vous avec quelqu'un.

Ce n'était pas une question, mais j'ai quand même hoché la tête pour confirmer.

— Tu as suivi notre conseil et tu t'es inscrit sur À la Recherche du Héros Littéraire Parfait.

J'ai secoué la tête. — Je me suis inscrit il y a un moment. Mais j'ai suivi ton conseil et j'ai demandé à la femme avec qui je parle de me rejoindre.

— Et tu as choisi cet endroit ?

— Non, c'est elle. Ça en dit long sur qui tu es et sur la confiance que les gens te portent.

Hudson a eu un petit rire. — J'ai accepté ma position. Avant, ça m'énervait quand les femmes retrouvaient leurs rencards ici, mais j'ai réalisé la même chose que toi, et j'ai décidé que je préférais qu'elles viennent ici plutôt que de risquer qu'il leur arrive quelque chose parce que je les avais chassées.

— C'est admirable de ta part.

Il a reniflé. — Pas vraiment. Je m'en suis pris plein la figure quand Finley et Trent se sont donné rendez-vous ici. Elle ne savait pas qui il était, et quand elle est tombée enceinte, elle était furieuse que je ne l'aie pas prévenue.

— Aïe, ai-je dit avec une grimace.

— Tout s'est bien terminé. Ils vécurent heureux et eurent beaucoup d'enfants.

— C'est une amie proche ?

Hudson a hoché la tête, un sourire adoucissant ses traits.
— Oui. Depuis toujours. Et ma femme travaille pour elle maintenant, alors on passe beaucoup de temps avec eux. Finley a changé Trent de toutes les manières dont il avait besoin de changer.

— Je ne peux pas dire que je l'ai rencontré plus d'une poignée de fois.

— Il sera là ce jeudi si tu es de nouveau disponible. Même si j'imagine que ça dépend de comment se passe ce soir.

J'ai ri. — Ça m'étonnerait. À ce stade, j'espère juste qu'elle va venir. J'ai de nouveau vérifié mon téléphone. Elle avait cinq minutes de retard.

— Elle vous a donné une indication sur ce qu'elle porterait pour que vous sachiez qui elle est ?

— Non. Elle aurait dû ?

Hudson a secoué la tête, l'air de me prendre pour un idiot.
— D'habitude, c'est le mec qui fait ça. Pour qu'elle puisse s'éclipser si elle ne se sent pas en sécurité.

— Et merde. Je suis nul pour les rencards.

— On l'est tous.

J'ai déverrouillé mon téléphone et j'ai ouvert l'appli pendant qu'Hudson s'éloignait pour aider un autre client. J'ai envoyé un message à C'est gênant pour lui dire ce que je portais et que je l'attendais au bar à son arrivée.

J'ai résisté à la tentation de lui demander si elle venait toujours. Quelque chose me disait que lui faire remarquer son retard serait très mal pris.

J'ai siroté ma bière lentement en attendant que quelqu'un arrive. À plusieurs reprises, la porte s'est ouverte et j'ai retenu mon souffle, mais personne ne s'est assis à côté de moi. Je me suis interdit de surveiller la porte, de peur qu'elle n'entre pour décider de repartir aussitôt sans m'aborder.

Au bout de trente minutes, j'ai décidé de lui accorder encore un quart d'heure avant de partir. Si elle avait changé d'avis, je serais contrarié, mais elle en avait le droit. Si ce n'était pas le cas, et que quelque chose s'était passé, je devais me montrer raisonnable. Je ne savais pas grand-chose d'elle, et elle aurait pu avoir une urgence.

La porte s'est ouverte alors qu'elle avait trente-neuf minutes de retard, et j'ai pris une gorgée de ma bière. Hudson a souri à la personne qui venait d'entrer. Il a jeté un œil dans ma direction, puis a eu un sourire en coin.

Tout mon corps s'est raidi. Elle était là. Et elle hésitait. Mais elle était venue.

Pendant une minute, j'ai attendu, tendant l'oreille pour percevoir le moindre bruit dans le bar. Des boules de billard s'entrechoquaient, des gens parlaient, la musique jouait. Et puis, je l'ai sentie derrière moi.

Elle s'est glissée sur le tabouret à côté de moi, son parfum de fraise m'atteignant avant même que je ne tourne la tête.

— Natalie ? ai-je lâché.

— Oh, non.

— Qu'est-ce que vous faites ici ?

Elle a fait un mouvement pour descendre du tabouret. — C'était une mauvaise idée. Je savais que c'était une mauvaise idée. Je n'aurais jamais dû venir ici.

— Es-tu C'est gênant ? ai-je lâché.

Elle s'est figée. Sous le choc de la révélation, elle a fermé les yeux. Elle a secoué la tête, un petit rire lui échappant du nez. — Waouh.

— C'est un oui ?

Elle a ouvert ses yeux noisette et m'a regardé droit dans les yeux. — Ouais. Ce qui veut dire que tu es…

— Grande ville Convertir, ai-je dit, sachant que la confirmation serait plus facile si je révélais moi-même une information.

— Évidemment.

— Et ça ne te réjouit pas.

— Et vous, Monsieur le Maire ?

— Je t'ai demandé de m'appeler Omar.

— Pourquoi ? Nous savons tous les deux que ça ne marchera pas. Je n'aurais jamais dû venir ici. Je savais que je ne devais pas venir. Bon sang, c'est pour ça que je suis en retard.

— Tu ne voulais pas venir ?

— Ce genre de choses se passe toujours mal pour moi. Les hommes me regardent et décident que je ne suis pas celle qu'ils espéraient voir arriver. Je suis… Elle a pris une brusque inspiration. — Je ne suis pas la même personne.

— C'est quelqu'un d'autre qui m'envoyait des messages ?

— Non ! Ce n'est pas… Ce n'est pas ce que je voulais dire. Je voulais dire que je n'ai pas la répartie facile. Je ne suis pas belle et drôle et extravertie et tout ce que les hommes attendent d'une femme. Je suis… eh bien, je suis maladroite.

— Et ça veut dire que tu ne peux pas avoir de rendez-vous ?

— Non, ça veut dire que personne ne veut de rendez-vous avec moi. Et vous savez déjà tout ça de moi, donc je sais que vous n'êtes pas obligé de rester pour le découvrir. Bonne soirée, Monsieur le Maire.

— Natalie, attends !

— Comme c'est intéressant, a dit un homme non loin de là. — Et moi qui pensais que ce n'était qu'une histoire d'un soir entre vous deux.

Je l'ai regardé et j'ai reconnu le photographe de cette soirée, des mois auparavant. L'homme qui avait refusé d'enterrer la photo qu'il avait prise de Natalie et moi. — Qu'est-ce que diable vous voulez ?

Il a eu un sourire narquois. — Absolument rien. Passez une bonne soirée, monsieur le maire.

— Ça ne s'est pas bien passé, a dit Hudson, détournant mon attention de l'homme.

Je me suis retourné, mais l'homme était parti. — Tu sais qui c'était ?

— Euuh, Natalie ? a dit Hudson.

— Non. L'homme… J'ai secoué la tête. — Laisse tomber.

— Tu veux toujours aller dîner ?

— Ouais, autant en profiter. Vu que je n'ai pas de cavalière ce soir.

— Désolé, mec. J'étais pourtant sûr que quand elle est entrée, ça allait être une bonne chose.

— Ça ne devait pas se faire.

NATALIE

J'ai essuyé mes joues en m'éloignant précipitamment du O'Kelley's. Je savais que le rencontrer était une mauvaise idée, mais le maire Knight ? Est-ce que ça pouvait être pire ?

Je suis arrivée à ma voiture et j'ai glissé, manquant de peu de m'étaler la figure contre la carrosserie de mon véhicule. Je me suis rattrapée à la dernière minute, mais bien sûr, mes pieds se sont dérobés. J'ai dérapé, et ma cheville m'a lancé une douleur fulgurante.

Non, en fait. C'était moi qui hurlais. Comme un animal sauvage en pleine rue.

Pfff.

Je me suis relevée et je suis montée dans ma voiture, puis je l'ai démarrée et j'ai fichu le camp. Fini les rencards. Je ne pouvais plus. J'avais été stupide de penser que c'était une option pour moi. Pourquoi ? Pourquoi est-ce que j'avais essayé ?

Parce que tu veux une famille.

— Je n'en ai pas besoin, ai-je répondu à la petite voix dans ma tête. Je m'étais convaincue il y a longtemps que mon anxiété était trop pesante. Elle m'avait mise à terre bien trop souvent, et la plupart des gens s'étaient éclipsés en silence, sans prendre la peine de comprendre ou d'essayer d'être là pour moi.

Daisy était la première et la seule personne en dehors de ma famille à m'accepter telle que j'étais, sans me juger, ni essayer de me changer, ni me dire que ça finirait par passer. En ce qui me concernait, Daisy faisait partie de la famille. Je n'avais besoin de personne d'autre. J'allais bien.

Au lieu de rentrer à l'appartement que je partageais avec Daisy, j'ai roulé un peu en dehors de la ville et je me suis garée dans l'allée de la maison où j'avais grandi. Daisy voudrait tout savoir sur le rencard et comment était le nouveau type, mais j'étais trop à vif et bouleversée pour pouvoir lui raconter quoi que ce soit. Je ne pouvais pas supporter l'idée de voir son visage se décomposer et de savoir qu'elle voudrait s'en prendre au maire Knight.

Je lui raconterais. Mais pas tout de suite.

Je suis entrée dans la maison de mon enfance et je n'ai pas été surprise du tout de trouver mes parents sur le canapé en train de regarder les informations du soir.

— Natalie ! Qu'est-ce que tu fais ici ? Tout va bien ? a demandé Maman en se levant et en se précipitant vers moi. Elle a allumé la lumière, réveillant mon père, qui a sursauté avant de réaliser que j'étais là.

— Natalie. Content de te voir. J'avais oublié que tu passais ce soir.

— C'est parce qu'elle n'était pas censée être là, Dean. Maman a donné une tape sur le dossier de sa chaise.

— Oh. Eh bien, content de te voir, en tout cas.

— Merci, papa. Mes parents formaient un drôle de couple, même si, quand j'étais petite, je ne m'en rendais pas compte. Papa avait été marié avant et avait eu deux filles de son premier mariage. Elles vivaient avec leur mère quand j'étais jeune, et je n'ai réalisé que lorsque j'étais à l'université que la plupart des gens n'avaient pas de frères et sœurs de dix ans leurs aînés. Je n'avais pas non plus réalisé qu'il n'était pas normal que ton père ait presque vingt ans de plus que ta mère.

Mais mes parents s'aimaient. Papa disait que son premier mariage avait été réussi, mais que ce n'était pas le bon. Mes sœurs passaient du temps avec nous, mais elles étaient plus proches de leur mère. Ça faisait des années que je ne les avais pas vues. Elles avaient toutes les deux quitté la région pour l'université et n'étaient jamais revenues une fois que leur mère a déménagé.

— Comment vont Renee et Eva ? ai-je demandé à papa en m'asseyant sur le canapé où maman était installée.

Papa a regardé maman et s'est redressé sur sa chaise. — Elles vont bien. Renee est en train de détruire le patriarcat, comme elle dit, à Los Angeles, et elle adore ça. Eva est débordée avec les enfants qui la font courir dans tous les sens. Mais elles vont bien toutes les deux.

— Tant mieux. Ça fait longtemps que je ne les ai pas vues. Tu leur passeras le bonjour de ma part.

Papa a hoché la tête. — Je le ferai.

— Qu'est-ce qui ne va pas, Natalie ? a demandé maman.

J'ai secoué la tête. — Juste un mauvais rencard.

— Dois-je aller chercher mon fusil ? a dit papa.

J'ai gloussé et secoué la tête. Papa n'avait pas tiré un seul coup de feu depuis des décennies et il se blesserait probablement s'il essayait d'utiliser la vieille arme à feu rouillée qui se trouvait au fond du placard. Sans parler du fait qu'il n'y avait pas eu de munitions dans la maison depuis ma naissance, d'après ma mère, donc la menace était en l'air.

— Il ne s'est rien passé qui justifie la violence, papa.

— Alors, que s'est-il passé ? a demandé maman.

J'ai haussé les épaules. — Je suis comme je suis. Et lui, il est… Il est trop parfait pour quelqu'un comme moi.

— Il t'a dit ça ? a aboyé papa.

— Non. Il ne ferait jamais ça. Mais je le connais, et je ne m'en suis rendu compte qu'une fois assise. Ça ne marcherait jamais entre nous.

— Pourquoi pas ? a demandé maman. — Tu ne te rends pas compte de la femme formidable que tu es.

J'ai secoué la tête pendant qu'elle parlait. — Ça n'arrivera tout simplement pas. Il est… Il doit être sous les feux des projecteurs à cause de son travail, et je ne suis pas douée pour ça. Je suis vraiment quelqu'un qui préfère rester en coulisses.

— Tu n'es pas obligée de l'être.

— Oh, si. Et ça me va très bien. Je sais qui je suis. Et je sais qui je ne suis pas. Ça m'a pris beaucoup de temps pour l'accepter, et je ne vais pas essayer d'être quelqu'un d'autre pour qui que ce soit.

— Qu'est-ce qui te fait croire que cet homme cherche quelqu'un qui est sous les feux des projecteurs ? Il a dit que tu n'étais pas assez bien ? a demandé papa.

— Non. Il est trop diplomate pour ça.

— On dirait que tu as eu un rendez-vous avec le maire, a plaisanté maman.

Papa a ri.

Je suis restée silencieuse.

— Eh bien, qui que ce soit, il n'est pas digne de toi s'il ne voit pas à quel point tu es formidable.

— Merci, maman.

— Mais j'aimerais vraiment que tu te rendes davantage justice. Amelia m'a tenue au courant de tout ce que tu prévois et fais pour la nouvelle colonie de vacances. On dirait que ça va être génial.

Mes lèvres se sont étirées en un sourire rien qu'en y

pensant. — Je suis vraiment enthousiaste. Ça va demander beaucoup de travail, et il faudra beaucoup de temps pour arriver au résultat que nous voulons vraiment, mais ça va être génial.

— Raconte-nous. Qu'est-ce que tu prévois ? Où en es-tu en ce moment ? Maman et Amelia étaient amies depuis toujours. C'était l'une des nombreuses raisons pour lesquelles je me sentais à l'aise avec Amelia. Elles se ressemblaient sur de nombreux points, notamment dans leur façon de m'encourager à être moi-même et à ne pas me soucier des gens qui ne me comprenaient pas.

— Nous en sommes encore à la planification. Nous avons un budget très serré, alors nous travaillons à l'organisation d'une collecte de fonds. Daisy m'aide avec ça.

— Elle va y impliquer tout le monde, sans aucun doute, a plaisanté maman. Elle aimait Daisy autant que moi, et elle savait que Daisy ne lâchait pas l'affaire quand elle estimait avoir raison.

— C'est sûr. Elle a été formidable. Surtout que je sais qu'elle est aussi très occupée.

— Mais elle t'adore et elle ferait n'importe quoi pour t'aider.

— Je sais. J'ai parlé à quelques entrepreneurs, mais nous sommes limités dans ce qui peut être fait pour l'instant à cause de la météo. Dès que le printemps sera là, nous allons nous lancer à fond et vraiment faire avancer les choses.

— C'est une bonne idée. Y a-t-il quelque chose que nous puissions faire pour aider ? Je peux nettoyer. Amelia a mentionné une caravane ?

J'ai eu un haut-le-cœur à la pensée de la caravane.

Maman a ri. — C'est à peu près ce qu'elle a dit. Parle-moi du reste du site.

Je me suis lancée, détaillant tout ce que nous avions, tout ce que nous prévoyions, et toutes les idées que j'espérais concrétiser un jour. Quand j'ai fini de parler, papa s'était rendormi, et il fallait que je rentre si je voulais dormir un peu.

Mais je suis partie en me sentant mieux, et c'était exactement la raison pour laquelle j'étais rentrée à la maison.

Daisy m'a coincée le matin et m'a demandé comment s'était passé mon rendez-vous. Elle avait supposé, en voyant que je n'étais pas rentrée avant tard, que ça s'était très bien passé.

Elle a été choquée d'apprendre à quel point elle avait tort.

— Je suis partie.

— Tu as fait quoi ?!?

— Je l'ai rencontré, et ça ne collait pas. Ça n'aurait jamais pu marcher. Alors, je suis partie.

— Mais tu ne le connais même pas. Et ça faisait une éternité que vous parliez et il te plaisait vraiment. Tu ne vas pas me dire qu'en dix minutes tu as décidé que toutes les conversations que vous aviez eues étaient fausses. Qu'il est si différent de l'homme avec qui tu parlais.

— Il est… Je n'étais pas sûre de vouloir lui dire qui il était. Je n'étais pas sûre de vouloir que quiconque le sache. Je me sentais plus en sécurité en gardant ce secret. — Il *était* différent. J'ai peut-être jugé trop vite, mais ça ne marchera pas. J'ai été bête de penser que sortir avec quelqu'un était une bonne idée. C'est plus facile en ligne. C'est plus facile de pouvoir s'arrêter et réfléchir à ce que je vais dire.

— Est-ce qu'il a dit quelque chose ? Sortir avec des gens n'est pas bête. Tu veux une famille et, malheureusement, la seule façon de trouver la personne avec qui la fonder, c'est en personne.

J'ai secoué la tête. — Il n'a rien dit. Ça… Ça ne marchera pas avec lui.

— Alors, où es-tu allée après ton rencard ?

— Chez mes parents.

Le visage de Daisy s'est adouci en un sourire. — Comment vont-ils ?

— Ils vont bien. Ça faisait du bien de leur rendre visite un petit moment.

— Et un bon endroit où aller pour m'éviter, moi et mes questions, pour la soirée ?

Mes joues ont brûlé sous le poids de la vérité tandis que Daisy me lançait un regard noir. — Ouais, ouais.

Elle a gloussé. — Je comprends. Et je suis désolée. J'espérais que ça marcherait avec ce type.

J'ai hoché la tête, repensant au moment où j'étais entrée chez O'Kelley's et où je l'avais vu assis au bar. Il avait attendu. Il n'était pas parti en courant parce que je n'étais pas arrivée pile à l'heure. Il donnait toujours l'impression qu'il s'accommoderait de mes... petites manies. Puis il s'était retourné, j'avais vu qui il était et j'avais su que c'était impossible.

Le maire Knight était la perfection incarnée. Il était impeccable et constamment sous les feux des projecteurs. Il n'avait pas le moindre scandale à son actif et tout le monde en ville l'adorait.

La perfection et la maladresse, ça ne marchait pas. Ça ne marcherait jamais. Alors j'avais dû m'en aller et arrêter de penser à lui. Il n'était pas celui que je croyais, je n'étais pas celle qu'il croyait, et nous n'allions jamais être plus que ce que nous étions en ligne.

— Je dois m'occuper de la collecte de fonds, ai-je lâché, sachant que plus je lui parlais, plus je risquais de vendre la mèche.

— Et tu ne veux plus me parler de ton rencard. Je comprends. Club de lecture ce soir ?

J'ai froncé les sourcils.

— Ça te fera du bien de sortir. Voir des amies et oublier ton rencard.

J'ai hoché la tête, même si l'idée ne m'enchantait pas. J'aimais bien toutes les femmes qui y allaient, mais les secrets avaient tendance à s'ébruiter quand nous étions toutes ensemble.

Mais Daisy avait l'air enthousiaste. Elle adorait se faire de nouvelles amies. Et je voulais y aller pour lui faire plaisir.

Oui, j'étais égoïste. Je me sentais coupable de ne pas me confier à elle au sujet du maire Knight, mais je n'arrivais pas à prononcer les mots. À admettre à quel point j'avais tout gâché. Peut-être qu'un jour j'en rirais, mais pas encore.

Daisy m'a traînée dans la rue en direction de Petits ami du Livre Illimité, un air ravi sur le visage. Elle était si contente d'y aller. Elle était bonne pour moi, me forçant à sortir alors que j'aurais été parfaitement heureuse de rester dans ma chambre et de ne jamais quitter la maison.

Finley, la propriétaire de Petits ami du Livre Illimité, a déverrouillé la boutique et nous a laissé entrer, nous prenant toutes les deux dans ses bras et nous demandant comment nous allions.

— J'ai travaillé toute la journée, alors je suis un peu survoltée, a dit Daisy.

— Tu es toujours un peu survoltée, ai-je grommelé.

— Et toi, tu es toujours grincheuse, a rétorqué Daisy avec un sourire taquin.

— On a toutes des jours comme ça, a dit Finley. — Mais au moins, on a du gâteau.

— C'est toujours le bon moment pour un gâteau, a dit Daisy.

— Absolument, a dit Blake en nous tendant des parts

alors que nous rejoignions le reste des femmes à l'arrière de la boutique. — Comment ça va, les filles ?

— Bien, avons-nous dit, Daisy et moi, en même temps.

Les autres ont ri.

— Il faut bien que quelqu'un ait quelque chose à raconter, a dit Elise en coupant son gâteau. — Comment est-ce possible que personne n'ait de problèmes de mecs ?

J'ai soigneusement évité les regards qui parcouraient la pièce, pas du tout intéressée à l'idée d'être le centre de l'attention.

Dieu merci, Daisy était une bonne amie.

— Pour avoir des problèmes, il faudrait déjà que j'aie un mec, a dit Daisy. — Je n'ai pas eu de chance ces derniers temps. Tous les hommes que je rencontre sont des pères qui font les boutiques avec leurs femmes.

— Pas de pères célibataires ? a demandé Willow.

Daisy a secoué la tête. — Non. Je commence à me demander si je ne vais pas devoir quitter la région pour trouver un rencard.

Karissa a gloussé et secoué la tête. — Mon appli a encore de nouveaux téléchargements chaque jour, alors il y a des gens dehors. Tu es dessus ? À la Recherche du Héros Littéraire Parfait.

Daisy a hoché la tête. — Oui. Il y avait un type avec qui je parlais depuis un long moment. Je pensais que le courant passait, mais on s'est vus et ça n'allait pas du tout.

— Pff, je déteste quand ça arrive, a dit Goldie. — Les rencards n'ont jamais été faciles pour moi, et c'est toujours pire quand on pense que le courant passe alors que non. Je suis désolée que ça te soit arrivé.

J'ai eu la gorge serrée. Daisy se sacrifiait et racontait ce qu'elle savait de mon histoire pour que je ne sois pas au centre de l'attention. Pouvais-je rêver d'une meilleure amie ?

— C'était dur, a continué Daisy. Mais je finirai bien par

rencontrer quelqu'un. Parfois, enchaîner les rencarts ne me dérange pas, mais ces derniers temps, tout est plus compliqué.

— C'est la période des fêtes, a dit Finley. En tout cas, j'imagine que c'est à cause de ta boutique. Les fêtes de fin d'année sont toujours une période difficile quand on travaille dans le commerce. Même si je ne vis pas du tout la même chose que toi, je me sens toujours plus épuisée. Entre les journées qui raccourcissent et les horaires à rallonge, je m'effondre quand même dans mon lit à la fin de la journée.

Daisy a hoché la tête. — C'est vrai. Je n'y avais pas pensé. C'est mon premier Noël depuis que la boutique est ouverte.

— Comment ça s'est passé ? a demandé Elise.

— C'était super, a dit Daisy avec un large sourire. Une période intense et folle, et beaucoup plus de travail que prévu, mais maintenant que c'est terminé, je suis vraiment heureuse d'avoir ouvert la boutique.

— C'est comme un accouchement, a dit Blake. Après le premier, j'avais oublié à quel point c'était dur, et j'étais prête à retomber enceinte.

Finley s'est esclaffée. — Oh, je t'en prie, tu étais aux anges à l'idée de tomber enceinte. Surtout pendant la phase des essais.

Blake a souri d'un air entendu. — Ça, c'est sûr que j'étais partante.

Les autres ont ri et l'ont chahutée. Je ne me souvenais pas de la dernière fois où j'avais eu une raison de me réjouir. Lancer la colonie de vacances l'année dernière avait été un gros projet, et cette année s'annonçait encore plus grande. Les histoires d'amour étaient clairement passées au second plan et, après mon rencart désastreux, elles devaient y rester.

Mais pour être honnête, le sexe me manquait. La complicité avec quelqu'un me manquait. Je n'appréciais pas autant les coups d'un soir que les relations sérieuses, mais je n'avais connu ni l'un ni l'autre depuis un bon moment.

— Le sexe me manque, a dit Daisy, comme si elle lisait dans mes pensées.

— Oh, ma chérie, je me souviens de cette époque, a dit Goldie. Après mon divorce, je m'en fichais, mais avant que Patrick et moi nous mettions ensemble, j'étais tellement en manque de sexe que je quittais le travail en pleine journée parce qu'il me mettait dans un tel état que je ne tenais plus en place.

— Tu n'as pas fait ça, dit Karissa.

Goldie hocha la tête en gloussant. — Oh que si. Et il le savait très bien, en plus. Il l'a fait exprès.

— S'il te faisait tant d'effet, pourquoi as-tu démissionné ? demanda Daisy.

— Parce qu'elle refusait de sortir avec cet homme, répondit Blake à la place de Goldie. Elle disait qu'il était trop jeune pour elle. On a essayé de la convaincre qu'elle avait tort, mais Goldie avait peur des qu'en-dira-t-on. Il était jeune, elle était sa patronne, et elle croyait que toute la ville réclamerait sa tête.

— C'est ce que mon patron voulait, dit Goldie en grimaçant.

— L'ancien maire était un vrai con, dit Finley. Il n'était pas capable de voir à quel point les choses allaient bien dans cette ville s'il laissait juste les gens tranquilles. Heureusement, le maire Knight n'est pas comme ça. Il est merveilleux.

— Et sexy, en plus, dit Blake.

— Et c'est un homme bien, défendit Goldie. J'ai eu beaucoup de réunions avec lui et il est toujours respectable et attentionné. J'aimerais juste qu'il trouve quelqu'un.

— Est-ce qu'il cherche ? demanda Karissa.

Goldie haussa les épaules. — Je ne sais pas. Je sais qu'il est divorcé, mais je ne connais pas l'histoire. C'est un homme formidable, alors j'espère qu'il cherche.

— Je me demande s'il est sur mon appli, dit Karissa en sortant son téléphone.

— Tu peux le savoir ? lâchai-je, la gorge nouée par la peur.

— Elle peut, mais elle ne se mêle plus de rien, dit Finley en attrapant le téléphone de Karissa.

Karissa la laissa faire et lui lança un regard noir. — Tu n'es pas drôle. Omar est canon, et j'étais juste curieuse de savoir s'il a eu un match avec quelqu'un. Karissa tourna son regard vers Daisy et moi. — Vous deux, vous êtes célibataires. Le maire vous intéresse ?

— Pas moi, dit Daisy. Il est trop sérieux pour moi. Et toi, Natalie ?

Tous les regards se sont tournés vers moi, et ma capacité à mentir s'est évanouie en même temps que tout espoir de garder mon secret. — On a déjà été assortis.

— Toi, quoi ? s'est écriée Daisy.

Zut.

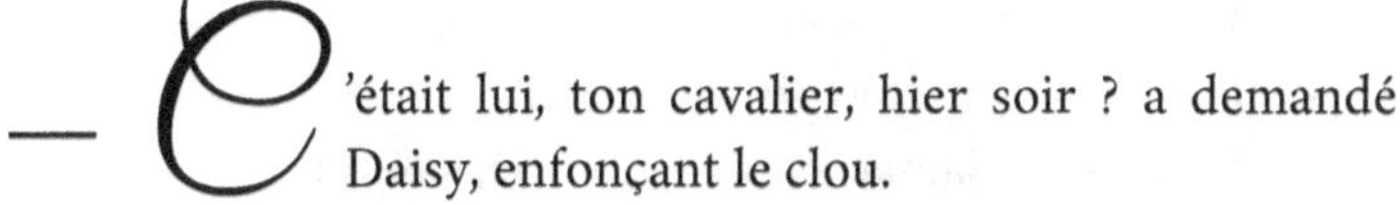

— C'était lui, ton cavalier, hier soir ? a demandé Daisy, enfonçant le clou.

Je n'avais qu'une envie, détaler. Foutre le camp et n'avoir rien à leur dire.

Mais l'expression sur leurs visages était chaleureuse et ouverte, sans jugement ni mépris. Elles étaient curieuses, mais elles ne me regardaient pas comme si je n'étais pas digne du maire Knight.

Pas comme moi, je me regardais.

— Oui, ai-je avoué.

— Je croyais que tu avais dit qu'il n'était pas celui que tu pensais, a poursuivi Daisy.

Moi qui pensais que ma meilleure amie au monde était de mon côté. — Il ne l'était pas. C'est le putain de maire de L'anse MacKellar. C'est le patron de mon patron. Et il est parfait.

— La perfection n'existe pas, a dit Daisy, me jetant mes propres paroles au visage.

J'ai foudroyé ma meilleure amie du regard. — Si, quand on parle du maire Knight. On ne dit jamais rien de mal sur lui. Tout le monde l'adore. Il est exactement ce que tout le monde veut. Vous n'avez pas arrêté de dire à quel point il est incroyable. Ce n'est pas quelqu'un avec qui je devrais sortir. Ça ne marcherait jamais.

— Pourquoi pas ? a demandé Finley.

Je l'ai dévisagée, bouche bée. Elle ne comprenait pas. Elle était mariée à un homme qui possédait la moitié de la ville, et sa famille était adulée et avait des relations partout. — Nous ne sommes pas pareils.

Finley a secoué la tête. — Trent et moi non plus. Il fait partie de l'aristocratie de la ville. Tout le monde le connaît et veut quelque chose de lui. Quand j'ai découvert qui il était, je me suis sentie exactement comme toi en ce moment. Sauf que j'étais enceinte de son enfant et qu'il m'a accusée d'essayer de le piéger pour avoir son argent.

— Tu ne ferais jamais ça, ai-je soufflé, sidérée.

Finley hocha la tête. — Je sais, mais Trent ne me connaissait pas quand on s'est rencontrés. On a été mis en relation sur À la Recherche du Héros Littéraire Parfait, on a eu une aventure d'un soir et je suis tombée enceinte. Je n'aurais jamais cru le revoir un jour, mais ça me semblait mal de ne pas essayer de le retrouver. Ça n'a pas été facile d'en arriver là où nous en sommes aujourd'hui, mais on est la preuve que deux personnes qui ne pensent pas être faites l'une pour l'autre peuvent très bien finir ensemble.

— Mais toi, tu es différente. Tu es sympathique et bavarde. Les gens t'apprécient. Je ne suis rien de tout ça. J'ai repoussé mes cheveux de mon visage et j'ai lutté contre l'envie de me laisser submerger par mes émotions.

— Les gens t'apprécient, Natalie, a dit Blake. — Tu ne te rends pas justice. On ne peut pas toutes être extraverties et bavardes, mais ça ne veut pas dire que tu n'es pas sympathique.

— Les gens ne me voient pas comme ça. Ils ne verraient

que moi et le maire Knight et se demanderaient ce qu'il a bien pu me trouver, ai-je dit, sentant la panique monter en moi.

— Je pense que tu as tort. Je pense que les gens accepteront qu'il y a toujours des choses chez les autres qu'on ne comprend pas ou qu'on ne connaît pas. Je suis divorcée, mais Patrick a vu au-delà de mon passé et m'a voulue. On a dit à Omar que je ne faisais pas bien mon travail et que je devrais être renvoyée, mais il a ignoré la haine et le sexisme du maire Levine pour voir qui j'étais vraiment. À moins qu'il n'ait été cruel avec toi, je ne vois aucune raison pour que tu l'évites, a dit Goldie, le visage ouvert et curieux, en attendant ma réponse.

J'ai secoué la tête. — Il n'a pas été cruel. Je ne lui ai pas laissé la chance de l'être. Je suis partie.

— Tu es partie ? Avant même de lui avoir parlé ? a demandé Elise. — Je comprends, mais c'est dur.

— Non, ai-je dit. — Je lui ai parlé, mais quand j'ai vu que c'était lui, je suis partie.

— Aïe, a dit Karissa.

— J'ai fait ça à Colin, a dit Elise. — On avait été mis en relation, on s'était déjà rencontrés et il me faisait peur. Je savais qu'il avait le pouvoir de me rendre meilleure. De m'attirer et de me faire désirer des choses que je ne pensais pas mériter à l'époque. Je n'étais pas prête à accepter que l'amour soit une option pour moi. Et il a clairement montré qu'il comptait me le prouver. Alors, j'ai pris la fuite.

— Et que s'est-il passé ? ai-je demandé.

Elise haussa les épaules, un large sourire aux lèvres. — Il n'a pas baissé les bras. Il savait que nous étions faits l'un pour l'autre avant même que j'admette que je pouvais lui faire confiance.

— Ça ne m'arrivera pas. J'ai pris une bouchée de mon gâteau, me sentant à la fois mieux et plus mal.

— Il t'a contactée depuis hier soir ? demanda Elise.

J'ai secoué la tête. — Je n'ai pas regardé l'appli, mais je suis sûre qu'il ne l'a pas fait.

— Vérifie maintenant, dit Goldie. — Juste pour voir.

J'ai levé les yeux au ciel et j'ai attrapé mon téléphone dans mon sac à main. J'étais sûre qu'il n'y aurait rien et que je pourrais retourner à mon gâteau. Autant en finir et revenir à ce que je connaissais.

Le maire Knight n'allait pas être l'homme qu'il me fallait.

J'ai ouvert l'appli et j'ai eu le souffle coupé. J'avais treize notifications. Ça aurait pu être n'importe quoi, mais j'ai ouvert la section des messages et j'ai vu qu'elles venaient toutes de lui.

GRANDE VILLE CONVERTIR

> J'aurais aimé que vous ne me laissiez pas en plan. Je vous avais promis que je ne le ferais pas. J'aurais dû vous demander de me faire la même promesse.

Mes joues se sont empourprées à la lecture de ses mots. Il avait raison. J'avais eu peur qu'il me rencontre et qu'il parte, mais c'est moi qui l'avais fait.

J'ai porté la main à ma bouche et j'ai continué à lire.

GRANDE VILLE CONVERTIR

> Je suis désolé que vous ayez été déçue que ce soit moi. Moi, je ne l'ai pas été.

> J'ai été déçu que vous soyez partie. Ça m'a fait plaisir de discuter avec vous.

> C'est peut-être mieux comme ça. De se parler ici. Qu'en pensez-vous ?

> J'imagine que non.

J'ai regardé les heures d'envoi. Le dernier message datait

de ce matin. Les autres de la veille au soir. Il m'a contactée juste après mon départ, et je l'ai ignoré toute la nuit, mais il a continué d'essayer.

GRANDE VILLE CONVERTIR

J'aimerais que vous me donniez une autre chance. Je ne sais pas pourquoi vous avez pensé que se rencontrer était une si mauvaise idée, mais je suis heureux de vous avoir rencontrée.

Apparemment, je suis le seul. Je suis content que vous soyez venue, même en retard. J'avais hâte de m'asseoir en face de vous et de voir ce sourire que j'avais toujours imaginé sur votre visage.

Maintenant que j'y pense, j'ai l'impression que j'aurais dû savoir qui vous étiez. J'ai aussi été attiré par vous en personne.

Encore une fois, il n'y a que moi qui ressens ça. Mais pour information, vous êtes belle, amusante et tout ce que je recherche chez une femme. La maladresse ne me fait pas fuir. C'est dans votre pseudo. Je m'y attendais. Mais ça ne m'a pas effrayé.

Les rendez-vous ne sont jamais faciles, et quiconque n'est pas intéressé par vous est un imbécile.

Mais si les rendez-vous ne vous intéressent pas, ou si sortir avec moi ne vous intéresse pas, alors je ne sais pas pourquoi j'insiste. Vous avez été très claire sur ce que vous ressentez.

Je n'ai pas été déçu en vous voyant. Je suis désolé que vous, vous l'ayez été.

> Je ne vais pas continuer à vous déranger.
> J'espère que vous trouverez quelqu'un
> d'autre que vous aurez hâte de rencontrer un
> jour. Au revoir.

— Il t'a envoyé un message ? a demandé Daisy.

J'ai hoché la tête en détournant mon regard des messages. —Treize fois.

— Qu'est-ce qu'il a dit ? a demandé Goldie.

Je pouvais sentir qu'elles retenaient toutes leur souffle. Je pouvais sentir leur anxiété et leur curiosité. Je détestais devoir anéantir leurs espoirs, ces mêmes espoirs que je ressentais aussi, plus forts que toutes les autres émotions.

— Il a dit au revoir, ai-je murmuré.

— Quoi ? Juste au revoir ? a lâché Elise. —Quel crétin.

J'ai secoué la tête et j'ai rangé mon téléphone. —Il n'a pas commencé par ça. Il a commencé par vouloir parler, mais comme je n'ai pas répondu, il a fini par dire au revoir.

— Alors il y a une chance. S'il t'a envoyé un message, c'est qu'il est intéressé, a dit Daisy, éternelle optimiste.

—Non, ai-je dit. —Ça n'en vaut pas la peine. C'est mieux comme ça, qu'il s'en aille. Nous ne sommes pas faits l'un pour l'autre.

— Je pense que tu as tort, a dit Elise. —Mais je sais aussi que tu dois en arriver là par toi-même. Ce que je vais dire, c'est que je suis désolée pour ce qui t'a fait penser que tu n'es pas assez bien pour lui. J'espère que tu trouveras un moyen de guérir de ça.

J'ai eu le souffle coupé, croisant son regard et détestant qu'elle puisse voir à travers moi si facilement. — De quoi tu parles ? De quoi est-ce qu'elle parle ? a demandé Daisy.

— Ça remonte à longtemps, ai-je admis.

— Mais de toute évidence, ça te fait encore mal, répliqua Elise.

J'ai pris une inspiration et l'ai expirée lentement. — Mon béguin du lycée était le délégué de classe. Il était populaire, drôle, et toutes les filles du lycée voulaient sortir avec lui. Pour une raison que j'ignore, je lui plaisais.

— Tu ne m'as jamais raconté ça, murmura Daisy.

J'ai laissé échapper un rire. — Ce n'est pas facile de parler de mon premier chagrin d'amour. Mais c'était Tony. Il était mon binôme en chimie. Trop gentil pour protester ou dire quoi que ce soit sur le fait qu'il ne voulait pas être mon partenaire. Nous avons appris à nous connaître, nous avons étudié ensemble et nous sommes devenus amis. Il m'a invitée au bal de promo. C'était comme dans un rêve. Je n'aurais jamais cru qu'un garçon comme lui s'intéresserait à moi.

— Qu'est-ce qui s'est passé ? demanda Elise.

J'ai haussé les épaules. — Ce n'était pas si terrible.

— Mais il s'est passé quelque chose. Blake en était sûre.

J'ai hoché la tête. — Nous sommes allés au bal et cette fille qui aimait bien Tony l'a entraîné sur la piste de danse. Elle lui tournait autour. Elle était jolie et mince et populaire comme lui. Il ne l'a pas repoussée ni ne lui a dit qu'il était avec moi, il a juste continué à danser avec elle. Au milieu de la soirée, il m'a retrouvée et m'a dit qu'il allait passer le reste de la nuit avec elle. Qu'elle voulait danser, qu'ils s'amusaient bien et que moi, je restais assise sur le côté.

— Quel connard, souffla Goldie.

— Il n'avait pas tort, ai-je protesté.

— Non, mais tu étais assise parce qu'il n'a pas fait d'effort pour t'inclure. Il t'a mise de côté, puis t'en a blâmée, dit Elise. — C'est quoi son nom de famille ? Je vais aller lui régler son compte.

J'ai gloussé. — Il n'en vaut pas la peine.

— Mais toi, tu en vaux la peine, dit Elise, la voix pleine de conviction. — Tu en vaux la peine, Natalie. L'adolescente que tu étais en valait la peine. C'était un imbécile de ne pas s'en être rendu compte. Et le maire Knight l'est aussi s'il est incapable de voir qui tu es.

— Mais…

— Non, a dit Daisy avant que j'aie pu protester. — N'ose même pas dire du mal de ma meilleure amie. Tu as toujours été discrète et tu réfléchis aux choses dans ton coin avant d'en parler aux autres. Ça ne veut pas dire qu'il y a quelque chose qui cloche chez toi. C'est juste qui tu es. Et trouver quelqu'un qui apprécie ça est une bonne chose. Peut-être que c'est le maire, peut-être que non, mais il faut que tu arrêtes de te cacher et de croire qu'un crétin du lycée avait raison. Tu es géniale, Natalie. Et tu dois te faire confiance.

J'ai regardé les femmes dont je voulais être l'amie, mais que j'avais peur de laisser entrer dans ma vie. Aucune d'entre elles n'avait jamais été méchante avec moi ni n'avait dit quoi que ce soit de malveillant sur qui que ce soit. Elles étaient gentilles, amicales et le genre de personnes que j'avais toujours voulu avoir comme amies.

— Merci, ai-je murmuré.

— De rien, a dit Daisy.

Je lui ai souri, puis j'ai levé les yeux vers les autres. — Merci à vous toutes. De m'avoir acceptée.

— On t'acceptera toujours, a dit Elise. — Aucune de nous n'est parfaite, mais ensemble, on est plutôt parfaites. Et on est heureuses de vous compter toutes les deux parmi nos amies, aussi.

— Merci.

— Bon, qu'est-ce que tu vas dire quand tu t'excuseras auprès du maire Knight ? a demandé Elise.

J'ai ri. Puis j'ai écouté tous leurs conseils.

LE LUNDI MATIN ÉTAIT LENT. Douloureusement lent. J'étais fatiguée à force de réfléchir à ce que je devrais dire au maire Knight quand je le reverrais. Si jamais je le revoyais.

Prendre du recul était difficile, car ça me poussait à me demander si je m'étais trompée à son sujet. Et si je n'étais pas partie ? Qu'est-ce qu'il aurait dit ? Était-il sincère dans les messages qu'il a envoyés après, quand il disait ne pas être déçu ?

Je lui devais des excuses, au minimum. Ça ne me plaisait pas, mais peu importait. Il avait raison, et je lui avais demandé de ne pas s'enfuir dès qu'il verrait qui j'étais, et au final, c'est moi qui l'ai fait.

Amelia a passé la tête dans mon bureau un peu avant le déjeuner et a demandé :

— Ça te dit d'aller manger un morceau ? Je me traîne et j'ai besoin de sortir d'ici un petit moment.

— Pareil. Je te laisse choisir.

Elle a souri et est retournée dans son bureau.

J'ai attrapé mon manteau et je suis sortie de mon bureau. Elle m'attendait à la porte, les clés à la main.

Nous sommes restées silencieuses pendant le court trajet jusqu'en ville. Amelia a tourné dans les rues autour de Catherine Park avant de trouver une place près de la Cove Bakery.

— Il faut qu'on y passe avant de retourner au bureau. Je sens l'odeur du sucre d'ici, a dit Amelia en rangeant ses clés dans sa poche et en se dirigeant vers Cracked.

Nous avons tourné au coin de la rue et nous avions Cracked en vue quand quelqu'un s'est posté devant nous. Il était en costume et tenait un micro, avec un caméraman juste derrière lui.

— Nous sommes de la chaîne d'information numéro six et nous interrogeons les habitants. Pouvez-vous nous faire un commentaire sur les allégations contre le maire Knight ?

Amelia s'est arrêtée et a fusillé l'homme du regard.

Il faut lui reconnaître qu'il a pâli, mais il s'est vite ressaisi.

— Quelles allégations ? a exigé Amelia.

— Un article est paru ce matin affirmant que le maire Knight n'est pas bon pour cette ville. Il y avait une photo de lui surpris dans une position compromettante avec une femme à genoux dans un bar local. Et son utilisation des fonds de la ville est remise en question.

Mes joues m'ont brûlée et j'ai tourné la tête. Il parlait forcément de la nuit où j'étais tombée et où je m'étais agrippée au maire Knight. La nuit où j'étais à genoux devant le maire chez O'Kelley's.

— Le maire Knight est la meilleure chose qui soit arrivée à cette ville depuis très longtemps. J'habite ici depuis ma naissance, et le maire Knight est professionnel, compréhensif et il soutient énormément la communauté. Il ne ferait jamais aucune des choses que vous insinuez, a dit Amelia, fière et la tête haute.

— Vous travaillez au centre communautaire, n'est-ce pas? demanda le journaliste.

— En effet. C'est moi qui le dirige.

— Il va de soi que vous souteniez le maire, puisque les fonds en question sont destinés à financer la nouvelle colonie de vacances. Je ne suis pas sûr que votre parole suffise à convaincre les électeurs.

Amelia referma la bouche, l'air hésitante.

— Vous ne savez pas de quoi vous parlez, grognai-je. Le maire Knight veut ce qu'il y a de mieux pour cette ville. Il a travaillé dur pour s'assurer que la ville soit prospère. Le maire Knight a tout fait pour soutenir les initiatives visant à améliorer la ville, à relancer le tourisme. Si vous remettez en question son intégrité, c'est que vous cherchez la petite bête pour lui trouver des défauts. Vous êtes ici pour semer la zizanie là où il n'y en a pas. Vous devriez peut-être aller chercher une vraie information au lieu d'essayer d'enterrer un homme qui n'a aucun cadavre dans son placard.

— Vous en êtes sûre? me demanda le journaliste, un sourire narquois aux lèvres. Il est divorcé. Il n'a aucune attache avec la communauté. Pourquoi serait-il ici? Pourquoi voudrait-il diriger cette petite ville s'il n'en retirait rien?

— Mais il en retire quelque chose, continuai-je. Une satisfaction personnelle. La fierté de sa communauté et de son personnel. La certitude de faire une différence. Il rend L'anse MacKellar meilleure. Son histoire personnelle n'a rien à voir avec ses compétences en tant que maire. Il est intelligent et compatissant. Il voit cette ville pour ce qu'elle pourrait être, au lieu de laisser des déchets toxiques comme vous nous tirer vers le bas. Pourquoi ne devrait-il pas investir les fonds de la ville dans la nouvelle colonie de vacances? S'il n'était intéressé que par lui-même, il utiliserait cet argent pour s'accorder une augmentation au lieu d'essayer d'aider les familles de L'anse MacKellar qui travaillent. Les parents qui doivent soit quitter leur emploi pour l'été afin de s'occuper de leurs enfants, soit compter sur leur famille et leurs amis pour le faire. Je ne vois pas en quoi c'est une mauvaise chose. Sauf que vous voulez enterrer cet homme. Un homme qui vous est tellement supérieur que vous ne méritez même pas de prononcer son nom.

Amelia passa son bras sous le mien et me tira vers le restaurant. — Si vous voulez bien nous excuser, nous avons un autre rendez-vous.

Je voulais continuer à me battre avec ce crétin de journaliste, mais j'ai finalement regardé autour de moi et j'ai vu qu'il n'était pas le seul. Une douzaine de personnes s'étaient rassemblées et me filmaient. Certaines avec leur téléphone, mais d'autres chaînes d'information étaient également arrivées.

— Ils ont filmé quoi? murmurai-je à Amelia alors que nous entrions dans Cracked.

— Tout. Tu as été incroyable.

Si seulement je me sentais merveilleusement bien. Au lieu de ça, j'avais l'impression que c'était une preuve de plus que je n'étais pas du tout faite pour le maire Knight.

12

OMAR

Je fixais mon écran et je regardais Natalie démolir le journaliste. Je n'arrivais toujours pas à croire qu'elle ait fait ça. Mais c'était bien là, dans une vidéo tremblante postée sur les réseaux sociaux et partagée des centaines de fois.

Quand je l'ai vue pour la première fois hier en fin d'après-midi, j'étais sûr qu'elle allait être d'accord avec le journaliste et dire à quel point j'étais néfaste pour L'anse MacKellar. De toute évidence, elle pensait que j'étais mauvais pour elle. Je n'ai pas été surpris quand Amelia m'a défendu, mais Natalie ?

J'ai dû la regarder une centaine de fois. Il y avait quatre versions, toutes montrant la même conversation sous des angles différents. Toutes me disant la même chose.

Je devais la remercier de m'avoir défendu.

J'avais l'impression de ramper après la façon dont les choses s'étaient terminées la dernière fois qu'on s'est parlé. Et après la douzaine de messages sans réponse que je lui avais envoyés. Je lui ai dit au revoir, et je le pensais. Si elle ne voulait pas de moi, je n'insisterais pas.

Mais nous devions travailler ensemble. Nous avions une

réunion dans une semaine, et L'anse MacKellar était trop petite pour qu'on puisse s'éviter éternellement.

Je lui devais ma gratitude. Je resterais professionnel et je ne penserais pas à quel point je la désirais.

Ma matinée a été productive, et je n'avais pas de réunions l'après-midi, alors j'ai quitté le bureau pour déjeuner. Ce début de janvier était froid et neigeux, mais le soleil brillait et la neige avait fondu. J'avais besoin de prendre l'air et de me vider la tête.

Je me suis arrêté prendre un sandwich et je l'ai emporté dans mon véhicule utilitaire sport pour pouvoir rouler un peu. J'ai baissé la vitre et j'ai laissé mon esprit vagabonder pendant que je tournais au hasard, essayant de me perdre. Non pas que ce soit possible dans une ville aussi petite que L'anse MacKellar, mais j'ai essayé.

Après quelques minutes, je me suis rendu compte que j'approchais du terrain de camping. Amelia voulait me montrer la propriété, mais je n'y étais pas encore allé. Mon travail et mon soutien au camp étant remis en question, j'ai décidé d'aller voir l'endroit pour me faire une idée de son état et de l'ampleur des travaux nécessaires pour le rendre fonctionnel.

Les branches des buissons envahissants à côté de l'allée ont raclé les côtés de mon véhicule lorsque je me suis engagé, ce qui m'a fait grincer des dents. Il fallait absolument les tailler ou les enlever complètement. Pour un terrain de camping, c'était bien d'avoir une allée un peu isolée et de donner l'impression d'arriver dans un nouvel endroit. Pour une colonie de vacances, ce n'était pas une bonne chose.

Une fois les broussailles traversées, l'espace s'est ouvert devant moi.

— Ouah, ai-je soufflé, surpris par la beauté des lieux. Pas étonnant qu'Amelia veuille y faire tant de choses. C'était parfait pour des événements, et ça allait être génial pour les enfants qui auraient la chance d'y aller en colonie de vacances.

J'ai continué sur ce qui restait de l'allée en direction du camping-car garé à côté de ce qui était autrefois le parking. Un véhicule utilitaire sport bleu se trouvait juste de l'autre côté du camping-car, je ne l'ai donc pas vu avant de m'approcher.

Qui était là ?

Je suis sorti de mon véhicule utilitaire sport et j'ai regardé autour de moi, essayant de trouver quelqu'un.

Le terrain était assez plat, mais je ne voyais toujours personne. J'ai décidé d'explorer, en espérant que me retrouver seul ici n'était pas une aussi mauvaise idée que je le pensais.

Je suis d'abord allé vers la piscine, et je me suis arrêté à côté du trou dans le sol recouvert d'une bâche. De l'eau s'était accumulée sur la vieille toile, ce qui n'assurait absolument pas la sécurité des gens près de la piscine. Exactement comme Natalie l'avait dit.

Il y avait un petit bâtiment à côté de la piscine, mais les murs avaient plus de trous que de planches et il était facile de voir qu'il était vide.

J'ai continué d'avancer, scrutant l'horizon à la recherche du moindre signe de mouvement. Des boîtiers électriques sortaient du sol à intervalles réguliers sur toute la propriété, vestiges des anciens branchements pour camping-cars. Certains avaient été retirés et placés près du camping-car à l'entrée. Le travail de Natalie qui lui avait valu sa blessure.

Était-ce elle qui était là, seule ? Encore ?

Cette pensée en tête, j'ai accéléré le pas et je l'ai cherchée. J'ai compté six branchements de camping-car, mais je croyais qu'Amelia avait dit qu'il y en avait trente. Cela signifiait qu'il y en avait beaucoup que je ne pouvais pas voir d'où j'étais, même si la propriété était relativement plate.

J'ai suivi ce qui semblait être une ancienne route et j'ai dépassé le premier groupe d'emplacements de camping. D'autres vieux câbles avaient été déterrés. Un deuxième groupe est apparu. Ceux-là étaient plus loin de la piscine mais avaient une meilleure vue sur la montagne.

Bon sang. Pas étonnant que ça s'appelle le Camping de la Vue sur la Montagne. C'était magnifique.

Mais ce n'était pas pour ça que j'étais là.

J'ai continué, finissant par repérer quelqu'un à l'autre bout du site. Deux hectares, c'était un espace immense, et Natalie devait être près du bord de la propriété.

— Qu'est-ce que tu fais ? ai-je crié, attirant son attention.

Elle a crié, puis s'est tournée vers moi. — Je travaille. Pourquoi es-tu ici ?

J'ai attendu de me rapprocher pour lui répondre. De la terre lui barrait le front. Ses bottes étaient marron, mais ce n'était certainement pas leur couleur d'origine. Elle portait une chemise en flanelle ouverte qui laissait entrevoir un débardeur bleu en dessous. Son jean était rentré dans ses bottes, épousant ses jambes galbées sur toute leur longueur.

Un besoin impérieux m'a frappé de plein fouet. Le besoin de prendre soin d'elle, d'être là pour elle. Mais aussi, le besoin de l'avoir. Elle était sublime.

— Pourquoi es-tu ici, Monsieur le Maire ?

— Je pensais qu'on s'était mis d'accord pour que tu m'appelles Omar.

Elle n'a pas répondu, se contentant de pincer les lèvres et de hausser ses sourcils sombres, attendant ma réponse.

— J'avais besoin de me vider la tête. J'étais dans le coin et j'ai décidé de venir jeter un œil.

Elle a hoché la tête, puis s'est remise à creuser la tranchée au-dessus de laquelle elle se tenait.

— Qu'est-ce que tu fabriques ?

— Je fais économiser de l'argent à la ville, a-t-elle dit sans lever les yeux. Sa pelle s'est enfoncée dans la boue, puis elle a fait levier pour soulever la terre de son emplacement. Quand elle en a eu suffisamment dégagé pour avancer les câbles, elle a remis la boue dans le trou qu'elle venait de creuser.

— Tu fais tout ce travail toute seule ? Je pensais que c'était comme ça que tu t'étais blessée.

— Je vais bien. Amelia sait où je suis, et Daisy aussi. Si je ne leur donne pas de nouvelles d'ici une heure, elles enverront quelqu'un me chercher.

— Depuis combien de temps es-tu ici ?

Elle a pris une inspiration et a planté sa pelle dans le sol. Elle a levé les yeux vers moi et a repoussé les cheveux de son visage avec le dos de sa main, y laissant une autre traînée de boue. « J'essaie d'avancer le plus de travail possible par moi-même. Mettre cet endroit en état de marche est important pour moi. Si je ne le fais pas quand le temps le permet, il n'y a aucune chance que ce soit terminé à temps. »

— Je pensais que tu allais embaucher des gens pour ça.

Elle a secoué la tête. « Ce n'est pas dans le budget, Monsieur le Maire. Nous devons garder l'argent que la ville nous a donné pour faire venir des professionnels pour les choses que nous ne pouvons pas faire nous-mêmes. »

— Comment sais-tu que tu fais ça en toute sécurité ?

— Il n'y a pas d'électricité sur la propriété. La compagnie d'électricité est venue et nous a dit ce qu'il fallait faire avant de pouvoir tirer de nouvelles lignes et de sécuriser les lieux pour les campeurs. La première étape, c'est de tout déterrer, mais ça doit être fait à la main pour ne pas causer plus de dégâts. Ça coûte cher. Mais moi, je ne coûte pas cher.

— Ce n'est pas prudent que tu sois seule ici. Tu ne savais pas que j'étais là. N'importe qui pourrait arriver et te blesser.

— Ça va aller, a-t-elle dit en m'ignorant pour se remettre au travail.

— Natalie, je t'en prie.

Elle s'est retournée brusquement vers moi. — Qu'est-ce que tu veux que je fasse ? Je n'ai pas les moyens d'embaucher quelqu'un. Si je me contente du budget que tu m'as donné, on n'ouvrira jamais cet endroit. Et Amelia veut faire toutes ces autres choses, et le projet ne cesse de prendre de l'ampleur, et si je ne le fais pas, personne ne le fera. Alors je dois le faire, monsieur le Maire. Je suis obligée de le faire.

Ses mots ont été ponctués par un grondement de tonnerre si proche que j'ai senti le sol trembler. — De la pluie est prévue aujourd'hui ?

Elle a haussé les épaules. — Je n'en ai aucune idée.

Au moment où elle a dit ça, les premières gouttes ont frappé durement le sol boueux.

— J'imagine que oui. Ça va ramollir la terre.

— Ce n'est pas prudent d'être ici pendant un orage.

— Il n'y a pas de danger, a-t-elle protesté. Un autre coup de tonnerre a fait écho à ses paroles, suivi immédiatement d'un éclair, et le tonnerre a continué de gronder, en alternance avec les éclairs.

— Il faut qu'on parte d'ici. On ne peut pas rester à découvert.

— Merde, a-t-elle soufflé, regardant le ciel et fermant les yeux face à la pluie qui tombait de plus en plus fort à chaque seconde. — Il n'y a aucun abri ici.

— Et le camping-car ?

Elle a secoué la tête. — Il n'a pas été nettoyé. Il pourrait nous tuer plus vite que cet orage.

— Viens, ai-je dit en tendant la main vers la sienne. Il était hors de question que je la laisse derrière.

Elle a glissé sa main dans la mienne, et nous nous sommes mis à courir.

Nous glissions presque à chaque pas, ce qui nous forçait à ralentir. Elle s'est agrippée à mon épaule alors qu'elle a failli tomber. Le camping-car et nos véhicules semblaient être à des kilomètres.

— On peut monter dans ma voiture, a-t-elle crié pour couvrir le fracas de l'orage.

— Le mien est plus grand. Et je l'ai déjà démarré. Il y fait chaud. Monte.

Je ne lui ai pas lâché la main et je lui ai ouvert la portière passager, attendant qu'elle grimpe à l'intérieur avant de la refermer et de me précipiter de l'autre côté. J'ai glissé en contournant le véhicule utilitaire sport et j'ai failli tomber, me rattrapant au capot. Elle a poussé ma portière de l'intérieur, me laissant entrer dans le véhicule chaud avant que je ne claque ma portière, le son faisant écho au tonnerre qui nous avait pourchassés tout du long.

— Ça va ? lui ai-je demandé.

Le regard dans ses yeux a répondu avant même qu'elle ne parle. — Non. Ça ne va pas. Comment est-ce que ça pourrait aller ? Je suis sur le point de mourir.

J'ai orienté les bouches d'aération dans sa direction, espérant que ça l'aiderait à se réchauffer. — Tu ne vas pas mourir.

— Si, bien sûr que si. Parce que j'ai pris une mauvaise décision. Je ne suis pas surprise. La dernière fois, je n'avais ni mon téléphone ni mon manteau avec moi, et je n'avais pas de kit d'urgence. Je pensais que j'étais si maligne. Mon téléphone est dans ma poche. J'avais ma veste près de moi, dehors. Mais ça ne me sert à rien quand je suis coincée ici et que je meurs de froid.

— Tu ne meurs pas de froid. On n'est pas loin de la ville. On peut rentrer à la maison.

— On ne peut pas conduire là-dedans ! a-t-elle hurlé.

— Non, c'est vrai. On ne devrait pas. Il pleut trop fort pour voir la route, et on n'arrivera probablement pas à sortir de l'allée. Mais tu as dit que les gens savent où tu es. On peut appeler à l'aide.

Le tonnerre a grondé dehors, la faisant sursauter.

— Natalie, ça va aller.

— Non, ça n'ira pas. Je ne sais pas pourquoi j'ai cru que je pouvais faire ça. Je n'ai pas vérifié la météo, et je serais restée coincée dehors si tu n'étais pas venu me trouver. Encore une fois. Qu'est-ce qui ne va pas chez moi ? Personne ne va me confier ses enfants. Cet endroit est un échec avant même d'avoir commencé.

Elle s'est penchée en avant, la tête entre les mains. Ses épaules tremblaient. La voir si abattue m'a fendu le cœur.

Je l'avais vue incertaine, en colère et doutant d'elle-même, mais jamais complètement perdue. J'ai eu envie de la prendre dans mes bras, mais j'avais bien compris la leçon. — Les parents te confient leurs enfants parce que tu es géniale avec eux. Tu crées un lien avec les enfants et tu les adores, et ça, les parents le voient.

— Ça n'a aucune importance, on va mourir ici. On va retrouver mon cadavre dans ton véhicule utilitaire sport. En compagnie du maire. Voilà le scandale qu'ils attendaient tous. J'espère au moins qu'on te décrira comme le héros que tu es.

— Je ne suis pas un héros.

— Tu es là pour me sauver. Je suis à deux doigts de m'arracher les cheveux et de hurler à en perdre le souffle, et toi, tu restes parfaitement calme.

— Je ne suis pas si calme que ça, mais je sais que paniquer n'y changera rien.

— On dirait ma psy qui parle.

— Ta psy a peut-être raison.

Elle a secoué la tête. — Non, elle n'a pas raison. Et ce n'est pas comme si je pouvais m'en empêcher. J'ai peur. Et je suis là avec un homme qui ne veut pas être avec moi. Et je ne vais jamais réussir à organiser ce camp de vacances. Et je vais mourir sans jamais tomber amoureuse, sans avoir de famille et sans avoir dit à mes parents que je les aime, et Daisy se retrouvera toute seule et...

C'était une mauvaise idée, mais la seule chose à laquelle j'ai pu penser pour calmer sa panique a été de l'embrasser.

Un petit couinement de surprise lui a échappé, puis un grognement sourd. Ses bras se sont enroulés autour de mon cou et m'ont attiré plus près. Sa langue a pressé contre mes lèvres.

Je les ai ouvertes pour elle et j'ai fait glisser mes mains jusqu'à son cou. Je l'ai tirée plus près, voulant sentir davantage d'elle.

Elle a agrippé ma chemise comme la dernière fois que je l'avais embrassée et s'y est cramponnée.

J'ai grogné et resserré ma prise sur elle. Elle s'est rapprochée centimètre par centimètre, la console centrale formant une frustrante barrière entre nous.

— Omar, a-t-elle soufflé.

— Oui ?

— Pourquoi es-tu venu ici aujourd'hui ?

Je me suis reculé pour la regarder. Elle avait le visage rouge, les cheveux emmêlés par la pluie. Sa poitrine se soulevait à chaque respiration. Sa peau était froide au toucher, un rappel que nous avions été pris sous la pluie verglaçante, même si mon corps était bouillant à cet instant.

— Je ne l'avais pas prévu. Je suis parti faire un tour en voiture et j'ai atterri pas loin. Je voulais voir l'endroit.

— Je suis désolée pour la photo. L'article. Elle a baissé la tête en se mordant la lèvre, se dérobant à mon regard.

Je lui ai pris le menton dans le creux de ma main et j'ai tourné son visage vers le mien.

Elle a croisé mon regard à contrecœur.

— Cette photo, ce n'était pas de ta faute.

— C'est moi qui ai trébuché et qui t'ai agressé. Je sais que je dois me dénoncer et expliquer...

— Non.

Elle s'est reculée. — Pardon ?

J'ai secoué la tête. — Cette photo a été sortie de son contexte, et te traîner au milieu de tout ça n'arrangera rien. Ta réputation pourrait en pâtir et cet endroit pourrait ne pas connaître le succès que je lui prédis.

— Je ne peux pas te laisser trinquer pour ça alors que c'est de ma faute.

— Non, Natalie. C'est de la faute de l'homme qui a pris la photo. Et si quelqu'un s'en prend à moi, il s'en prendra à toi et à quiconque essaiera de se mettre en travers de son chemin.

Elle a frissonné à mes mots. — Tu crois ?

— J'aimerais bien savoir. Je n'ai aucune idée de ce qui se passe. Tout ce que je sais, c'est que je ne veux pas que tu te retrouves au milieu de tout ça. Tu vas faire des choses extra-ordinaires ici. Et tu dois dire à Amelia de freiner ses grandes idées si ce n'est pas ce que tu veux.

Natalie a secoué la tête, ses cheveux bruns tombant en cascade sur ses épaules. — Je ne peux pas. Elle a été si bonne avec moi. Je suis nulle avec les gens, mais Amelia ne me fait jamais sentir que je suis un poids. Elle est incroyable, et si elle a des idées pour améliorer cet endroit, je vais l'écouter.

— Si ça veut dire que tu es submergée et au bout du rouleau, elle doit le savoir.

Natalie a dégluti difficilement. Elle a détourné la tête, les larmes aux yeux, avant de me les cacher. — Je gère.

— Hé, je ne dis pas que tu n'en es pas capable. Je veux te voir réussir. Et pas seulement parce que je suis le maire. Je veux voir Natalie Edwards réussir. Même si tu ne veux pas que je partage ça avec toi.

— Si je réussis, c'est bon pour toute la ville.

— Tu sais très bien que ce n'est pas de ça que je parle, Natalie. Je parle de toi. Je parle de ça. Je parle du fait que tu ne veux pas de moi. Je m'excuse de t'avoir embrassée à nouveau. J'ai une trousse de secours à l'arrière. Je vais la chercher, pour te laisser un peu d'espace.

Je me suis contorsionné sur mon siège et j'ai fait passer mon corps dans l'espace trop étroit entre les fauteuils. J'ai heurté le klaxon avec ma hanche et je me suis agrippé au dossier du siège, tombant sans aucune grâce sur la banquette arrière.

Qu'était un moment embarrassant de plus devant Natalie Edwards ? Elle ne pouvait pas avoir une plus mauvaise opinion de moi, alors pourquoi est-ce que ça m'importait ?

13

NATALIE

Omar s'est penché dans le coffre et a attrapé sa trousse de secours ; car bien sûr, il était préparé et en avait une.

Il s'est rassis et j'ai vite détourné le regard avant qu'il ne me surprenne en train de l'observer. Il s'est penché en avant et m'a tendu une couverture et une bouteille d'eau.

Un silence s'est étiré entre nous. L'air chaud des bouches d'aération réchauffait l'habitacle, mais je frissonnais toujours ; l'air froid du dehors, combiné à la pluie, avait fait chuter ma température corporelle en un rien de temps.

Je tremblais en dépliant la couverture qu'il m'avait donnée. Ma chemise en flanelle était collée à ma peau mouillée. J'ai jeté un coup d'œil dans sa direction, songeant à l'enlever.

Il a évité mon regard. Il était assis derrière le siège du conducteur, hors de mon champ de vision, à moins que je ne me tourne pour le voir.

J'ai essayé de prétendre qu'il n'était pas là, mais c'était impossible. Son odeur emplissait le véhicule, sa chaleur rayonnait autour de moi comme si elle faisait partie de celle qui émanait des bouches d'aération.

Il a retiré son manteau avec difficulté, le laissant tomber sur le plancher derrière mon siège. Il était plus sec que moi, mais de peu.

— Tu devrais enlever ta chemise, a-t-il grondé.

Il plaisantait ou quoi ? — Ouais, bien sûr.

— Je ne suis pas en train de te draguer. Tu es frigorifiée. Si tu ne te débarrasses pas de certains de tes vêtements mouillés, la couverture et le chauffage ne feront pas effet assez vite. Tu vas tomber malade. Il a déboutonné sa chemise et l'a laissée tomber sur le plancher avec son manteau, le laissant dans un débardeur noir qui caressait ses muscles.

Mon regard s'est attardé sur son torse avant que je ne réalise que j'étais en train de le fixer. J'ai brusquement détourné les yeux et j'ai retiré ma chemise en flanelle trempée, la jetant sur le plancher à mes pieds. J'ai enroulé la couverture autour de mes épaules et me suis penchée plus près des bouches d'aération, suppliant la chaleur d'imprégner mon corps.

Je regardais l'orage par la fenêtre. Nous allions rester coincés là pendant un certain temps. Un silence inconfortable et une trêve tacite temporaire s'étaient installés entre nous.

— J'allais te chercher pour te remercier. Je ne voulais pas que ça se passe comme ça, mais je voulais te dire que j'ai apprécié tes paroles. Ton soutien évident à mon égard. Je... je ne m'y serais jamais attendu, mais je t'en suis extrêmement reconnaissant. Son aveu discret était aussi sincère qu'inutile.

— Je pensais chaque mot. Tu fais du bien à L'anse MacKellar. Et cette photo...

— Ce n'était pas de ta faute. L'homme qui l'a prise, et le journaliste qui l'a publiée, ils ont fait ça pour une raison. Je vais faire tout ce que je peux pour te tenir à l'écart de ça. J'espère que le fait que tu aies pris ma défense n'attirera pas leur attention sur toi.

— Si c'est le cas, je m'en occuperai. Je… Je ne veux pas ça, mais ce n'est pas juste que tu sois puni pour avoir essayé de m'aider.

— Ce n'est pas grave.

— Pourquoi est-ce que je ne te plais pas ?

— Pardon ? a-t-il aboyé.

— Je voulais juste…

— C'est toi qui as dit qu'on n'allait pas du tout ensemble et qui es partie cette nuit-là, Natalie. Pas moi.

— Je sais. J'ai dégluti. — Je ne… Les relations amoureuses ne sont pas faciles pour moi. Rester anonyme, c'était facile. Tu ne savais pas à quel point je suis maladroite.

Il a laissé échapper un petit rire. — Ton pseudo était « C'est gênant ».

J'ai eu un petit rire. — D'accord, c'est vrai, tu avais peut-être une petite idée. Mais je ne veux pas finir par ruiner tes chances d'être réélu parce que tu sors avec moi.

— Et moi, je pense que sortir avec toi ne fera qu'améliorer mes chances. Mais ce n'est pas pour ça que je veux sortir avec toi, Natalie.

J'ai laissé échapper un rire. — Je suis sûre qu'il y a une longue liste de raisons pour lesquelles tu ne veux pas sortir avec moi.

Il a secoué la tête. — C'est le contraire. J'ai une longue liste de raisons pour lesquelles je le veux.

— Quoi ? Pourquoi ?

— Parce que tu es belle. Tu es intelligente. Tu te soucies tellement des enfants que tu te fiches de savoir qui tu contraries pour obtenir ce qui est juste pour eux. Tu es prête à te salir complètement et à te blesser pour que ce soit une réussite. Tu es passionnée, gentille et créative. Tu veux que je continue ?

J'ai secoué la tête. — Je ne me vois pas comme ça.

— Tu devrais peut-être arrêter de voir tout ce que tu ne veux pas voir en toi et commencer à voir tout ce que les gens qui tiennent à toi voient.

Je me suis mordillé la lèvre. — I'Je n'ai jamais été très douée pour ça.

— Personne ne l'est. Nous sommes nos propres juges les plus sévères. On se concentre toujours sur nos échecs.

— Tu n'échoues jamais en rien, ai-je lâché.

Son rire fut si fort qu'il couvrit le bruit du tonnerre. — Si seulement.

— Cite-moi un seul de tes échecs.

Son regard s'est ancré dans le mien, et la chaleur qui émanait de lui surpassait celle des bouches d'aération. — Notre rendez-vous.

J'ai eu le souffle coupé. - Ce n'était pas de ta faute.

— Ça n'a pas d'importance, Natalie. Je ne suis pas venu ici pour ressasser ça. Ni pour que tu te sentes mal à propos de ton choix. Je n'aurais rien dû dire.

Il s'est agité sur son siège et s'est tourné vers la fenêtre, me fermant la porte.

Je voulais laisser tomber. Ignorer tout ça. Le laisser tranquille et ne pas me battre pour quelque chose qui, de toute façon, ne fonctionnerait pas, à mon avis.

Mais je savais que je ne pouvais pas. Je ne pouvais pas rester là et le laisser croire que je ne voulais pas de lui. Que j'étais contrariée que ce soit lui à qui j'avais parlé et que j'avais rencontré ce soir-là.

Avant de pouvoir me raisonner, j'ai grimpé sur la banquette arrière avec lui. Il a eu un sursaut et s'est décalé pour me faire de la place, me fixant tandis que je m'installais à côté de lui et que je ramenais la couverture sur mes épaules.

— J'ai été odieuse. Je n'aurais pas dû te laisser en plan.

Mais surtout, je n'aurais pas dû te laisser croire que j'étais contrariée que ce soit toi.

Il a ricané et s'est à nouveau détourné.

— Tu es si... Tu ne devrais pas être célibataire. Les femmes devraient se bousculer au portillon pour sortir avec toi. J'en suis sûre. Tu es posé, intelligent et si bon. Pour cette ville, et en général. Tu vaux tellement mieux que moi, Omar.

Il a ouvert la bouche, mais j'ai enchaîné sans lui laisser la chance de parler.

— Je sais où est ma place. J'aime ce que je fais. Les gens ne me connaissent pas. J'ai grandi ici, et je suis invisible. J'ai toujours été invisible. Je... Ça ne me dérange pas. Mais toi ? Toi, tu es visible. Tu es sur le devant de la scène. Tu es estimé, admiré et respecté.

— Et tu penses que toi, tu ne l'es pas ?

J'ai haussé les épaules. — Je ne sais pas, mais ça n'a pas vraiment d'importance. Je ne veux pas de ça. — J'ai pris une inspiration tremblante et je me suis forcée à croiser son regard. — Je t'avais idéalisé, tu étais cet homme qui réaliserait tous mes rêves. C'est idiot, je sais, mais j'avais l'impression que tu... Tu ne me jugeais pas. Tu ne me donnais pas l'impression de ne pas être à la hauteur. Mais quand je t'ai vu, j'ai su que je m'étais trompée à ton sujet, parce que c'est moi qui ne suis pas à ta hauteur.

Il a eu un rire sans joie. — Wow. On m'a déjà fait le coup du « *ce n'est pas toi, c'est moi* », mais jamais d'une manière qui me donne immédiatement envie de crier au mensonge.

— Au mensonge ? — ai-je haleté.

— Oui, au mensonge. Dis-moi simplement que tu ne veux pas être avec moi, Natalie. Je peux l'encaisser. Merde, tu me l'as déjà dit sans les mots. C'est si difficile de simplement dire « *je ne t'aime pas* » ?

— Ça ne le serait pas si je ne t'aimais pas, — ai-je murmuré.

— Ne fais pas ça. Non, ne fais pas ça. Ne dis pas ça, Natalie. Tu as clairement exprimé tes sentiments. Je voulais te remercier pour ce que tu as dit au journaliste. Nous pouvons être professionnels et mettre tout ça de côté, et quand le camp sera ouvert et fonctionnel, nous n'aurons plus à nous voir. Mais ne me prends pas pour un idiot. Ne dis pas des choses que tu ne penses pas.

— Tu crois que je te mens ?

— J'en suis certain, — a-t-il beuglé. — J'en suis certain. — Il a soupiré et m'a de nouveau tourné le dos. — On peut juste s'asseoir ici jusqu'à ce que l'orage passe. On n'est pas obligés de parler.

Je luttais contre ce qu'il me faisait ressentir depuis que j'étais entrée chez O'Kelley's, mais je ne pouvais plus continuer. Je ne crois pas que j'en avais encore envie. — Je connais une autre façon de passer le temps, dis-je en me glissant sur ses genoux.

Ses mains se sont immédiatement posées sur mes cuisses, sans me repousser. La surprise se lut dans son regard, puis le désir.

J'ai eu envie de me réfugier de l'autre côté du véhicule utilitaire sport et de faire comme si je n'avais pas été aussi audacieuse, mais je ne pouvais pas. Je le désirais. Cet homme était une drogue, et j'en voulais plus.

Je me suis approchée lentement, lui laissant le temps de me repousser.

Il est resté immobile, laissant mes lèvres se poser sur les siennes. Il a aspiré une goulée d'air, et le courant d'air frais a fouetté ma joue. Ses doigts se sont crispés sur mes cuisses, trahissant ses émotions.

J'ai enroulé mes bras autour de son cou et me suis collée à lui ; j'avais besoin de la chaleur de son corps, de son contact, de ses lèvres. J'ai léché ses lèvres, et il a gémi, plongeant sa langue dans ma bouche.

Ses mains ont glissé le long de mes cuisses et ont empaumé mes fesses, plaquant mon corps contre le sien. Son érection s'est dressée entre nous, provoquant des frissons dans tout mon corps.

Il m'a repoussée, et j'ai réalisé que ce n'étaient pas des frissons. C'était un téléphone qui vibrait.

La réalité avait repris ses droits.

— Oui ? a dit Omar dans son téléphone.

Il a fermé les yeux et soupiré.

— Je suis désolé, Jane. Je ne pourrai pas revenir au travail. J'aurais dû vous appeler. Je n'étais pas préparé pour la tempête, et je suis coincé. Oui, je serai là demain. Il a soupiré, puis a souri et hoché la tête. — Merci, Jane. Je ne sais pas ce que je ferais sans vous. Il a eu un petit rire. — On se voit demain.

Il a raccroché et a levé les yeux, son regard percutant le mien.

— Tout le monde va bien au travail ? lui ai-je demandé.

Il a hoché la tête et a jeté son téléphone sur le siège à côté de nous. — Je pensais que tu devais prendre des nouvelles de Daisy et Amelia ?

Mon téléphone a sonné au moment où il finissait sa phrase. Je l'ai sorti de ma poche et le lui ai montré. Amelia s'affichait sur l'écran. — Salut, Amelia.

— Natalie. Est-ce que tu vas bien ? Tu n'as pas appelé, et il tombe des cordes ici.

— Oui, l'averse m'a surprise. Je suis… en sécurité. Je suis dans une voiture et j'attends d'y voir assez clair pour repartir.

— Oh, Dieu merci. J'étais inquiète. J'allais envoyer mon fils s'assurer que tu allais bien.

— Non, tout va bien, ai-je répondu précipitamment.

— D'accord. Tu as fini pour aujourd'hui, alors mets-toi au chaud et reste prudente.

— Promis. Merci, Amelia. À demain.

— Bonne soirée, Natalie.

J'ai raccroché et j'ai envoyé un SMS à Daisy pour lui dire que j'allais bien et que j'attendais que l'orage passe.

J'allais justement t'appeler. Contente que tu ailles bien.

Tout va bien. J'ai froid et je suis trempée, mais je ne suis pas blessée.

Tant mieux. Je serai plus tranquille quand les travaux seront finis et que tu ne seras plus toute seule là-bas.

Moi aussi.

— Tu ne voulais pas qu'elles sachent que je suis là.

Je l'ai regardé. — Je n'étais pas sûre que tu veuilles que je le fasse.

— Et toi, tu en avais envie ?

— Je n'en suis pas sûre non plus.

Il a hoché la tête, sans rire, mais sans plaider sa cause non plus.

— Qu'est-ce que tu veux que je fasse ? ai-je demandé.

— Je veux que tu fasses ce qui te met à l'aise.

— Ce n'est pas une réponse.

— Natalie, je suis le patron de ton patron, et tu as bien fait comprendre que ça te dérangeait. Je ne vais pas te dire quoi faire. Je veux que tu fasses tes propres choix. Peu importe ce que je pense ou ce que je veux.

— Pour moi, ça compte, ai-je murmuré.

Il a pris une grande inspiration. — Vraiment ? Je ne demande pas ça pour être cruel. Juste par curiosité. Parce qu'il y a encore une heure, on se parlait à peine.

— Mon historique amoureux est pour le moins décousu. La plupart des hommes que j'ai fréquentés, c'était des histoires sans lendemain et de courte durée. Il suffit d'une crise de panique, d'un problème à cause de mon anxiété, ou d'un seul regard sur ma silhouette, et ils sont prêts à prendre leurs jambes à leur cou.

— Je suis toujours là, a-t-il dit.

J'ai hoché lentement la tête. — C'est vrai. Mais si je fais une crise de panique avant une de tes apparitions publiques ? Ou si mon anxiété nous met en retard quelque part ? Et si tu en as marre de devoir t'occuper de moi comme aujourd'hui ?

— Rien de tout ce que tu as dit ne me fait fuir. Quant au fait de m'occuper de toi, je ne suis pas vraiment d'accord que c'est ce qui se passe ici.

— Tu es arrivé et tu m'as sortie de la pluie. J'aurais été coincée dehors sans toi.

— Je suis presque sûr que tu étais de toute façon coincée dehors. Tout comme moi. Je n'ai rien fait pour t'aider.

— Tu n'as pas lâché.

— Quoi ?— Quand on courait pour arriver ici, tu n'as pas lâché ma main.

Il a pris ma main et a entrelacé nos doigts. Il a porté nos mains jointes à ses lèvres. — Je ne la lâche pas non plus maintenant, Natalie. Mais c'est à toi de décider. Tout ça dépend de toi.

— Tu n'as pas ton mot à dire ?

Il a eu un petit rire. — Tu es mignonne.

— Quoi ?

— J'ai fait mon choix quand j'ai demandé à te voir. Quand j'ai décidé que je voulais te rencontrer. Bien sûr, je voulais rencontrer C'est gênant pour ne plus penser à Natalie Edwards, mais le karma est taquin.

— Qu'est-ce que tu veux dire ?

Il a expiré longuement et a planté son regard dans le mien. La profondeur et l'émotion que j'y ai lues m'ont surprise. — Je suis en train de te dire que rien chez toi ne m'a fait fuir. Je veux voir où ça peut nous mener. J'ai adoré discuter avec toi en ligne. Et tu m'as tout de suite plu en personne. Le fait de retrouver ces deux facettes chez une seule et même femme n'a pas diminué mon désir pour toi, loin de là.

— Omar, ai-je soufflé.

Il a secoué la tête. — C'est à toi de décider parce que moi, ma décision est déjà prise, Natalie. Je voulais que tu restes quand tu es entrée chez O'Kelley's. Mais je n'allais pas te courir après.

J'ai posé ma main sur sa joue, et il s'est blotti contre elle. Je me suis rapprochée, pressant mon corps contre le sien.

Il a compris le message et a glissé sa main dans mon dos. — Natalie, tu dois me dire ce que tu veux. Je ne veux pas commettre d'impair.

— Ce n'est pas le cas.

— Je veux t'embrasser à nouveau.

— Je crois qu'on a établi que j'étais partante pour ça.

Il a hoché la tête et s'est approché lentement, attendant que je l'arrête.

Je n'avais aucune intention de le faire.

Il m'a embrassée lentement, comme si le froid et le monde extérieur pouvaient rester à distance pour toujours. Il a léché mes lèvres et a obtenu un accès, faisant valser sa langue dans ma bouche. Le bout de ses doigts s'est resserré dans mon dos, m'attirant de plus en plus près jusqu'à ce que je puisse sentir l'effet que nos baisers avaient sur lui.

Il a grogné et a poussé son bassin vers le haut. Ses mains m'ont tenue fermement et m'ont encouragée à me frotter contre lui.

Mon Dieu, cet homme. Il n'a pas sourcillé quand j'ai mentionné les crises de panique. Il n'a pas dit un mot sur l'anxiété. Il venait juste de me prouver que j'avais été idiote de le laisser tomber.

Quand je me suis reculée, j'ai attendu qu'il ouvre les yeux et me regarde. Son regard était trouble et chargé de désir.

— Veux-tu sortir avec moi ? ai-je demandé.

Son regard s'est illuminé. Un sourire a ourlé ses lèvres. Je pouvais deviner sa réponse avant même qu'il ne parle.
— Oui. J'adorerais.

— Parfait.

— Je suis vraiment heureux de m'être retrouvé ici aujourd'hui, a-t-il dit.

J'ai eu un petit rire. — Moi aussi.

— Merci de m'avoir défendu face aux journalistes, Natalie. Ça m'a vraiment beaucoup touché.

— Tu m'as déjà remerciée pour ça.

Il a hoché la tête. — Ouais, mais je tenais à te remercier à nouveau. Tu sais… Tu es au courant pour mon ex-femme. Tu en sais plus que n'importe qui d'autre à L'anse MacKellar, et savoir que tu penses toujours la même chose, ça change tout.

— Je pensais ce que j'ai dit. Tu es une bonne chose pour cette ville. Tu as fait passer la ville avant toi à de nombreuses reprises.

— J'ai toujours aimé l'idée de contribuer à la communauté. Beaucoup de gens se lancent en politique pour de mauvaises raisons, mais je voulais aider. Améliorer un endroit.

— Et c'est ce que tu fais. Je sais que ton travail n'est pas facile, et je suis désolée pour les fois où je me suis emportée contre toi. Surtout il y a quelques semaines, quand je ne t'ai pas fourni les informations que tu voulais.

Il a ri. — Non, tu avais raison ce jour-là. Je cherchais une excuse pour te voir. Je veux m'assurer que nous suivons bien toutes les règles pour cet endroit, mais pas parce que je ne te fais pas confiance. C'est important.

— C'est important. Je le sais. C'est pourquoi je fais ce que je fais ici. Économiser de l'argent pour les choses que nous devons payer.

— Et la collecte de fonds ?

J'ai secoué la tête. — Je ne peux pas compter là-dessus. J'espère que ça se passera bien, mais il n'y a aucune garantie. Si nous récoltons assez pour rénover la piscine, je serai ravie.

— Tu crois que non ?

J'ai haussé les épaules. — Le budget que tu nous as donné permettra de payer l'électricien, la clôture autour de la piscine et le personnel pour le premier mois. Je ne veux pas compter sur les paiements des parents pour payer les moniteurs tout de suite. Il nous faut une petite marge de sécurité.

— C'est prudent, a-t-il dit. — Mais il reste encore beaucoup de travail à côté.

— Ouais. Amelia a parlé à son fils, et James et ses amis vont nous aider à nettoyer les terrains de basket et de volley, et probablement à s'occuper des espaces verts aussi. Ce sera fonctionnel, mais pas extraordinaire.

— Et pour le bâtiment ?

— On ne sait pas, ai-je admis.

— Je pense que le bâtiment est un élément assez important du projet.

— Je sais, ai-je soufflé, me sentant en colère et agacée. — Je sais bien. Mais si je n'ai pas l'argent pour le concrétiser, je ne peux rien y faire.

— Tu sais combien ça coûterait ?

J'ai secoué la tête. — Non.

Il a ouvert la bouche pour dire autre chose, puis l'a refermée et m'a lancé un regard ironique. — Il faut que j'arrête de jouer au patron et que je me contente de t'écouter.

— Tu n'as pas tort, cela dit.

— Je n'ai pas commencé à parler du budget pour te mettre au pied du mur. Je me suis laissé emporter.

— Tu es passionné, toi aussi. Ça fait plaisir à voir.

Il a ri doucement. — Tant que ça ne veut pas dire qu'on va se disputer.

— Je doute que ça s'arrête juste parce qu'on a l'air d'avoir trouvé un accord.

— Un accord ?

— Tu ne peux pas me contredire si je t'embrasse.

Il a penché la tête en arrière et a ri de bon cœur. Il a hoché la tête et m'a attirée à lui, inclinant son visage vers le mien. — Ça vaut aussi pour toi, tu sais.

— Oh, je le sais bien.

14

Jamais un baiser ne m'avait donné aussi chaud. Ce n'était pas seulement le chauffage à fond qui nous réchauffait, c'était Omar. En l'espace de quelques minutes, il m'avait réduite à haleter et à en redemander.

Et il était ravi de s'exécuter.

Il a soulevé le bas de mon débardeur pour poser sa main nue sur ma peau. Je me suis cambrée contre lui, gémissant à la sensation de sa main chaude sur moi. J'ai laissé tomber ma couverture et j'ai enlevé mon débardeur, me retrouvant sur ses genoux, vêtue d'un soutien-gorge en coton bleu très peu sexy qui ne l'a pas du tout ralenti.

— Le bleu te va bien, a-t-il murmuré contre mon sein.

— Personne n'était censé savoir que j'en portais un bleu.

— Dis-moi de ralentir, Natalie.

— Je n'en ai pas envie.

Il a attiré ma bouche vers la sienne, m'inspirant tout entière alors qu'il plongeait sa langue entre mes lèvres.

J'étais frénétique, j'avais besoin de lui comme j'avais besoin de la chaleur de sa voiture.

La tempête continuait de faire rage au-dehors, tout comme mes émotions. Je n'avais jamais osé batifoler dans une voiture avant. Ma meilleure amie du lycée avait perdu sa virginité dans une voiture et avait essayé de me convaincre à quel point c'était génial. C'était peut-être les treize ans qui s'étaient écoulés depuis le lycée, mais je n'arrivais pas à imaginer que faire l'amour dans une voiture puisse être si formidable.

— À quoi est-ce que tu penses ? a murmuré Omar.

— Au sexe dans une voiture, ai-je admis.

Son sexe a eu un soubresaut contre moi.

— Les gens faisaient ça tout le temps au lycée. Comment est-ce que ça pouvait être une bonne idée ?

Il a eu un petit rire. — La jeunesse nous rend idiots et souples.

— C'est vrai. Je n'essayais pas de gâcher le moment.

— Tu ne l'as pas fait. Je veux savoir ce que tu penses. C'est moi qui ai posé la question.

— Parce que j'étais distraite.

— Je suis distrait depuis que nous nous sommes rencontrés, Natalie.

J'ai souri, trouvant que sa simple confession me donnait des frissons. Et cette fois, aucun téléphone n'a sonné. — C'est une bonne chose que ce photographe ne puisse pas prendre de photo de ça. Nous deux dans une autre position compromettante.

— Ça en vaut la peine, a-t-il murmuré.

J'ai fait glisser mes mains le long de ses bras, savourant le tressaillement de ses muscles et la façon dont sa verge a réagi en écho. J'ai attrapé sa main, entrelaçant nos doigts avant de les porter à mes lèvres.

Il a poussé contre moi, et un gémissement s'est échappé de mes lèvres. Mes paupières ont frémi et se sont closes, et les mois passés à lui résister se sont envolés.

— Natalie ?

— S'il te plaît, ai-je murmuré.

— Accroche-toi à moi, a-t-il dit en posant mes mains sur ses épaules.

Je me suis agrippée à ses épaules et j'ai frémi quand il a empoigné mes hanches pour me plaquer contre lui.

Sa mâchoire s'est crispée. Ses doigts se sont enfoncés dans mes hanches. La détermination a brillé dans son regard, et il m'a emportée dans sa danse.

Je n'étais pas sûre de pouvoir jouir à travers nos vêtements, mais Omar n'allait pas abandonner. Il a changé de position pour trouver ce qui me convenait le mieux. Il a léché ma peau nue quand je me suis rapprochée de lui. Et quand la bretelle de mon soutien-gorge a glissé de mon épaule, il a abaissé un des bonnets et a porté mon sein nu à sa bouche comme une offrande.

Et il m'a envoyée au septième ciel.

— Omar, ai-je haleté, alors que les premières vagues déferlaient sur moi, mon mamelon pincé entre ses lèvres.

Il a mordu plus fort, m'envoyant une décharge qui m'a traversée et a fait trembler tout mon être.

— Oh, putain ! ai-je crié, m'abandonnant au plaisir que je pourchassais depuis des mois. Je ne m'autorisais pas à penser à lui lorsque j'étais seule, mais c'était pourtant ce que je faisais. Toujours.

— Putain, Natalie, a-t-il grogné en se contractant sous moi.

— Tu as joui ?

Il a secoué la tête. — Presque, mais non.

— Est-ce que tu…?

— Un jour, mais pas aujourd'hui. Le sexe dans la voiture dont tu parlais à l'instant ne serait pas plus simple si tu étais à genoux. Mais bon sang, c'est une image que je vais vouloir garder en mémoire pour toujours.

J'ai ri doucement, me sentant à la fois gênée et gourmande.

— Hé, a-t-il chuchoté en me relevant le menton pour croiser mon regard. — Qu'est-ce qui te passe par la tête ?

— J'ai profité de toi.

— Pas le moins du monde. Les relations ne devraient pas consister à compter les points. Je ne vais pas commencer celle-ci comme ça.

J'ai hoché la tête.

— Mais on devrait probablement y aller bientôt, avant que quelqu'un ne sorte pour de bon.

J'ai regardé autour de moi et j'ai vu que la pluie avait presque complètement cessé. Le tonnerre et les éclairs étaient passés.

Et mon sein était exposé à la vue de tous si quelqu'un s'approchait de la vitre.

— Je n'avais même pas remarqué.

Il a eu un sourire en coin. — Parfait.

Omar m'a aidée à rajuster mes vêtements, puis m'a demandé mes clés.

— Pourquoi ?

— Je vais démarrer ta voiture pour qu'elle chauffe avant que tu montes dedans.

— Tu n'es pas obligé de faire ça.

Il a souri. — Je suis égoïste. Ça me permet de passer quelques minutes de plus avec toi pendant que ta voiture chauffe.

— Eh bien, dans ce cas… Je lui ai tendu mes clés.

Il m'a embrassée, puis a ouvert la portière et est sorti en débardeur, sans son manteau. Il a refermé la porte pour empêcher l'air froid de s'infiltrer, puis il a couru jusqu'à mon véhicule utilitaire sport.

Il lui a fallu un instant pour déverrouiller les portes et

monter à l'intérieur. Le moteur a toussoté pour démarrer, puis Omar est ressorti et a couru de nouveau vers moi.

Il est monté sur la banquette arrière avec moi et m'a serrée contre lui. — J'ai besoin que tu me réchauffes. Il fait froid dehors.

J'ai ri et je suis de nouveau montée sur ses genoux, m'enroulant autour de lui et l'embrassant jusqu'à ce que les vitres s'embuent et que nous soyons de nouveau haletants tous les deux.

— C'était un rêve ? a-t-il demandé.

J'ai secoué la tête. — Pas un rêve.

— Alors, tu m'as vraiment invitée à sortir ?

— Oui.

— Je vais te prendre au mot.

— J'y compte bien.

Nous nous sommes embrassés encore quelques minutes, puis nous avons admis que nous devions enlever nos vêtements trempés.

Il m'a raccompagnée jusqu'à mon véhicule utilitaire sport et s'est assuré qu'il n'était pas embourbé avant de retourner à son propre véhicule. Il m'a suivie tout le long de l'allée boueuse et dans la rue, puis a fait un appel de phares avant de tourner là où j'avais continué tout droit.

Quelques minutes plus tard, je me suis garée dans mon allée. J'ai attrapé mes vêtements trempés et la couverture d'Omar et je me suis dépêchée jusqu'à la porte.

— Oh mon Dieu ! Tu es vivante ! s'est écriée Daisy en se précipitant vers moi.

J'espérais avoir le temps de décortiquer cette journée sans avoir à en parler à qui que ce soit. Nous avions franchi une limite. Une limite que je voulais franchir, mais cela changeait tout. Et j'avais besoin de temps pour digérer ça. Du temps que je n'avais pas, car Daisy allait vouloir des détails que je n'étais pas sûre de vouloir partager.

Mais c'était Daisy. S'il y avait une personne à qui je pouvais tout dire, c'était bien elle.

— Je vais bien. Je me suis fait surprendre par la pluie.

— Comment tu as fait pour ne pas mourir de froid ?

— On est restés assis dans la voiture.

— On ? Qui ça « on » ?

— Omar est venu…

Daisy a levé le poing en l'air. — Oui ! Oh que oui. Raconte-moi tout. Que s'est-il passé ? Pourquoi était-il là ? Vous avez partagé votre chaleur corporelle ?

— Tu es une vraie gamine, l'ai-je taquinée.

Elle a hoché la tête solennellement. — Oui, oui, je sais. C'est pour ça que j'ai un magasin de jouets. J'essaie de rattraper la jeunesse que je n'ai jamais eue.

J'ai souri, sachant que ce n'était pas juste des mots. Elle le pensait vraiment. Et ça me fendait le cœur pour elle, mais jamais elle ne laisserait quelqu'un la prendre en pitié. — Et tous les enfants de la ville vont avoir une meilleure enfance grâce à toi.

— J'espère bien. Maintenant, arrête de me faire languir et raconte-moi ta journée.

J'ai expiré d'un trait et je lui ai raconté qu'Omar était arrivé au camping et qu'il m'avait trouvée en train de déterrer des branchements. Elle s'est pâmée quand je lui ai dit qu'il m'avait attrapé la main et avait refusé de la lâcher pendant que nous retournions au parking en courant. Et quand j'ai évoqué nos baisers et notre conversation, elle a soupiré de bonheur.

— Je suis si contente pour toi, a-t-elle dit quand j'ai eu terminé mon histoire.

— Merci. Je sais qu'il y a encore beaucoup de chemin à parcourir, mais nous avons reconnu tous les deux que nous aimions discuter sur À la Recherche du Héros Littéraire Parfait. On a appris à se connaître, et ce lien existe toujours.

— J'ai essayé de te le dire.

J'ai hoché la tête. — Je sais, mais je n'étais pas prête à l'entendre. Surtout que j'étais si sûre qu'il me détestait de l'avoir laissé tomber.

— Mais ce n'est pas le cas ?

J'ai secoué la tête et souri. — Non, ce n'est pas le cas.

— Eh bien, tant mieux. Je suis vraiment contente pour toi. C'est un homme chanceux.

J'ai grogné. — Mouais.

Daisy a secoué la tête. — Toi, mon amie, tu es incroyable. J'aimerais que tu puisses le voir, mais je suis vraiment heureuse qu'Omar, lui, le voie. Parce que tu mérites quelqu'un qui voit toutes ces choses qui te rendent spéciale.

— Merci. Tu sais que je pense la même chose de toi.

Daisy a mis la main sur sa hanche. — Tu as intérêt. Parce que moi aussi, je suis géniale.

J'ai ri, mais mon rire s'est éteint. — J'ai peur.

— Bien sûr que tu as peur. Les relations amoureuses, ce n'est pas facile. Mais il semble, d'après tous ces autres gens qui ont trouvé leur moitié, que ça en vaut la peine quand on en arrive là.

— Tu penses que tu le trouveras un jour, le bon ? lui ai-je demandé.

Elle a soufflé par le nez. — J'espère bien.

— Moi aussi.

— Va prendre ta douche. Tu dois être gelée, et je sais que tu es sale. Je vais préparer le dîner et on pourra regarder quelque chose.

— Ça me va. Merci.

— De rien.

Daisy est allée à la cuisine et je me suis tournée pour aller dans ma chambre. Notre maison était parfaite pour nous, avec une salle de bain dans chaque chambre. J'avais eu la plus grande chambre avec la plus petite salle de bain, ce qui m'arrangeait bien. Daisy aimait la grande salle de bain, mais se fichait d'avoir un grand lit.

Je suis passée devant mon lit pour aller à la salle de bain et je me suis débarrassée de mes vêtements trempés et boueux pour la deuxième fois en deux semaines. Au moins, cette fois-ci, je ne le faisais pas avec une cheville blessée. Ce qui n'était probablement le cas que parce qu'Omar était là pour m'aider.

J'ai vu une autre facette de lui quand nous étions coincés ensemble. C'était l'homme à qui je parlais en ligne. Émotif, gentil et encourageant. J'en avais besoin d'une manière que je n'avais pas comprise avant.

Je suis entrée sous la douche chaude. J'ai fermé les yeux et j'ai laissé l'eau couler sur mon corps. Je me suis lavée rapidement, laissant les bulles de mon gel douche emporter la saleté et la sueur de ma journée. Mon Dieu, quelle honte. Nous avions passé toute la journée entassés dans son véhicule utilitaire sport à nous embrasser alors que j'étais si dégoûtante.

Mais ça ne l'avait pas dérangé.

Je n'ai pas pu m'empêcher de me demander ce qu'il faisait. S'il était sous la douche, en train de penser à moi. Sa grande main enroulée autour de la grosse érection qui avait été pressée contre moi toute la journée. Caressant, tirant et chuchotant mon nom au moment de jouir.

L'idée qu'il se touche a fait s'emballer mon pouls et a provoqué des picotements dans tout mon corps. Le bruit de quelque chose qui claquait de l'autre côté du mur, dans le salon, m'a sortie de ma rêverie avant que je ne m'excite de trop.

Je me suis lavée une nouvelle fois, en m'assurant d'être bien propre, puis je suis sortie de la douche. J'ai enfilé un pyjama chaud et douillet, et j'ai rejoint Daisy dans le salon.

Elle m'avait préparé une assiette bien chaude, la télécommande à la main et un film prêt à être lancé.

— Tu te sens mieux ?

— Des tonnes, dis-je honnêtement. Les orgasmes arrangeaient tout.

OMAR et moi avons échangé des messages les jours suivants, mais avant que nous ayons pu faire des projets pour le week-end, Amelia m'a confirmé que James viendrait me retrouver au camping pour enlever l'arbre du terrain de basket. Quand je suis arrivée le samedi après-midi, James n'était pas seul.

— Jude ! m'exclamai-je, surprise de voir l'un de mes campeurs planté là. — Comment vas-tu ?

— Salut, Mme Natalie ! Papa a dit que je pouvais venir aider.

— Bien sûr, dis-je en serrant le garçon dans mes bras. Il était presque aussi grand que moi et continuait de grandir. Jude était un garçon adorable qui veillait toujours sur les autres enfants pendant la colonie de vacances. Il s'assurait que tout le monde sache jouer aux jeux farfelus que j'inventais et il était un grand fan de tout ce qui sortait de l'ordinaire.

— Bonjour, Monsieur Bailey, dis-je en serrant la main de son père. Derek Bailey était la gentillesse incarnée. J'emmenais mon VUS à son garage depuis toujours, mais je ne connaissais pas Derek avant que Jude ne vienne à la colonie de vacances.

— Appelez-moi Derek, je vous en prie, dit-il. — J'ai l'impression de vous connaître après tout ce que Chelsea raconte sur vous. Elle vous aime autant que Jude.

Derek et Chelsea n'avaient pas eu le début de relation le plus facile, mais une fois qu'ils avaient appris à se connaître, tout avait changé. Chelsea était ma coiffeuse, quelqu'un que Daisy m'avait forcée à aller voir, alors que je traînais des pieds. Heureusement, je l'avais écoutée. Chelsea était incroyable, et elle m'avait donné une confiance en moi que je n'avais jamais eue auparavant. Non pas que cela m'ait rendue totalement sûre de moi, mais c'était une nette amélioration.

— C'est réciproque, dis-je à Derek. — Et James, merci de faire ça.

James sourit. — Je suis content d'aider. Maman est tellement excitée à propos de cet endroit. Elle n'arrête pas d'en parler. Mon frère et moi venions ici quand nous étions jeunes, mais ça fait une éternité que je n'y étais pas retourné. J'espère que ça ne te dérange pas que j'aie amené de l'aide.

Je secouai la tête. — Bien sûr que non. J'apprécie plus que tu ne peux l'imaginer.

— Comment va la cheville ? demanda Derek.

Le rouge m'est monté aux joues. — Tu as entendu parler de ça ?

Les hommes ont hoché la tête.

— Je vais bien maintenant. J'aurais dû faire plus attention.

— Maman s'en veut que tu te sois blessée. Elle se reproche de t'avoir laissée venir ici.

— Ce n'était pas sa faute. Juste un faux pas. Mais il y a beaucoup à faire, et peu d'argent.

— Bon, qu'est-ce qu'on peut faire de plus ? a demandé Derek. — On peut rester aussi longtemps que tu auras besoin de nous.

J'ai secoué la tête. — Je ne pourrais pas vous demander de faire plus que ce que vous faites déjà. Il faut juste qu'on dégage cet arbre pour voir si le terrain est en assez bon état.

— On dirait qu'il y a bien plus à faire, a dit James. — Commençons par l'arbre et on verra ensuite. Tu gardes le bois ?

— Euh, oui ?

Les hommes ont eu un petit rire.

— Si tu comptes utiliser certains de ces braseros, autant garder le bois pour t'en servir. Si c'est le cas, on le coupera en morceaux assez petits pour que quelqu'un puisse les porter. Sinon, on peut simplement le laisser en rondins, a expliqué James.

— Oh, eh bien, oui, j'y pensais. Je veux enlever les braseros qui sont là et en faire un plus grand avec les briques. Avec un peu de chance, quelque chose sur quoi on pourra cuisiner. Ta mère a aussi plein de grandes idées sur la façon d'utiliser l'espace, et je pense qu'utiliser les braseros d'une manière ou d'une autre est quelque chose qu'elle veut faire. Je ne voulais pas leur donner plus de travail, mais si ça signifiait que je pouvais économiser de l'argent plus tard, c'était une décision intelligente.

— On va couper les bûches en petits morceaux, a dit Derek. — Tu scies, je fends ?

James a hoché la tête.

— Qu'est-ce que je fais, moi ? a demandé Jude.

— Tu vas aider Natalie à empiler ça où elle veut. Fais une belle pile quelque part pour que tout soit bien rangé, a dit Derek.

Jude a hoché la tête, enfilant les gants que son père lui tendait.

J'ai attrapé mes gants, et les deux hommes ont sorti des outils de leurs véhicules. James m'a tendu une paire de bouchons d'oreilles, et Derek m'a proposé des lunettes de protection. Les deux hommes ont mis leur équipement de sécurité, et Jude a fait de même. J'avais appris ma leçon, alors j'ai fait pareil.

James a démarré la tronçonneuse qu'il avait apportée, son vrombissement assourdissant déchirant le silence des lieux. Il l'a placée contre le tronc de l'arbre, et une entaille s'est immédiatement formée.

James a scié l'arbre en trois morceaux, en faisant attention de ne pas s'approcher trop près du terrain de basket. Une fois ces morceaux coupés, il a éteint la tronçonneuse et l'a posée par terre.

— Dégageons ça du terrain et je les couperai en plus petits morceaux. Je ne veux pas risquer d'abîmer le terrain.

Derek s'est avancé pour aider, attrapant une extrémité de la plus grosse section. Jude, qui les regardait faire, a saisi une extrémité du plus petit morceau.

— Je vais t'aider, Jude, ai-je dit, en m'approchant de lui, sachant que soulever cette grosse bûche allait être un défi pour nous.

Nous avons essayé, sans le moindre succès.

James et Derek sont revenus et ont emporté le deuxième morceau.

— Et si on le faisait rouler ? ai-je suggéré, remarquant qu'il n'y avait pas beaucoup de branches qui dépassaient du morceau que nous essayions de déplacer.

— Essayons, a dit Jude.

Nous nous sommes mis d'un côté et avons poussé. La bûche n'a pas bougé tout de suite, mais après quelques secondes, elle l'a fait. Jude et moi nous sommes adressé un grand sourire et avons poussé plus fort, réussissant à faire rouler la bûche hors du terrain, juste à côté des autres morceaux.

— Tu as vu le terrain ? a demandé Derek derrière nous.

Je me suis redressée et j'ai secoué la tête, anxieuse de découvrir ce qui m'attendait.

— Ça a l'air bien, dit James en faisant le tour de la surface. Ça mériterait d'être scellé et il faut absolument nettoyer les bords, mais c'est bien mieux que ce à quoi je m'attendais.

— Je suis d'accord, dit Derek. J'ai un contrat de service avec une équipe locale qui s'occupe du pavage et du scellement. Je peux les contacter pour voir s'ils peuvent le faire, si ça t'intéresse.

— C'est sur ma très longue liste. J'ai besoin de quelqu'un pour l'allée et le parking.

— Je vais les appeler et leur demander de te contacter. Je sais que tu as un budget serré, alors je leur demanderai s'ils peuvent le faire au prix coûtant.

— Tu n'es pas obligé de faire ça, ai-je protesté.

— Si, au contraire, dit James. Parce que tu as un budget serré. Il n'y a aucune honte à ça.

J'ai pris une profonde inspiration et j'ai hoché la tête. Il fallait que je me le mette dans le crâne. J'ai été élevée à ne jamais demander la charité. Il y a eu des moments où ça aurait pu nous aider, mais mes parents disaient toujours qu'il y avait des familles plus mal loties que nous. Et ils n'avaient pas tort. Je n'ai jamais manqué de repas comme tant d'enfants de l'école primaire de L'anse MacKellar. Mes parents ont toujours été là pour moi, et ils se sont assurés que je sache à quel point ils m'aimaient.

C'était une question de fierté pour moi. Mais il ne s'agissait plus de ma fierté. Il s'agissait des enfants que j'aidais. Si je refusais l'aide des autres, je devrais accepter que je ne pourrais pas faire autant que je le voulais pour les enfants.

Et je n'étais pas prête à cela.

— Merci, ai-je dit à Derek. Ce serait vraiment une grande aide.

— De rien, a dit Derek.

James a hoché la tête, comme s'il comprenait à quel point cela avait été difficile pour moi, puis il a remis ses lunettes de sécurité et ses bouchons d'oreilles et s'est remis au travail, coupant l'arbre en morceaux.

15

OMAR

J'avais hâte d'avoir mon rendez-vous avec Natalie, mais je n'étais pas ravi de devoir attendre une semaine de plus. Quand elle a eu fini son travail au camping, elle était épuisée et avait mal à la cheville.

Si elle avait vécu seule, j'aurais pu prendre à dîner à emporter et aller la voir, mais elle avait une colocataire, et ça aurait été gênant.

Alors, j'ai dû attendre.

Dimanche soir, j'avais besoin de sortir de chez moi. J'étais allé faire un tour en voiture samedi, mais ça n'avait pas dissipé le malaise que je ressentais. J'avais besoin de voir du monde.

Une fois de plus, je me suis retrouvé à entrer chez O'Kelley's et à chercher Hudson.

— Bonsoir, Omar. Qu'est-ce que je te sers ? a demandé Hudson alors que je prenais place au bar.

— Tu travailles tout le temps ?

Hudson a gloussé. — C'est l'impression que ça donne.

J'ai souri. — Je peux avoir un burger et une bière ?

— Ça arrive.

Hudson m'a servi ma bière, puis est parti passer ma commande en cuisine. J'ai siroté ma bière et regardé autour de moi dans le bar. Des groupes étaient dispersés dans la salle. Certains jouaient au billard, d'autres s'alignaient devant les cibles de fléchettes, et beaucoup d'autres encore avaient rapproché des tables pour agrandir leur groupe.

J'étais assis seul.

Quelques personnes m'ont fait un signe de la main ou m'ont salué, mais personne ne s'est approché ni ne m'a invité à les rejoindre.

Ça ne m'avait pas dérangé avant, mais plus je me rapprochais de ma réélection, plus je voyais à quel point je m'étais coupé de la ville. J'adorais L'anse MacKellar, mais je n'en faisais pas vraiment partie.

Peut-être que ça changerait avec Natalie.

Elle me montrait des facettes de la ville auxquelles je n'avais jamais prêté attention auparavant. Les familles, les enfants, les besoins. Même avec les autres de mon âge, je me suis senti plus proche des hommes le jeudi soir après leur avoir avoué qu'elle me plaisait.

L'ironie du sort, c'est que je pensais qu'elle ruinerait mes chances de réélection, mais elle semblait être mon meilleur atout. Et c'était avant même qu'elle ne me défende et ne rembarre le journaliste qui cherchait des ragots.

— Et voilà pour toi, a dit Hudson en glissant une assiette devant moi. Tu as besoin d'autre chose ?

J'ai secoué la tête et je me suis concentré sur mon assiette.

— Ça va ? a demandé Hudson.

— Ouais. Tout va bien.

Hudson a hésité un instant, me regardant alors que j'essayais de garder contenance.

— En fait, non. Je me demande si je suis vraiment la

meilleure personne pour cette ville. Peut-être que quelqu'un comme toi devrait être maire.

Hudson a éclaté de rire. — Non. Pas question.

— Tout le monde te connaît. Tout le monde t'apprécie. Tu es prévenant et tu as un bon contact avec les gens. Pourquoi pas ?

— Je ne veux pas être maire. J'aime ce que je fais. Il n'y a pas de pression. Et tu es bon dans ce que tu fais, Omar. Pourquoi en doutes-tu ? À cause de cet article ?

J'ai haussé les épaules. — Ça me plaît, mais tu es le seul à me parler, et tu es en quelque sorte obligé de le faire.

Hudson a souri. — Est-ce que tu veux parler aux gens parce que tu veux qu'ils votent pour toi ou parce que tu veux être ami avec eux ?

J'ai penché la tête sur le côté en réfléchissant à sa question.

Quelqu'un l'a appelé et Hudson a détourné le regard. Il a levé un doigt, puis m'a regardé. — Quand tu auras trouvé la réponse, tu sauras ce que tu dois vraiment faire. Tout le monde ici m'apprécie parce que je leur fournis de la bière, à manger et un endroit où se retrouver. Tout change quand tout change.

J'ai eu un petit rire et j'ai hoché la tête quand il s'est éloigné.

Il n'avait pas tort. S'il était le maire au lieu du propriétaire du bar du coin, les gens le verraient différemment. Mais moi, dans tout ça ? Je n'ai jamais vraiment fait partie de la communauté locale. J'ai emménagé ici, je me suis plongé dans le travail sans lever la tête. J'aimais bien mes collègues, mais je n'ai jamais pris le temps d'apprendre à les connaître.

Mais pourquoi est-ce que je voulais connaître des gens ?

Être élu était important pour moi, mais ce n'était pas la raison pour laquelle je voulais parler aux gens. Sans adversaire, mon élection était assurée.

Mais je voulais plus. Je voulais vivre à L'anse MacKellar, pas seulement y exister.

J'ai fini mon burger et ma bière et j'ai remercié Hudson pour ses conseils et le dîner, en lui laissant un gros pourboire pour son aide.

Je suis sorti de chez O'Kelley's et j'ai percuté quelqu'un qui passait par là.

— Ouf, grogna-t-elle.

D'instinct, je l'ai attrapée, la retenant avant qu'elle ne touche le sol. Je l'ai serrée contre moi, sa douceur se moulant à ma force au moment même où son parfum de fraise et de marqueur m'emplissait l'esprit.

Ses mains étaient posées sur mes biceps, agrippées comme si j'étais sa bouée de sauvetage.

— Tu vas bien ? ai-je demandé.

— Omar, souffla-t-elle, mon nom n'étant plus qu'un murmure.

— Natalie. Ma voix s'est faite plus grave, laissant transparaître un désir que j'espérais avoir caché. Mes doigts se sont resserrés sur son dos, la tirant plus près de moi.

— Fais attention ou tu seras la prochaine sur une photo compromettante avec lui, a taquiné Daisy, à quelques pas de là. — Est-ce que tu vas bien ?

Ses paroles ont poussé Natalie à se dégager de mes bras. Elle a retiré ses doigts de mes biceps et a reculé d'un pas.

Mes mains ont quitté son corps, sa chaleur disparaissant en un instant.

— Ça va, j'ai juste glissé quand Omar est sorti de chez O'Kelley's.

— Je suis désolé. Je ne faisais pas attention à où j'allais. J'aurais dû être plus prudent.

— Ça va. Elle a fait un pas pour me contourner, mettant plus d'espace entre nous.

Je ne voulais pas qu'elle parte, mais il était clair que Daisy ne savait rien de nous. J'avais dit à Natalie que c'était à elle de décider si elle parlait de nous à qui que ce soit, et je n'avais aucun droit d'être contrarié qu'elle ne l'ait pas fait.

Pourtant, je l'étais.

— Tu vas bien ? ai-je demandé à nouveau.

Elle a hoché la tête. — Oui. Merci de m'avoir rattrapée.

— C'était… J'ai jeté un coup d'œil à Daisy, qui nous observait avec une curiosité non dissimulée. — Est-ce que je pourrais te parler un instant ?

— Daisy ! Natalie ! a crié quelqu'un de l'autre côté de Petits ami du Livre Illimité.

Nous nous sommes tous retournés pour regarder alors que Trinity et Willow s'approchaient.

J'ai gémi intérieurement.

— Monsieur le Maire, a dit Willow quand elles se sont approchées. — Est-ce que vous venez au club de lecture ?

J'ai reculé d'un pas et j'ai secoué la tête. — Euh, non. Je rentrais chez moi. Je ne regardais juste pas où j'allais et je suis rentré droit sur Natalie. Passez une bonne soirée.

— Vous aussi, ont-elles dit toutes en chœur.

Je me suis éloigné, détestant être encore un secret pour ses amies. Voudrait-elle un jour qu'elles sachent pour nous ? Ou était-ce sa façon de dire qu'il n'y avait pas de « nous » ?

UN AUTRE JOUR, un autre article sur à quel point j'étais mauvais pour L'anse MacKellar. Cette fois, je ne me suis pas battu et je ne me suis pas énervé. J'ai lu l'article et j'ai accepté ce qu'il disait.

Des choses comme *partialité* et *favoritisme*. Encore une fois, l'article affirmait que je ne faisais pas ce qui était le mieux pour l'ensemble de la ville et que je me concentrais uniquement sur certains services et plans d'action.

Il y avait même une interview avec un ancien employé. Soi-disant. La personne est restée anonyme et a dit que je l'avais renvoyée après qu'elle a remis en question mon intégrité.

Je ne voyais pas qui ça pouvait être. Mais peu importait, car c'était la perception du public qui comptait, et l'article laissait clairement entendre que l'auteur pensait qu'il existait quelqu'un de mieux que moi.

Et dire que je pensais que l'élection était le cadet de mes soucis.

Le pire, c'était peut-être de ne pas avoir eu de nouvelles de Natalie. Après être restés coincés ensemble au camping, nous avions un peu discuté en ligne, mais je n'avais plus eu de ses nouvelles depuis que nous nous étions croisés devant le O'Kelley's dimanche soir.

Et ça m'énervait plus que de raison.

Nous avions une réunion de prévue avec Amelia, mais je ne pouvais pas demander à Natalie ce qui n'allait pas avec sa patronne juste là.

Je faisais les cent pas dans mon bureau en attendant qu'elles arrivent, mon esprit oscillant entre Natalie, l'élection et la personne qui essayait de saboter mes chances d'être élu. Si l'ancien maire n'avait pas été chassé de la ville, j'aurais pensé que c'était lui, mais je ne croyais pas que même lui serait assez stupide pour tenter une chose pareille. Pas avec les informations que Patrick avait sur cet homme.

On frappa à ma porte, m'interrompant en plein milieu de ma déambulation. — Oui ?

Jane ouvrit la porte et m'adressa un sourire hésitant avant de laisser Amelia et Natalie entrer dans mon bureau.

Je pensais bien cacher ma frustration, jusqu'à ce que Natalie se fige en m'apercevant.

— Omar, tu vas bien ? demanda Amelia en s'approchant de moi et en posant sa main sur mon bras.

Je m'efforçai d'effacer mon froncement de sourcils et de détendre mes épaules. J'avais manifestement échoué si elles pouvaient toutes les deux voir à quel point j'étais tendu.

Je baissai la tête et hochai un sourcil. — Vous avez vu le dernier article ? demandai-je en jetant un coup d'œil à Natalie.

— Nous l'avons vu ce matin, dit Amelia. — J'aurais pensé que ces journalistes auraient essayé de trouver quelque chose de plus vrai que des balivernes auxquelles personne qui te connaît ne pourrait croire.

— Il est dit qu'ils ont un ancien employé. C'est une assez bonne source.

Amelia ricana. — Si c'est vrai.

— Je ne peux pas faire de commentaire là-dessus. Je veux croire qu'ils n'auraient pas publié quelque chose qui exposerait le journal à des poursuites judiciaires.

— Eh bien, ils ont mis les pieds dans le plat, continua Amelia. Tu as tant fait pour cette ville, et les gens s'en rendront compte. D'ailleurs, tu es le seul candidat.

J'ai reniflé. — Je pense que c'est justement ça, le but. Quelqu'un a l'intention de se présenter contre moi et veut attendre le bon moment pour l'annoncer.

Amelia a eu le souffle coupé. — Vraiment ?

J'ai haussé les épaules. — C'est la seule chose qui soit logique. Ils ont gardé cette photo sous le coude pendant un moment. C'est probablement pareil avec cette nouvelle source.

— La photo était vraie ? demanda Amelia.

J'ai hoché la tête, mais sans regarder Natalie. — Elle est vraie. Mais elle a été sortie de son contexte et ce n'était pas du tout ce que ça laissait paraître.

Amelia a secoué la tête. — Ça ne compte pas pour moi. Ce que tu fais de ta vie privée, c'est ton affaire. Même si la photo n'avait pas été sortie de son contexte, ça ne regarde personne d'autre que toi. Quant au fait que tu aies renvoyé quelqu'un, les anciens employés mécontents ne sont jamais considérés comme des sources fiables parce qu'ils sont rancuniers. Le journal aurait dû le savoir.

— Merci, Amelia. Ton soutien compte énormément.

J'ai jeté un coup d'œil à Natalie, mais elle est restée silencieuse.

— Assez parlé de tout ça. As-tu des nouvelles pour le budget ?

Amelia a hoché la tête et s'est assise en face de mon bureau. — C'est Natalie qui a tous les chiffres.

Mon regard s'est tourné vers Natalie. Elle s'est approchée, serrant un dossier dans ses mains tremblantes. Elle s'est assise à côté d'Amelia et a ouvert le dossier. — Euh, alors, voici le budget. Il y a tout ce que nous voulons faire, réparti selon les trois phases que nous espérons avoir.

— Il est presque entièrement vide, ai-je dit.

Elle a regardé Amelia, et Amelia a simplement haussé les sourcils pour que Natalie réponde.

— Oui, euh, la météo n'a pas été très clémente ces derniers temps, alors nous n'avons pas pu avancer sur les travaux. Et on sait qu'on ne pourra pas s'occuper des phases deux et trois avant un an ou deux, donc je ne les ai pas encore chiffrées.

— Mais la première phase doit être terminée d'ici l'été. Il faut que les choses avancent, sinon ça ne se fera jamais.

— Oui, mais la météo…

— Elle ne peut pas être une excuse pour tout. Les entrepreneurs préparent leurs plannings de printemps en ce moment. Si tu ne trouves personne, il n'y a aucune chance que quoi que ce soit se concrétise. J'espérais voir plus de progrès. À quoi a servi l'argent déjà dépensé ?

Natalie tripota de nouveau le dossier en tournant les pages. Elle attrapa une liasse de feuilles attachées par un trombone et la sortit du dossier. — Alors ça c'est… Merde ! Elle laissa tomber tout le dossier par terre. Les feuilles s'envolèrent partout, s'éparpillant sur la moquette et glissant sous mon bureau.

Natalie se laissa tomber à genoux, ramassant les feuilles sur le sol.

— Laisse-moi t'aider, dit Amelia en se penchant et en ramassant les papiers les plus proches d'elle.

J'ai entendu Natalie prendre une grande inspiration et j'ai eu envie de l'aider. De lui dire que tout allait bien se passer. J'ai récupéré les feuilles qui avaient glissé sous mon bureau et j'ai fait semblant de ne pas entendre Natalie et Amelia chuchoter de l'autre côté.

— Ça va ? chuchota Amelia.

— Non. Je pensais que tu allais parler de certaines choses.

— Tu te débrouilles très bien, dit Amelia.

— Ouais, je suis à quatre pattes sous son bureau en train de me ridiculiser.

— Respire un bon coup, Natalie. Tu sais ce que tu as là. Tout va bien.

Amelia se redressa, me souriant avant de tourner son regard vers Natalie. J'ai vu l'inquiétude et la fierté sur le visage d'Amelia. Elle laissait Natalie échouer. La laissait s'emmêler les pinceaux et être maladroite. Parce que c'était comme ça que Natalie s'améliorerait.

Et Amelia me faisait confiance pour ne pas l'attaquer.

Natalie serra le dossier et toutes les feuilles contre sa poitrine et évita mon regard. Elle essaya de trier les documents sans tout laisser tomber de nouveau, mais il était impossible qu'elle y arrive.

— Pourquoi n'utilises-tu pas le bureau pour organiser tes papiers ? lui ai-je suggéré.

Elle a levé les yeux vers moi, comme si je lui offrais bien plus qu'une simple surface plane et temporaire. — Merci.

J'ai hoché la tête en lui tendant les feuilles que j'avais ramassées pour elle.

— On recommence depuis le début ? ai-je demandé.

Natalie a dégluti de manière audible. — Merci, mais je sais que tu es occupé et que tu n'as pas le temps pour que je sois si…

— Maladroite ? ai-je demandé.

Natalie a levé les yeux sur moi, le souffle coupé.

J'ai eu un sourire en coin, un secret désormais partagé entre nous.

Elle a laissé échapper un rire, et son langage corporel a changé. — Oui. Maladroite.

— Je crois que ça, j'étais déjà au courant. Pourquoi est-ce que tu ne me dis pas simplement ce qui se passe ?

Elle a inspiré et a hoché la tête. — James, le fils d'Amelia, et Derek Bailey m'ont aidée à enlever l'arbre du terrain de basket ce week-end. Ils ont passé toute la journée à la propriété avec moi, et nous avons déterré le reste des raccordements. Nous sommes prêts pour que l'équipe d'électriciens vienne tout enlever.

— C'est un énorme progrès par rapport à la semaine dernière.

— Oui, c'est vrai, a dit Natalie. — J'ai aussi fait nettoyer le camping-car cette semaine. On a loué une benne à ordures et on a payé une entreprise pour se débarrasser de tout ce qu'il y avait dedans.

— Natalie est restée coincée au camping pendant la tempête la semaine dernière, m'a dit Amelia. — On était en contact, mais elle était quand même bloquée là-bas.

— Faire nettoyer le camping-car était une bonne idée.

Les lèvres de Natalie se sont pincées, retenant une pointe d'humour. — Derek Bailey m'a mise en contact avec Total Paving. Ils vont s'occuper du parking, de l'allée, et de l'étanchéité du terrain de basket en avril ou en mai.

— Alors tu as bien mis en place certaines choses ? ai-je demandé.

Natalie a hoché la tête. — Comme notre budget est limité, je ne voulais pas m'engager sur quoi que ce soit sans savoir si nous pouvions payer. C'est pour ça que je ne suis pas plus avancée. Jusqu'à la collecte de fonds, je n'ai pas pu confirmer quoi que ce soit avec les prestataires.

— D'accord, je comprends. C'est logique que tu n'aies pas voulu bloquer leur emploi du temps pour ensuite te rétracter, au risque de leur faire perdre d'autres contrats. Tu as été en contact avec certaines de ces entreprises ?

— Oui. J'ai une entreprise de piscinistes qui a accepté de nettoyer la piscine si on peut les payer. Je ne suis toujours pas sûre pour un bâtiment, mais c'est beaucoup demander. Le camping-car était l'élément le plus important, puisqu'il nous faut un endroit à l'abri des intempéries.

— Tu fais des progrès. Et la collecte de fonds a lieu dans moins d'un mois ?

— C'est ça. On a reçu des appels d'entreprises locales qui veulent donner des articles pour une tombola, et on distribue des informations pour que toute la ville soit au courant, a dit Natalie.

— Tant mieux. La dernière fois qu'on s'est parlé, tu semblais hésitante.

— Je… Elle a eu le souffle coupé. — Je l'étais, mais j'ai réalisé la semaine dernière que si je laissais mon orgueil se mettre en travers de mon chemin, je ne faisais de mal qu'à moi-même.

Mes sourcils se sont haussés. Parlait-elle de nous ? Ou d'autre chose ?

Quelle importance ?

— Eh bien, je suis content d'entendre ça.

J'ai soutenu son regard un long moment. Assez longtemps pour oublier qu'Amelia était assise dans la pièce avec nous.

— D'accord, Omar, on s'occupe de tout et on reviendra pour notre prochaine réunion dans deux semaines. La collecte de fonds sera presque là d'ici là, et on aura tous les détails en main. Amelia s'est levée et m'a serré la main. — Et sache que les gens te soutiennent. Quiconque sort de nulle part et commence sa campagne avec des mensonges, des demi-vérités et une tentative de te faire honte n'est pas le genre de personne que je veux voir diriger cette ville.

— Merci, Amelia.

Elle a hoché la tête, puis est sortie, nous laissant seuls, Natalie et moi, pendant une minute.

— Je suis désolée pour l'article, a dit Natalie.

— Merci. J'ai eu envie de la prendre dans mes bras et de ne plus la lâcher.

— Tu veux toujours qu'on se voie ce week-end ?

J'ai levé les yeux vers elle. — Et toi ? Tu n'as parlé de nous à personne, alors j'ai supposé que…

— Daisy est au courant, a-t-elle lâché. — Elle ne savait pas comment se comporter quand on t'a vu. Et les autres du club de lecture sont au courant.

— Vraiment ? Je n'ai pas pu retenir mon sourire.

Elle a hoché la tête. — C'est… ça ne te dérange pas ?

— Oui, ça me va.

— Bien.

— Alors, ça veut dire que tu veux toujours qu'on se voie ce week-end ? ai-je demandé.

— Énormément.

— Bien. C'est un rendez-vous, alors.

Elle a souri. — Oui, tout à fait.

16

— Devrais-je me vexer que tu sois de nouveau en retard ? ai-je demandé à Natalie alors qu'elle prenait place en face de moi.

Nous étions à un rendez-vous. Notre premier rendez-vous officiel. Celui que nous avions tous les deux accepté en sachant que c'en était un.

Elle a pincé les lèvres en un sourire. — J'ai eu une longue journée. Ce n'est pas que je n'avais pas envie d'être ici.

— Eh bien, c'est une bonne chose. Pour une fois. Je lui ai adressé un sourire en coin.

Elle a secoué la tête. — Ouais, ouais. Je t'ai dit que j'étais maladroite et anxieuse. Tu aurais dû t'y attendre.

— Et je n'étais pas vexé. Pas le moins du monde. Ni la dernière fois, ni cette fois-ci. Tu es magnifique, au fait.

Et elle l'était. Superbe. Nous nous étions mis d'accord pour un dîner décontracté, rien de trop chic, et elle était ravissante. Un jean qui moulait ses jambes et rentrait dans des bottines, un pull rose pâle qui faisait ressortir le rose de sa peau et brillait sur ses cheveux sombres.

— Merci. Toi aussi. La façon dont ses joues s'étaient

empourprées me disait qu'elle n'était pas sûre d'avoir le droit de dire ça.

— Merci. J'avais abandonné mon costume pour un jean, moi aussi, et une chemise lavande à manches longues, non rentrée dans le pantalon et sans cravate. C'était un grand pas pour moi après avoir si longtemps surveillé le moindre de mes gestes, mais après que deux articles tentant de me discréditer étaient sortis sans avoir le moindre impact, j'en avais assez de faire des courbettes à mes détracteurs et j'étais prêt à prendre mon pouvoir en main.

— On dirait que tu as pris une grande décision, a dit Natalie, en sirotant son eau et en m'observant par-dessus le bord de son verre.

J'ai hoché la tête, souriant devant sa perspicacité. — Je pensais juste que je suis heureux d'être ici avec toi.

Elle a regardé autour d'elle, surprenant quelques personnes qui nous observaient, et a baissé la tête, laissant ses cheveux tomber devant son visage.

— Ce n'est pas ce que tu ressens ?

Son regard plongea dans le mien tandis qu'elle secouait vivement la tête. — Non. Je suis très heureuse d'être ici. Mais je... je n'ai pas l'habitude d'être le centre de l'attention.

— Les gens nous oublieront bien assez vite, l'ai-je rassurée.

Elle a souri en jetant un coup d'œil autour d'elle. — J'espère bien.

Le serveur s'est approché, a pris la commande de boisson de Natalie et nous a demandé si nous étions prêts à commander.

— Je n'ai même pas regardé la carte, a avoué Natalie en ouvrant la sienne.

— Je vous laisse une minute, a dit le serveur en souriant avant de s'occuper d'une autre table.

— Je ne suis jamais venue ici, a dit Natalie sans lever les yeux de sa carte. — Tu viens souvent ?

J'ai secoué la tête. — C'est Jane qui m'en a parlé. Elle a dit qu'elle et son mari aimaient venir ici quand ils sortent en amoureux.

— Tout a l'air bon.

— Prends tout.

Elle a pouffé. — Non. Ce serait du gâchis. Je ne pourrais jamais tout manger.

— Eh bien, qu'est-ce qui te tente ? On pourrait peut-être partager.

Elle a levé les yeux vers moi, une lueur d'espoir dans son regard qui m'a frappé en plein cœur.

Cette femme avait le pouvoir de me défaire complètement. Je ne me souvenais pas que ça me soit déjà arrivé. Cet abandon total et complet à elle et à ce qu'elle me faisait ressentir. C'était à la fois terrifiant et excitant.

— D'accord, a-t-elle murmuré.

Nous avons discuté du menu pendant quelques minutes et, lorsque le serveur est revenu, nous avons commandé deux plats principaux, deux entrées et un accompagnement supplémentaire, car Natalie n'arrivait pas à se décider.

— C'est trop, a-t-elle dit lorsque le serveur a ramassé nos menus et s'en est allé.

J'ai secoué la tête. — Au pire, tu pourras en emporter à la maison pour dîner un autre soir.

Elle a souri et a croisé mon regard. — Merci d'avoir voulu faire ça.

J'ai haussé les sourcils. — Un rencard ?

Elle a hoché la tête en détournant le regard. — Je n'ai pas été... facile à vivre. Entre le fait que je sois partie la première fois, que je t'aie agressé avant ça, que je t'aie coincé dans une tempête, et puis le fait de ne pas savoir comment parler de nous aux gens… Je ne sais pas pourquoi tu as voulu qu'on sorte ensemble, mais…

— Parce que tu me plais, Natalie. Beaucoup.

Elle a pincé les lèvres pour retenir un sourire.

J'ai tendu la main par-dessus la table et j'ai pris la sienne. Elle s'est agitée, mais a retourné sa main pour que nos paumes glissent l'une contre l'autre.

Elle a fermé les yeux et ses épaules se sont juste assez détendues pour me faire comprendre que ça l'aidait. — Je suis désolée de ne pas avoir été très sympa avec toi la dernière fois qu'on est sortis. Quand on s'est vus chez O'Kelley's.

— Tu as été surprise, ai-je dit. — Et nous n'étions pas dans les meilleurs termes.

— Mais nous le sommes maintenant ? a-t-elle demandé en haussant un sourcil.

J'ai ri. — On y arrive. J'ai bu une gorgée d'eau. — Pour être honnête, je luttais contre l'attirance que j'avais pour toi. J'étais presque sûr que tu me détestais, alors j'essayais de garder mes distances.

— Je ne t'ai jamais détesté, a-t-elle murmuré. — Tu m'intimidais. Et c'est toujours le cas.

— Pourquoi ?

Elle a haussé un sourcil.

J'ai eu un petit rire. — D'accord, d'accord, mais je ne suis qu'un homme.

Elle a ri. — Tu n'as rien d'un homme *ordinaire*.

— Qu'est-ce que ça veut dire ?

Elle a secoué la tête, puis, réalisant que j'étais sérieux, elle est redevenue sérieuse. — Tu es le maire de notre ville, ce qui signifie que tu as du pouvoir. Les gens veulent être proches de toi. Mais ce n'est pas seulement parce que tu es le maire. Tu as cette façon de faire en sorte que les gens se sentent en sécurité avec toi. Comme s'ils pouvaient être honnêtes sans que tu ne les juges.

— Sauf toi, ai-je dit, sachant que ce n'était pas ce qu'elle avait ressenti quand nous nous sommes rencontrés.

Elle a eu un rire gêné. — Non. Quand tu m'as trouvée au camping… j'aurais paniqué si tu n'avais pas été là. Je me suis figée quand cet orage est arrivé. Je n'avais aucune idée de quoi faire, et tu as pris les choses en main pour nous amener à ta voiture. C'est un peu de ça que je parle.

— C'est une bonne chose que je prenne le contrôle au lieu de laisser les gens penser par eux-mêmes ?

Elle a gloussé. — Non. Enfin, si, quand la situation le justifie.

— Et si la situation ne le justifie pas, alors je suis un crétin autoritaire ?

Elle a secoué la tête. — Non. Tu sais juste ce qui est logique. Tu réfléchis plus loin que les autres et tu sais où les choses doivent aller. Moi, je vis plus dans l'instant présent, ce qui fonctionne bien avec mon travail. C'est comme ça que sont les enfants, et ça me permet d'être plus facilement à leur niveau, je pense.

— Tu aimes vraiment les enfants, ai-je affirmé. Ce n'était pas une question, mais elle a tout de même répondu.

Un air rêveur a soulevé ses lèvres et a rendu son regard flou, fixé au-delà de moi. — Oui. J'ai toujours aimé ça. Je suppose que c'est un symptôme de mon enfance ou quelque chose comme ça.

— Tu as grandi avec plein de petits frères et sœurs ? ai-je demandé.

Elle a secoué la tête et a ri. — Loin de là. Je suis la benjamine, mais mon père a été marié avant, donc mes sœurs aînées n'ont pas grandi avec moi. Elles ont huit et treize ans de plus que moi.

— Waouh.

— Ouais. J'ai toujours été jalouse qu'elles s'aient l'une l'autre. J'ai supplié mes parents d'avoir un autre enfant, mais ce n'était pas dans leurs projets, ou le destin en a décidé autrement, peu importe. Quelle que soit la raison, je suis fille unique. Mais j'ai toujours été attirée par les plus jeunes. Je passais autant de temps avec les petits frères et sœurs de mes amis qu'avec mes amis eux-mêmes. Je me suis toujours sentie plus à l'aise avec eux.

— Il n'y a aucun mal à ça. Beaucoup de gens choisissent de travailler dans l'enseignement parce qu'ils veulent être là pour les jeunes générations.

Elle a hoché la tête. — Oui, c'était en partie pour ça. Je voulais juste avoir quelqu'un avec qui jouer.

J'ai ri. — Eh bien, ça marche aussi. Maintenant, c'est ce que tu fais toute la journée.

— Pas toute la journée. Il y a ce type qui ne veut pas me donner d'argent et qui me fait travailler sur tout un tas de choses différentes. Elle a ri.

J'ai combattu le malaise qui montait en moi. Était-ce pour ça qu'elle voulait sortir avec moi ?

Non, c'était impossible. C'était moi qui l'avais courtisée. Mais étais-je un imbécile ?

— Je plaisantais, a-t-elle dit doucement, attirant mon attention.

J'ai esquissé un sourire que je ne ressentais pas. Le serveur s'est approché avec nos hors-d'œuvre, nous distrayant un instant, mais le malaise n'était pas dissipé.

Le serveur est parti en promettant de revenir bientôt prendre de nos nouvelles, et Natalie m'a regardé.

— Je ne suis pas là pour te demander plus d'argent. Ni quoi que ce soit de ce genre. Je plaisantais vraiment.

— D'accord, ai-je dit, mais j'avais du mal à la croire. J'ai pris une barquette de pomme de terre et j'en ai croqué un morceau, bien décidé à ne pas laisser sa mauvaise blague gâcher la soirée.

Elle a fait de même, choisissant son propre amuse-gueule et détournant la conversation du travail vers des sujets moins minés.

— J'ai tout gâché, n'est-ce pas ? a-t-elle demandé une fois notre dîner servi.

J'ai soupiré, sachant que je devais être honnête avec elle. — J'essaie que ça ne gâche rien. Mon ex était une grande manipulatrice. Elle me disait une chose, mais en faisait une autre, puis elle m'accusait de ne pas faire attention à ce qu'elle disait. Elle a eu de multiples liaisons. Elle m'a fait douter de tout ce que je savais sur moi-même.

— Je ne suis pas comme ça, a soufflé Natalie.

— Je sais. Je veux vraiment le croire. Je te crois. Mais…

— Tout le monde veut quelque chose de toi. Et ça te fait te demander si les gens sont un jour honnêtes avec toi.

J'ai hoché la tête, surpris qu'elle ait réussi à résumer mes pensées de façon si concise.

— C'était une mauvaise blague, mais je te promets que c'en était une. J'adore jouer avec les enfants. J'adore pouvoir inventer de nouveaux jeux et essayer différentes choses. Être créative et expressive d'une manière que je n'aurais jamais pu l'être en enseignant. Je pensais que l'enseignement était la bonne voie pour moi. J'adorais l'idée, mais quand j'étais professeure stagiaire, j'ai commencé à voir que ce n'était pas ce à quoi je m'attendais.

— Dans quel sens ?

Elle a haussé les épaules et pincé les lèvres comme si elle avait peur de me dire ce qu'elle pensait. — Les professeurs sont extraordinaires, et c'est un métier précieux. Je ne serais pas là où je suis sans des professeurs géniaux qui ont su voir tout mon potentiel.

— Tu n'as pas besoin de me vanter les mérites des professeurs, Natalie.

Elle a serré les lèvres. — Je sais. Peut-être que je le fais pour moi. J'ai passé beaucoup de temps à l'école. J'ai un diplôme qui changerait la vie de beaucoup de gens. Mais je ne m'en sers pas. J'ai l'impression d'avoir gâché mes études, comme si j'avais pris quelque chose qu'on m'avait donné pour le jeter. Ce n'est pas toujours facile d'être objective.

— Je pense qu'on entre tous à l'université avec les meilleures intentions du monde. On croit savoir dans quoi on s'embarque, mais tout le monde n'en ressort pas avec la même mentalité qu'en arrivant. Je sais que ça n'a pas été mon cas.

— Tu as un diplôme en quoi ?

— Sciences politiques.

Elle m'a lancé un regard qui voulait dire que je racontais n'importe quoi.

J'ai ri. — D'accord, oui, j'utilise mon diplôme, mais je ne suis pas un cas typique.

Elle a eu un sourire en coin.

— Ha ha. Je dis juste que c'est difficile de faire un choix à dix-sept ans qui va régir le reste de sa vie. Beaucoup de gens n'y arrivent pas.

Elle a hoché la tête d'un air songeur. — J'imagine. J'aurais aimé en être capable. Je pense que l'enseignement serait génial si je pouvais faire les choses à ma façon.

— Au lieu de suivre les directives de l'État ?

Sa tête a oscillé de droite à gauche. — En quelque sorte. Je comprends qu'il y a des choses que les enfants doivent apprendre chaque année pour être préparés pour l'année suivante, mais tout le monde n'apprend pas de la même manière. Certains enfants s'en sortent mieux si leurs leçons incluent de l'action. Certains ont besoin de musique.

D'autres ont besoin de lire, d'écouter ou de noter les choses. Il n'y a pas de place pour tout ça à l'école.

J'ai secoué la tête. — Non, c'est vrai. Tu as raison.

— C'est pour ça que j'adore travailler au centre communautaire, et maintenant au centre de loisirs. J'aime pouvoir faire des activités récréatives la plus grande partie de la journée. Que ce soit de l'activité physique ou de la motricité fine quand ils bricolent avec Trinity ou n'importe laquelle des choses qu'ils font. Amelia a dit que lorsque Trinity est arrivée, ça a ouvert les yeux de beaucoup d'enfants à d'autres choses. Certains d'entre eux refusaient de faire ses bricolages, mais au fil du temps, de plus en plus l'ont rejointe. Maintenant, c'est quelque chose que les enfants réclament et ils sont tellement excités les jours où elle est là qu'on a à peine à les contenir.

— C'est bien. C'est bien pour eux d'avoir une variété d'activités.

Elle a hoché la tête en souriant doucement. — Oui, c'est vrai. C'est très bon.

Nous avons fini notre dîner et avons parlé de la collecte de fonds. Je me suis détendu et j'ai fini par admettre qu'elle était sincère quant à ses intentions. Elle voulait ce qu'il y avait de mieux pour les enfants, et elle travaillait d'arrache-pied pour y parvenir.

Je me suis surpris à souhaiter avoir plus d'argent à lui donner pour soutenir son projet. C'était le danger de sortir avec quelqu'un qui faisait partie de ma hiérarchie. Un attachement pourrait être synonyme d'inconvenance.

— Qu'est-ce qui se passera si tu ne récoltes pas assez d'argent pour faire tout ce que tu veux pour la colonie de vacances ? ai-je demandé après avoir payé l'addition. Nous finissions nos verres et n'étions pas pressés de partir.

— Honnêtement, je ne pense pas que nous récoltions assez d'argent. C'est un projet énorme, et ça coûte cher. Mais si nous n'obtenons pas assez, Amelia prévoit de soumettre une proposition pour le budget du prochain exercice fiscal. Elle a dit qu'il y aurait peut-être un moyen d'en avoir plus. Elle regorge d'idées. Natalie a gloussé, les yeux écarquillés comme si les idées d'Amelia étaient folles.

— Quelles sont ses autres idées ?

— Celle qu'elle essaie sans cesse de me faire accepter, c'est d'organiser une journée de construction communautaire. Un peu comme le font certaines associations caritatives où des bénévoles viennent construire une maison ou quelque chose du genre. Elle veut faire la même chose, mais en demandant aux gens d'aider à la construction du bâtiment.

— C'est possible, ça ?

Natalie a reniflé. — J'en doute. Il nous faudrait quelqu'un qui sache ce qu'il fait pour diriger le tout, et même le coût des matériaux serait assez énorme.

— Et s'il y avait des gens qui savaient comment faire ? Et si on pouvait obtenir les matériaux au prix coûtant ?

Natalie a secoué la tête pendant que je parlais. — Je ne veux pas que tu t'impliques. Ce n'est pas pour ça que je t'en ai parlé.

— C'est moi qui ai demandé.

— Je sais, mais quand même. Je ne peux pas te demander d'en faire plus que ce que tu as déjà fait.

— Ce n'est pas moi qui sais comment faire ça. Je pensais à Knox Randall ou Sofia Frank. Sebastian Parks pourrait être une autre option. Ils ont peut-être leur licence d'entrepreneur.

— Oui, mais pour un bâtiment, il va falloir un ingénieur, un architecte et beaucoup de monde.

J'ai secoué la tête. — Je n'en suis pas si sûr. Il existe des bâtiments préfabriqués qui sont livrés avec une notice pour les assembler.

— On va y mettre des enfants, a-t-elle dit, d'un ton peu convaincu.

— Je sais. Je pense vraiment que ça vaut le coup d'étudier la question. Ça pourrait être plus abordable, aussi.

— Je vais me renseigner. Mais pour en revenir à ta question de départ, on devrait probablement reporter l'ouverture de la colonie d'un an. C'est peut-être la meilleure option, de toute façon.

— Mais ce n'est pas ce que tu veux.

Elle a secoué la tête. — Non. Ce n'est pas ça. Mais on n'a pas toujours ce qu'on veut quand on le veut. Ça se fera. La colonie ouvrira. Et si je dois attendre un an pour qu'on fasse les choses bien, ce n'est pas grave.

Je l'ai observée. Elle a souri et a posé son verre sur la table. Elle s'est levée et a enfilé son manteau, puis a passé son sac à main sur son épaule.

Elle avait l'air de penser ce qu'elle disait. Ce n'était pas de la manipulation. C'était simplement la vérité.

— J'espère que tu n'auras pas à attendre un an.

— Moi aussi.

Je l'ai suivie dehors dans la nuit froide et j'ai réalisé que je n'avais pas réfléchi à ce qui se passerait après le dîner. Je n'étais pas prêt à ce que la soirée se termine, mais je n'allais pas être présomptueux.

— Alors, euh, je me suis garée par là, a-t-elle dit en faisant un geste vers le parking.

J'ai hoché la tête et je l'ai suivie. Elle a farfouillé avec ses clés alors que nous nous approchions de sa voiture, puis l'a déverrouillée avec un bip.

— J'ai passé un bon moment, a-t-elle dit.

J'ai écarté une mèche de son visage pour pouvoir la regarder dans les yeux. — Je n'ai pas encore envie de te dire bonne nuit.

Elle a relevé le menton et a souri. — Moi non plus. Mais j'ai une colocataire.

— Pas moi.

— C'est… bien pour toi.

J'ai ri avec elle. — Ça te dirait de venir chez moi ?

Elle a baissé le menton et a hoché la tête.

Je lui ai relevé le menton, attendant que son regard croise le mien avant de parler. — C'est à toi de décider, Natalie. Je ne veux pas que tu te sentes obligée.

Elle s'est mordu l'intérieur de la lèvre et a souri. — Ça t'aide si je te dis que j'ai prévenu Daisy que j'espérais ne pas rentrer ce soir ?

Ma bite a frémi à cette pensée. J'ai hoché la tête, puis je me suis raclé la gorge, soudainement enrouée. — Oui, ça aide.

— Je te suis ?

J'ai hoché la tête en me penchant plus près d'elle. Elle a souri, le dos appuyé contre la portière de son véhicule utilitaire sport et moi face à elle.

Je me suis penché lentement, soutenant son regard jusqu'au dernier moment, où le mien est tombé sur ses lèvres.

Ses lèvres se sont entrouvertes sur une inspiration rapide, puis elles se sont posées sur les miennes. Des baisers avides, désespérés, ont été échangés entre nous, dans un va-et-vient incessant.

Mon érection s'est durcie contre son ventre, et ses gémissements m'ont indiqué qu'elle était presque aussi prête que moi.

J'ai trouvé sa main et l'ai serrée dans la mienne, la retenant fermement. Ses doigts étaient froids, ses lèvres chaudes, et son corps consentant.

Je me suis reculé à contrecœur, sachant que l'attente d'être rentrés chez moi en vaudrait la peine.

— Suis-moi, Natalie. Je suis juste là.

Elle a hoché la tête, la poitrine haletante tandis qu'elle essayait de reprendre son souffle.

J'ai embrassé ses doigts, puis je lui ai lâché la main et j'ai attendu qu'elle monte dans son véhicule utilitaire sport. Quand elle a fermé la portière et mis le contact, j'ai rejoint ma voiture en courant et j'ai démarré, sans avoir besoin de chauffage, avant de quitter le parking, impatient de rentrer chez moi.

Maintenant.

17

Je me suis garé dans mon garage et j'ai laissé la porte ouverte pour que Natalie puisse entrer après moi. Elle a verrouillé sa voiture, qui a émis un bip discret, puis elle est revenue dans mes bras.

— Je ne veux pas que tu penses que je suis là à cause de ta position. Parce que tu es le patron de mon patron. Je ne suis pas ici dans l'espoir d'obtenir de l'argent, du soutien ou quoi que ce soit de ce genre de ta part, a-t-elle murmuré, le visage contre ma poitrine.

J'ai hoché la tête. — Je sais.

— Vraiment ? Parce que j'ai vu la façon dont les gens te regardaient au restaurant. La façon dont les gens te regardent tout le temps. L'homme qui nous a pris en photo quand je suis tombée, et l'autre article sur toi. On ne va pas ensemble, et je ne veux pas que tu doutes de moi quand tu t'en rendras compte.

Je l'ai serrée fort dans mes bras et je l'ai gardée contre moi, sentant ses courbes épouser mon corps. — On va très bien ensemble, Natalie. De toutes les manières qui comptent. Tu as ta carrière et ta vie, et je n'attends pas de toi que tu abandonnes tout ça pour te tenir à mes côtés et être une sorte de parangon de bienséance ou je ne sais quoi. Je ne veux pas de ça dans ma vie. Je ne cherche pas une femme qui soit une statue et qui n'ait pas le droit d'être indépendante. Je cherche une femme qui me stimule, qui veuille être avec moi et qui me donne envie de me dépêcher de rentrer du travail tous les jours.

— Tu n'avais pas ça avec ton ex ?

J'ai expiré en secouant la tête. — Entrons. Je l'ai relâchée et je l'ai guidée vers la maison. J'ai appuyé sur le bouton pour fermer la porte du garage, puis j'ai tenu la porte pour que Natalie entre chez moi.

Je n'avais pas reçu grand monde chez moi. Quelques femmes avant que je sois le maire par intérim, mais personne depuis. Les rencontres me semblaient risquées, et je n'avais pas beaucoup de temps pour ça la première année. Je commençais à peine à trouver mes marques quand le premier article à mon sujet est sorti, jetant le doute sur mon espoir de faire des rencontres tout en me présentant à la mairie.

— Tu veux boire quelque chose ? lui ai-je demandé en me dirigeant vers la cuisine.

— Ta maison est magnifique. Très chaleureuse, a-t-elle dit au lieu de me répondre.

— Merci. C'est mon refuge. Ça et ma voiture.

Elle a ri. — Oh, ça, je sais tout sur ta voiture.

— Qu'est-ce que ça veut dire ?

Elle a souri en coin. — Tu dégages cette image de richesse et de pouvoir. Tu as cette voiture, tu portes des costumes tous les jours, tu es en pleine forme et magnifique, alors forcément, les gens parlent.

— De moi ?

— Tout le temps. En bien. Les gens t'admirent. Te

prennent en exemple. Attendent des choses de toi. Je pense que cette voiture t'a rendu plus réel aux yeux de certains.

— Et pour toi ?

Elle a souri en coin. — Honnêtement ?

J'ai hoché la tête. — Je veux que tu sois toujours franche avec moi.

— Honnêtement, les voitures, ça ne me parle pas. Elles me laissent indifférente. Alors pour moi, ça te donne un petit côté frimeur.

J'ai éclaté de rire. —Ne te gêne pas.

— Tu m'as demandé d'être franche !

J'ai ri de nouveau. — C'est vrai. Et je comprends. Ma voiture a toujours été le seul endroit où je sentais que je n'avais pas besoin de jouer un rôle. Avant de déménager ici, j'avais un travail que mon ex voulait que j'aie. Je travaillais dans la politique locale, mais je ne faisais rien en quoi je croyais vraiment. Mon trajet pour aller au travail et en revenir était le seul moment où j'avais l'impression de pouvoir respirer. De pouvoir me détendre.

— Elle n'avait aucune idée de ce qu'elle laissait filer quand elle t'a trompé.

Une vague de gratitude m'a envahi. Ma gorge s'est nouée. — Merci.

— Tu ne me crois pas ?

— On ne m'avait jamais dit ça avant, ai-je avoué.

— Pourquoi ça ? C'est elle qui a trompé. Pourquoi serais-tu à blâmer ?

— Les hommes trompent tout le temps. Quand ils le font, on rejette la faute sur la femme. Elle ne faisait pas tout ce dont il avait besoin. C'est n'importe quoi. La seule personne à blâmer quand quelqu'un trompe, c'est celle qui trompe.

— Je suis d'accord, mais j'imagine aussi que ton mariage n'était pas au beau fixe avant ça.

J'ai fait non de la tête. — Non. Ce n'était pas le cas. Mais je ne l'ai jamais trompée. J'étais fidèle.

— Ce qui en dit long sur qui tu es.

— Ce n'est pas ce que les autres ont dit. Elle me trompait, mais c'est moi qu'on a blâmé. On m'a dit que j'étais le problème. Des gens m'ont demandé si j'étais gay ou juste un amant de merde qui ne la satisfaisait jamais. Absolument tout le monde a dit que c'était de ma faute si elle avait ressenti le besoin d'aller voir ailleurs. Personne n'a dit que le problème, c'était elle.

— Le problème, c'était elle, a murmuré Natalie. Elle s'est rapprochée de moi. — Elle aurait dû voir l'homme incroyable qu'elle avait en face d'elle et réaliser le cadeau qu'elle avait en toi. Elle était aveugle, et elle ne te méritait pas. Elle ne mérite ni ta colère maintenant, ni ton temps, ni ton attention, ni tes regrets.

— Je ne regrette pas d'avoir divorcé d'elle.

— Mais tu regrettes de l'avoir épousée.

J'ai lentement hoché la tête, acquiesçant à contrecœur. — Oui.

— Tu ne peux pas. Ça t'a aidé à devenir l'homme que tu es. L'homme qui a pris la relève comme maire de cette ville et en a fait un endroit où chacun a sa place.

— Quelqu'un essaie de me prendre ça.

— On ne va pas le laisser faire.

— On ?

Elle a haussé un sourcil et a reculé d'un pas. — À moins que tu ne veuilles pas que je t'aide.

Je l'ai attrapée avant qu'elle ne puisse s'éloigner davantage. Mon bras a glissé autour de sa taille et je l'ai tirée contre moi.

Ses mains se sont posées sur ma poitrine, lissant ma chemise avant de s'enrouler autour de mon cou.

— Je ne veux pas que tu te sentes obligée de faire quoi que

ce soit qui te mette mal à l'aise.

Elle a ri. — Tout me met mal à l'aise.

Je me suis penché et je lui ai embrassé le cou. — Est-ce que ça te met mal à l'aise ?

Elle a fredonné et a penché la tête pour me donner un meilleur accès. — Non.

Je lui ai léché la gorge. — Et ça ?

Un grognement a glissé de sa gorge.

Je lui ai mordillé l'oreille, faisant glisser ma langue le long du pavillon. — Est-ce que ça te met mal à l'aise ?

Son emprise sur moi s'est resserrée. — Je crois que je serais plus à l'aise dans ton lit, Omar.

Je l'ai soulevée et je me suis tourné vers la chambre.

— Arrête ! Tu vas te faire mal.

J'ai secoué la tête. — Non. Tu as dit que j'étais en forme et magnifique. J'ai envie de t'entraîner dans mon lit depuis que ces mots ont quitté tes jolies lèvres.

— J'espère qu'il est proche.

J'ai grogné et j'ai traversé la maison à grandes enjambées, refermant la porte d'un coup de pied derrière nous une seconde plus tard. — Très proche.

Je l'ai déposée en douceur, la tenant fermement jusqu'à ce que ses pieds touchent le sol. Ses mains se sont détendues sur mon cou et ont glissé sur ma poitrine. Elle a défait le bouton du haut de ma chemise.

— Natalie, ai-je grogné.

Elle a embrassé la peau qu'elle venait de dévoiler, puis a ouvert un autre bouton. Et un autre, et encore un autre, embrassant ma peau nue à chaque bouton qu'elle défaisait.

Quand elle a ouvert le dernier bouton, elle a levé les yeux vers moi, depuis ses genoux.

— La nuit où je te suis tombée dessus, j'étais si gênée. J'ai levé les yeux vers toi et j'ai voulu disparaître sous terre.

— J'ai eu envie de te relever d'un coup sec et de ne plus jamais laisser personne te toucher.

Ses yeux s'écarquillèrent. — Pourquoi ?

— Tu étais magnifique. Tu l'es toujours. J'ai détesté que tu sois blessée. Si ce type n'avait pas pris notre photo, je ne suis pas sûr de ce que j'aurais fait.

— Qu'est-ce que tu veux dire ?

— Tu n'as aucune idée de l'effet que tu me fais. Le jour où je suis venu au centre communautaire pour te voir…

— J'ai créé un malaise. J'en suis désolée.

J'ai gloussé en secouant la tête. — Non, ma belle. Ce n'est pas toi qui as créé un malaise. C'est moi. J'avais envie de t'embrasser ce jour-là. J'avais envie de rester assis là toute la journée à t'écouter parler des enfants et de ta passion pour le centre de loisirs.

— Tu t'es enfui comme si je t'avais fait peur.

— Ha, non. Je me suis enfui parce que je n'arrivais pas à me maîtriser près de toi. Il fallait que je m'éloigne, au risque que tu me poursuives en justice pour harcèlement sexuel.

— Je n'aurais pas fait ça.

— Tu aurais eu de bonnes raisons de le faire.

— Et maintenant ?

J'ai inspiré un grand coup. — J'espère que c'est consenti.

Elle a embrassé mon ventre et a léché le tour de mon nombril.

J'ai grogné et j'ai résisté à l'envie de passer mes doigts dans ses longs cheveux pour la retenir là. Je devais savoir qu'elle était d'accord avec ce qui se passait.

— C'est tout à fait consenti, Omar. Je veux être ici. Et je veux te sentir en moi. Je n'ai pas arrêté d'y penser depuis qu'on était coincés au camping.

— Moi non plus.

Elle s'est redressée lentement, déposant un baiser sur ma

poitrine au passage. Qui aurait cru que la discrète et gauche Natalie Edwards était en réalité une séductrice ?

J'ai relevé son menton, attirant ses lèvres vers les miennes pour les posséder. Elle les a entrouvertes, léchant les miennes, tandis que mon cerveau peinait à suivre son rythme.

J'ai gémi et j'ai plongé ma langue dans sa bouche, la serrant tout contre moi. Le contact de son haut sur mon torse nu m'a rappelé qu'elle était encore entièrement vêtue. Il fallait que j'y remédie.

J'ai empoigné son t-shirt, remontant le tissu assez haut pour toucher sa peau nue. J'ai étalé mes doigts sur son corps voluptueux. J'ai levé les mains, relevant son t-shirt jusqu'à ce qu'il s'accroche à ses seins généreux. J'ai déplacé mes mains sur le devant, m'arrêtant pour tracer des cercles sous sa poitrine, puis je me suis retiré.

— Tu es sûre ? ai-je murmuré contre ses lèvres.

— Tu m'as déjà vue seins nus, a-t-elle répondu.

— Oui, mais nous étions dans mon véhicule utilitaire sport, pas dans ma chambre.

Elle a reculé, son t-shirt retombant en place sans mes mains pour le retenir. Elle a attrapé le bas de son haut et l'a retiré d'un seul mouvement.

J'ai failli perdre le fil de mes pensées en la voyant là, dans un soutien-gorge en dentelle rose, ses magnifiques globes débordant par-dessus.

Puis ses mains se sont dirigées vers son jean, et là, j'ai complètement perdu l'esprit.

Je me suis dépêché de la rattraper, laissant tomber ma chemise au sol et déboutonnant mon jean pour soulager un peu ma bite palpitante.

Son jean a heurté le sol, et elle s'est tenue devant mon lit dans un ensemble de dentelle rose assorti.

— Putain de merde, ai-je soufflé. Tu es magnifique.

Ses joues se sont empourprées, le mélange de plaisir et de timidité sur son visage me rappelant toutes les conversations que nous avions eues avant que je sache qui elle était. Les confessions sur le fait qu'elle n'était pas douée pour les rendez-vous, qu'elle ne voulait pas en avoir, et que les hommes ne la choisissaient pas une fois qu'ils savaient qui elle était.

J'étais un sacré veinard. Ça avait été douloureux pour elle de traverser tout ça, mais ça m'avait donné la chance de l'avoir.

— Omar ?

Je ne pouvais que la fixer du regard. Mon regard a glissé le long de son corps avant de remonter, ma queue pulsant au rythme des battements de mon cœur. Je la désirais. Plus que je ne l'aurais cru possible. Plus que je ne m'y attendais.

J'attendais notre rendez-vous avec impatience, mais je n'avais jamais imaginé que nous pourrions finir dans ma chambre à la fin de la soirée. Ça ne m'avait même pas traversé l'esprit. Maintenant que c'était le cas, j'étais abasourdi.

— Tu veux que je… ? Elle a tendu la main vers ses vêtements, en évitant mon regard.

— Merde, ai-je sifflé, comblant la distance entre nous et lui attrapant la main. — Natalie, non. J'essayais de comprendre comment j'avais pu avoir autant de chance ce soir.

— Je n'ai rien de spécial.

— Si, tu l'es. Tu es incroyablement spéciale. J'ai porté nos mains jointes à mes lèvres. — Tu n'arrêtes pas de dire que nous ne sommes pas faits l'un pour l'autre. Que nous ne sommes pas censés être ensemble. Et tu as raison, mais pas de la façon dont tu le penses. Je ne te mérite pas, Natalie.

Elle a ricané.

— Tu peux ne pas être d'accord, mais j'ai divorcé. Je

pensais avoir rencontré la femme avec qui j'allais passer ma vie. Venir à L'anse MacKellar était une fuite. Je pensais que si je me cachais ici, je finirais par savoir quoi faire ensuite. Mais je suis tombé amoureux de cette ville. Je voulais rester, mais c'est à ce moment-là que je suis devenu maire par intérim. Je m'étais toujours tenu à distance des autres parce que je pensais que j'allais partir. Puis je suis devenu le patron de la moitié de la ville et j'ai gardé mes distances à cause de la façon dont les gens me voyaient. Toi, tu es aimée. Les gens t'adorent. Quand tu as pris ma défense, les gens ont écouté. J'ai une chance de gagner cette élection grâce à toi. Parce que peu importe qui est derrière ces histoires, avec ta parole, personne ne doutera de moi.

— Je ne suis pas importante.

J'ai glissé une mèche de ses cheveux derrière son oreille. — Mais si, tu l'es, Natalie. Tu es si importante. Tu es plus importante que moi, parce que tu es en train de changer les choses pour la prochaine génération de résidents. Tu rends cette ville meilleure pour les familles et les enfants. C'est toi qui as le pouvoir et l'autorité ici.

Elle a eu un petit rire et a secoué la tête. — Je n'ai aucun pouvoir.

— Si, sur moi.

Ses yeux se sont écarquillés.

— Là, tout de suite, je gagne du temps parce que je sais que dès que je poserai les mains sur toi, je ne pourrai plus ralentir. Je vais perdre la tête et la nuit se terminera trop vite.

— Alors, faisons en sorte que la nuit dure, a-t-elle dit.

Avant que je ne puisse dire quoi que ce soit d'autre, elle s'est glissée dans mes bras et s'est hissée sur la pointe des pieds. Elle m'a embrassé avec fougue, m'attirant vers elle.

J'ai répondu aussitôt, ressentant le besoin de libérer la passion qu'elle déchaînait en moi. Nos gestes étaient frénétiques, arrachant les derniers vêtements que nous portions tous les deux. Ses mains se sont attaquées à mon jean. J'ai dégrafé son soutien-gorge. Elle a enroulé sa jambe autour de ma hanche. J'ai glissé mes mains à l'arrière de sa culotte et j'ai empaumé ses fesses parfaites.

Nous nous sommes dirigés ensemble vers le lit, tombant sur le matelas, mon jean autour des chevilles et ses seins nus pressés contre ma poitrine. Elle a glissé plus haut pour poser sa tête sur un oreiller, et j'ai grogné à sa vue, ses cheveux sombres formant un halo sur mon oreiller.

Je suis descendu du lit et je me suis débarrassé de mon jean et de mon caleçon, puis j'ai crocheté mes doigts sur les côtés de sa culotte.

Elle a soulevé les hanches pour me laisser la lui enlever, et j'ai pu l'admirer entièrement pour la première fois.

— Mon Dieu, qu'est-ce que tu es belle, ai-je murmuré.

Elle a tendu la main vers moi en hochant la tête. — Toi aussi.

J'ai pris sa main, et elle m'a tiré sur le lit. Je me suis allongé à côté d'elle, l'embrassant et taquinant son ventre d'une main. Ma main a glissé vers son sein, traçant de légers cercles autour de ses tétons avant de les pincer doucement.

Elle a gémi dans ma bouche, ses hanches se soulevant.

J'ai fait glisser ma main le long de son corps, l'effleurant à peine jusqu'à ce que j'atteigne le haut de ses cuisses. Elle les a écartées pour moi, me laissant sentir, à travers sa toison, sa peau moite et glissante.

Elle a de nouveau gémi, ses doigts se crispant sur les draps.

J'ai enfoncé un doigt en elle, grognant en sentant son corps l'aspirer. J'en ai ajouté un deuxième au mouvement suivant et j'ai caressé son clitoris avec mon pouce.

— Omar, a-t-elle soufflé, rompant notre baiser. — S'il te plaît.

— Tu vas déjà jouir pour moi ?

— Ne me taquine pas. Je t'en prie.

Je l'ai embrassée avec fougue, laissant mon érection se presser contre sa hanche, et je n'ai pas perdu un instant pour lui donner du plaisir. Elle se tordait contre ma main, ses hanches ondulant à chaque caresse de mes doigts qui s'enfonçaient en elle.

En quelques secondes, elle gémissait et geignait et s'est détachée de moi pour pousser un cri alors qu'un orgasme la submergeait. Elle s'est agrippée à mon épaule, ses ongles s'enfonçant dans ma peau.

— Encore, ai-je murmuré alors qu'elle montait vers un autre orgasme.

Le second l'a frappée plus fort. Elle s'est balancée avec moi, puis a enroulé sa main autour de mon érection et l'a caressée pendant qu'elle jouissait.

— En moi, a-t-elle exigé, en essayant de me mettre en position avec sa main sur ma queue.

— La capote, lui ai-je rappelé, en roulant de l'autre côté pour en attraper une.

— Laisse-moi faire, a-t-elle dit, en roulant avec moi et en tendant la main vers l'emballage quand je l'ai sorti de la table de chevet.

Je lui ai tendu le préservatif et me suis mis debout à côté du lit.

Elle a levé les yeux vers moi avec une lueur dangereuse dans le regard. Avant que j'aie eu le temps de lui demander à quoi elle pensait, elle a enroulé ses lèvres autour de ma queue et a sucé avec force.

— Putain, Natalie, ai-je sifflé, incapable de m'empêcher de faire des va-et-vient dans sa bouche. — Je suis désolé.

Elle a fait tourner sa langue autour de mon gland, puis m'a relâché et a ouvert le préservatif comme si de rien n'était.

J'ai compté jusqu'à dix et j'ai pensé à des budgets pendant que sa main faisait glisser le préservatif le long de ma verge.

Elle a pompé deux fois et ne s'est arrêtée que lorsque j'ai eu un soubresaut dans sa paume.

Elle s'est rallongée, écartant les cuisses et me regardant ramper sur elle.

Je me suis positionné entre ses jambes, me demandant une fois de plus comment diable j'avais pu avoir autant de chance.

— Je te veux, Omar, a-t-elle murmuré.

J'ai plongé mon regard dans le sien et j'ai poussé à l'intérieur, et nous avons tous les deux gémi à la sensation de m'enfoncer complètement en elle.

— Ouah, c'est si bon, souffla-t-elle.

— Tellement bon, ai-je acquiescé. Je me suis retiré jusqu'à être presque sorti, puis je me suis glissé de nouveau en elle, voulant sentir tout son corps se resserrer autour de moi.

— Ne te retiens pas. S'il te plaît.

— Natalie ?

Elle a levé les yeux vers moi, son regard vitreux mais déterminé. — Laisse-moi te sentir, Omar. Ne te cache pas de moi.

Ces mots étaient si simples, si innocents, mais pas de sa part. Elle savait ce qu'elle me demandait. Elle savait ce que cela signifiait pour moi de pouvoir me livrer entièrement à quelqu'un. Et elle me demandait de lui faire confiance. De la choisir, elle.

J'ai pris une de ses mains dans la mienne et j'ai levé nos mains jointes au-dessus de sa tête. Son sein s'est soulevé avec son bras, pointant d'un côté. J'ai attrapé sa jambe avec mon autre main, l'écartant davantage tout en maintenant son genou en l'air et loin de mon corps.

Je me suis enfoncé plus profondément, une chose que je ne croyais pas possible, et pourtant, je l'ai fait. Mes testicules ont heurté son corps, et quelque chose s'est déchaîné en moi.

Je l'ai fixée dans les yeux tout en la martelant de coups de bassin.

Elle m'a regardé en retour, encaissant mes assauts, les encourageant et gémissant à chaque coup. Elle a soulevé ses hanches pour rencontrer les miennes et a serré ma main pour me dire qu'elle était là, avec moi.

Et quand son corps s'est contracté autour de ma bite, quand elle a hurlé son orgasme, quand elle a crié et joui et a failli me briser les doigts, et quand je l'ai suivie droit dans l'abîme, j'ai su que les mecs avaient raison.

Cette foutue application avait une façon de savoir quelque chose que le reste d'entre nous n'arriverait jamais à comprendre. Et j'étais sacrément heureux de l'avoir trouvée.

Et Natalie.

18

NATALIE

Un Omar déchaîné était d'un autre monde. C'était à la fois magique, inspirant et érotique.

Jamais on ne m'avait baisée comme il m'a baisée. C'était le seul mot qui me venait à l'esprit pour décrire ça. Il ne s'est pas retenu. Il n'a pas essayé d'équilibrer les choses ni de sacrifier son plaisir au mien.

Il s'est juste lâché. Et putain, que c'était bon.

— Ça va ?

a-t-il murmuré, suspendu au-dessus de moi.

J'ai toujours aimé le sexe. Toutes mes expériences n'avaient pas été extraordinaires, mais dans l'ensemble, je trouvais le sexe amusant.

Ce que nous venions de faire était bien plus que du sexe. C'était à la fois émotionnel, jouissif et joyeux. Je sentais une connexion avec lui plus profonde qu'avec n'importe quel autre homme avec qui j'avais pu être. Et pas seulement parce qu'il était plus profond en moi que n'importe quel autre homme, mais parce que c'était Omar.

— Natalie ?

a-t-il dit, sa voix montant d'un ton, empreinte de crainte.

— Je suis sur un nuage, ai-je murmuré. Je ne savais pas qu'on pouvait se sentir aussi bien.

— Tu en es sûre ?

J'ai levé les yeux vers lui et lui ai pris le menton dans ma main libre. — Ton ex-femme était une sacrée idiote.

Un rire lui a échappé, le faisant trembler de tout son corps. Oui, même sa queue, ce qui a déclenché un autre mini-orgasme en moi.

— Bordel, ai-je soufflé en tremblant à la façon dont il frottait mon corps sans même essayer.

— Je ne dis pas ça comme une insulte, mais tu as été plutôt facile à satisfaire. Il s'est retiré de moi et s'est assis sur le bord du lit. Le bruit sec du caoutchouc m'a indiqué qu'il retirait le préservatif, et le mouchoir qu'il a tiré de la boîte l'a confirmé. Il est allé dans la salle de bains que je n'avais pas remarquée auparavant et a jeté le préservatif, puis il s'est lavé les mains.

— Je n'ai jamais joui aussi facilement, ai-je avoué quand il s'est allongé à côté de moi. D'habitude, il me faut un peu de temps.

— Je ne l'aurais jamais deviné.

— Je crois que tu fais du bien à mon vagin.

Il a pouffé de rire. — On ne m'avait encore jamais dit ça.

Je lui ai adressé un sourire en coin. — Ça te dérange si j'utilise ta salle de bain ?

— Je t'en prie. Il est descendu du lit. — De l'eau ?

— Oui, s'il te plaît.

Il a quitté la chambre avant même que j'aie pu entrer dans la salle de bain.

J'ai hésité entre fermer la porte ou la laisser ouverte. Ouverte, ça faisait très intime, presque familier, mais fermée, c'était comme si je voulais mettre une barrière entre nous. J'ai opté pour la laisser entrouverte et je me suis dépêchée d'aller aux toilettes et de me laver les mains.

Ce n'est qu'après avoir ouvert la porte de la salle de bain qu'il est revenu dans la chambre.

— Je ne savais pas si ça te gênait que je sois là, a-t-il dit en me tendant une bouteille d'eau.

— Je n'en étais pas sûre non plus, ai-je admis.

Il s'est assis sur le bord du lit. Je me suis assise à côté de lui. Était-ce le moment gênant du renvoi ? Le moment où je ne savais pas quoi faire et où il attendait que je parte ?

— Je ne veux pas que tu partes, a-t-il dit, comme s'il lisait dans mes pensées.

— Comment savais-tu que j'essayais de savoir quoi faire ?

Il a secoué la tête. — Je ne le savais pas, mais il y a plein de choses que je ne t'ai pas dites et que j'aurais aimé te dire. J'essaie de faire mieux maintenant et de te dire ce que je ressens.

— Je pense que tu m'as dit beaucoup de choses.

— Peut-être par message, mais pas en personne.

— Ah, eh bien, c'est probablement vrai.

Il a eu un petit rire.

— Veux-tu me parler de ton ex ? ai-je demandé.

Il s'est tourné pour me regarder. — Pourquoi ?

— Je veux en savoir plus sur toi, mais je veux aussi comprendre pourquoi tu acceptes si bien que ce soit fini.

Il a soupiré, puis s'est assis sur le lit, le dos contre la tête de lit.

Je n'étais pas sûre de ce que je devais faire, mais il a levé le bras pour que je m'installe à côté de lui, alors j'ai grimpé sur le lit et j'ai posé ma tête sur son torse.

— Nous nous sommes rapprochés grâce à une proposition qui est arrivée un jour à la mairie. Nous voulions tous les deux la soutenir, mais peu de gens étaient de notre avis. Nous avons commencé à travailler ensemble pour trouver comment la faire aboutir, passant de nombreuses nuits à travailler tard. De fil en aiguille, nous nous sommes mis ensemble au moment où nous avons obtenu l'approbation de la proposition.

— Vous aviez des intérêts communs.

Il a hoché la tête. — Oui. Et pendant un temps, ça a marché. Mais si nous n'étions pas d'accord sur quoi que ce soit, elle se mettait en colère. Si je travaillais plus tard qu'elle, elle se mettait en colère. Je pensais que le mariage calmerait un peu les choses. Qu'elle verrait peut-être que je m'engageais envers elle au lieu de penser à d'autres femmes, comme elle m'en accusait toujours.

— C'est ironique, ai-je dit. Je l'ai regretté jusqu'à ce qu'il ait un petit rire.

— Pas vrai ?

— Combien de temps avez-vous été mariés ?

— Trois ans.

— Depuis quand es-tu divorcé ?

— Sept ans.

— Waouh, vraiment ? Quel âge as-tu ? — Trente-cinq ans. Quel âge me donnais-tu ?

Je ne voulais surtout pas répondre à cette question. — Euh…

— Quel âge, Natalie ? a-t-il exigé. Le ton sec et autoritaire de sa voix m'a fait frissonner.

— Plus de quarante ans.

— Sérieux ?

— Je ne savais pas !

Il a secoué la tête et a gémi. — Est-ce que je peux te demander ton âge ?

— J'ai trente et un ans.

— C'est une des raisons pour lesquelles tu ne voulais pas t'engager avec moi ?

— Peut-être.

— Je peux te poser une question ?

— Bien sûr. Je n'étais pas sûre de ce qu'il allait demander, ni si j'aurais envie de répondre, mais j'ai eu l'impression que je devais accepter.

— Quelle a été ta première pensée quand tu m'as vue chez O'Kelley's ?

J'ai fermé les yeux et j'ai repensé à cette nuit-là. J'avais honte de la façon dont je l'avais planté. Après lui avoir demandé de ne pas me faire la même chose. — J'ai pensé que tu étais séduisant de dos.

— D'accord, a-t-il dit avec un petit rire.

— Et quand je me suis assise et que j'ai vu que c'était toi, je me suis sentie stupide. Pendant tout ce temps, je t'avais raconté des choses, et tu étais mon patron. Le patron de mon patron. Tu étais cet homme hors du commun que j'avais déjà malmené, je t'avais avoué toutes ces choses, et la seule pensée qui me venait, c'était que je devais partir avant d'empirer la situation.

Il m'a serrée fort contre lui. — Tu n'aurais pas empiré la situation. J'ai été surpris que ce soit toi, mais je n'ai pas été déçu.

— Je suis désolée de t'avoir planté ce soir-là. Je t'ai fait promettre de ne pas me faire ça, et puis c'est moi qui te l'ai fait, et j'en suis désolée.

— Merci. Il m'a embrassée sur le sommet du crâne.

— Je suis vraiment contente que tu aies bien voulu me donner une autre chance.

— Je suis content que tu en aies voulu une.

Nous sommes restés assis là pendant quelques minutes, puis il a remué.

— Allez, viens, a-t-il dit. Il est descendu du lit et m'a tendu la main.

— On va où ?

— Habille-toi. On va faire un tour en voiture.

— Un tour en voiture ?

Il a hoché la tête. — Je sais que tu n'aimes pas les voitures, mais je veux t'emmener faire un tour. Tu as dit que tu aimais la nuit autant que moi. On peut rouler vers le nord et regarder les étoiles au-dessus de l'eau. Tu es partante ?

J'ai levé les yeux vers son visage, où se lisaient l'excitation et la joie. Il voulait partager avec moi quelque chose qui comptait beaucoup pour lui. Quelque chose qu'il chérissait, si la façon dont il avait dévoré sa voiture du regard quand nous sommes entrés dans la maison voulait dire quelque chose.

— Ça me va bien, ai-je dit, en glissant ma main dans la sienne et en le laissant m'aider à descendre du lit.

— Parfait, a-t-il dit avec un sourire, avant d'attraper ses vêtements et de s'habiller.

PUTAIN DE MERDE, j'étais convertie. M'enfoncer dans ces sièges et sentir le vrombissement du moteur avait suffi à me faire me demander si j'étais passée à côté de quelque chose toute ma vie. Puis Omar a poussé le moteur sur les routes de campagne, et bordel, j'ai compris l'attrait.

— Ouah, ai-je soufflé quand Omar a ralenti et s'est garé sur un parking. — Je crois que je vais devoir insister pour que vous me ressortiez dans cette voiture un de ces jours, Monsieur le Maire.

Il a ri, d'un rire prudent, méfiant. — On en revient à « Monsieur le Maire » ?

— Je te taquine, c'est tout. Mais cette voiture est incroyable.

— Je suis d'accord, a-t-il dit. Il a mis la voiture au point mort et a expiré. — Je suis content que ça t'ait plu.

J'ai hoché la tête, en me tournant vers lui sur mon siège. — Oui. Je n'aurais jamais cru, mais je comprends pourquoi tu aimes tant ça.

Il a pris ma main et l'a portée à ses lèvres. — Merci de m'avoir laissé t'emmener faire un tour.

— C'est comme ça que tu draguais les filles au lycée ? l'ai-je taquiné.

Il a ri. — Pas vraiment. J'étais assez intello et je n'avais pas beaucoup de succès au lycée. Les filles ne m'ont pas vraiment intéressé pendant longtemps, et quand ça a finalement été le cas, j'étais l'intello ringard avec qui personne ne voulait sortir.

— Oh. J'ai du mal à te voir comme ça, pourtant. Tu es trop… ai-je dit en faisant un geste de la main dans sa direction. — Trop sexy.

Il a eu un sourire en coin. — Tu me trouves sexy ?

J'ai pouffé. — Je veux dire, tu as un certain charme.

Il a ri. — Merci.

Je me suis penchée par-dessus la console centrale, en souriant alors qu'il m'a rejointe à mi-chemin pour un baiser. Il n'a pas fallu longtemps pour que le baiser devienne plus torride et que les vitres s'embuent.

— Je crois qu'on devrait rentrer chez toi, ai-je murmuré contre ses lèvres.

— Tu lis dans mes pensées, a-t-il dit.

Le trajet du retour jusqu'à chez lui a été beaucoup plus rapide que celui de l'aller.

ME RÉVEILLER dans un lit inconnu, une main sur mon ventre, n'était pas une habitude chez moi. Quand je me suis étirée et que sa main a bougé, j'ai eu un moment de panique avant de me souvenir où j'étais et pourquoi quelqu'un d'autre se trouvait là.

Puis j'ai souri.

Mon corps était endolori à des endroits où il ne l'avait pas été depuis très longtemps. Et mon cœur s'est serré en me remémorant notre nuit.

Omar Knight était en passe de devenir bien plus que ce que j'avais pu imaginer. Je voulais me protéger de lui, garder mes distances et me rappeler que ça ne marcherait jamais entre nous, mais chaque instant passé ensemble me faisait espérer que j'avais tort.

Quand nous sommes rentrés de notre balade en voiture, nous avons laissé une traînée de vêtements du garage jusqu'à son lit. Nous étions frénétiques et passionnés. Il a tenu ma main et mon regard alors qu'il plongeait en moi et, pendant tout ce temps, il nous a fait jouir tous les deux.

Après, il m'a blottie contre lui, la tête sous son menton, et m'a tenue serrée tandis que notre respiration ralentissait et que notre peau se rafraîchissait. La fois suivante où il a glissé en moi, c'était lent, mais non moins passionné. Je n'avais jamais eu un amant qui pouvait me faire jouir à chaque fois qu'il me touchait. Qui pouvait me mener au comble de l'extase d'un simple regard.

Qui, j'en avais le fort pressentiment, j'étais en train de tomber amoureuse.

— Tes pensées sont bien bruyantes, là, a-t-il murmuré, me faisant savoir qu'il était réveillé alors que mes pensées fusaient dans ma tête.

— Désolée, ai-je dit.

Il m'a attirée plus près, se déplaçant pour me rejoindre au milieu de son lit. Sa main a encerclé ma taille. Il a embrassé mon épaule. Son érection s'est nichée contre mes fesses. — Tu n'as à t'excuser de rien. Est-ce que tu regrettes la nuit dernière ?

— Non, ai-je dit rapidement, en me tournant pour lui faire face. — Pas le moins du monde.

Il a fermé les yeux, comme s'il avait craint ma réponse.

Quand ils se sont rouverts, le marron foncé de son regard m'a captivée.

— Tu étais inquiet.

Il a hoché la tête. — Tu n'es pas la seule à avoir du mal avec les relations amoureuses, Natalie. Toute la nuit, je me suis demandé si j'allais me réveiller seul, si j'allais t'entendre essayer de filer en douce ou si tu allais éviter mon regard le matin et inventer une excuse pour devoir partir immédiatement.

J'ai secoué la tête et me suis approchée pour l'embrasser. J'ai déversé dans ce baiser toutes les pensées qui me traversaient l'esprit. L'immense plaisir que notre nuit m'avait procuré et l'inquiétude de sentir que j'étais en train de tomber amoureuse de lui. Je l'ai embrassé avec chaque once de passion que je ressentais.

Et il y a répondu avec la même ferveur.

J'ai grimpé sur lui, me sentant audacieuse et sexy. Son érection s'est aplatie sous mon corps, la crête dure de sa bite heurtant mon clitoris hypersensible. J'ai gémi, ondulant des hanches pour augmenter le frottement.

— Sers-toi de moi, Natalie, a-t-il grogné, son regard fixé sur l'espace entre nos corps.

Il m'a soulevée avec ses mains, me maintenant et me soutenant pendant que je me déhanchais sur sa bite.

— Oh, mon Dieu, ai-je gémi.

— Oui, Natalie.

J'ai continué, la sensation de son érection contre mon clitoris me poussant à aller plus loin. De plus en plus près, de plus en plus vite, je chevauchais son membre, lui prenant ce que mon corps réclamait.

—Omar, ai-je murmuré, basculant de la raison à la folie. Mes mouvements étaient frénétiques, exigeants, lui prenant tout.

—Putain, Natalie. Tu es magnifique. Continue de jouir pour moi.

—En moi. Je veux te sentir en moi.

Il a attrapé un préservatif sur la table de nuit. Je me suis soulevée, et j'ai commencé à me retourner. —Reste, a-t-il ordonné, et ce frisson délicieux a parcouru ma colonne vertébrale.

Je l'ai regardé dérouler le préservatif, puis je me suis repositionnée au-dessus de lui. Il est resté immobile pendant que je descendais sur lui, mon premier orgasme facilitant sa pénétration.

Il a poussé vers le haut alors que je m'enfonçais profondément, et nous avons gémi tous les deux. — Bordel, baise-moi, a-t-il grogné.

—Oui, ai-je répondu.

Il a de nouveau attrapé mes mains, me soutenant alors que je commençais à bouger. Son regard est retourné là où nous étions unis, le regardant glisser hors de mon corps, puis y entrer à nouveau.

—J'aimerais pouvoir voir ce que tu vois.

—Moi aussi j'aimerais que tu le puisses. J'adore voir ma bite disparaître en toi. Te regarder t'étirer pour me laisser entrer. M'accepter. Puis la voir réapparaître, ton corps s'accrochant à moi comme si tu ne voulais pas me laisser partir.

—Je ne veux pas.

Il m'a regardée et a souri. —Je' ne vais nulle part, Natalie.

—Tant mieux.

Il s'est redressé, m'attirant plus près pour m'embrasser avec passion.

Cette proximité rendait mes mouvements plus difficiles, mais je m'en fichais. Je l'avais. Là, à cet instant, je l'avais. Et il m'avait. Corps et âme, j'étais à lui.

Il s'est laissé retomber sur le matelas et a poussé en moi.

J'ai eu le souffle coupé à sa sensation, et il a recommencé, encore et encore.

Je répondais à chacun de ses coups de rein, suivant sa cadence et perdant la tête tandis que nos corps s'entrechoquaient et que mon cœur semblait avoir voyagé jusque dans sa poitrine. Il le possédait maintenant. Je lui appartenais.

— Natalie, gémit-il.

Mon regard se riva au sien, et j'y vis les mêmes sentiments se refléter. L'amour. Le désir. La luxure.

Je ne pouvais pas le quitter des yeux. Je ne pouvais pas cacher mes sentiments. Je ne pouvais rien faire d'autre que de me noyer dans ses magnifiques yeux bruns et de m'abandonner corps et âme à cet homme qui, je le pensais, ne poserait jamais les yeux sur moi, et encore moins de cette façon.

— Viens, Natalie. Fais-le-moi sentir.

Mon corps obéit, comme s'il avait oublié ce que nous cherchions. Soudain, je fus secouée par une violente explosion. Mon orgasme arracha un cri de ma gorge. Il chassa toute pensée de mon esprit. Je m'effondrai sur lui, les os liquéfiés et mon corps n'étant plus qu'une flaque.

— Putain, Natalie, gémit Omar. « Oui. Mon Dieu, oui. Natalie !»

Il se gonfla en moi et se libéra. Son sexe tressauta, et il se cambra vers le haut, m'embrassant avec fougue. Ses mains me maintinrent contre lui, son corps trempé et vibrant tout autant que le mien.

Ses baisers ralentirent et se déplacèrent sur mes joues, mes yeux, mon cou. — Je n'ai pas de mots pour décrire ça.

— Moi non plus.

Il se pencha en arrière juste assez pour me regarder dans les yeux. Je voyais ses pensées sur son visage. Les mots qu'il retenait, tout comme moi.

Un seul rendez-vous. C'était tout ce que nous avions eu.

Un seul rendez-vous ne pouvait pas faire tomber les gens amoureux. Ce n'était pas réaliste. Ce n'était pas naturel.

Mais rien de tout cela n'avait d'importance.

— Merci, dit Omar après un instant. « De ne pas t'être éclipsée. D'être là ce matin. De m'avoir donné une autre chance. D'… D'avoir été honnête avec moi.»

J'enroulai mes bras autour de lui, ayant besoin de cacher les larmes qui me montaient aux yeux. Je hochai la tête contre son épaule. — Merci à toi, murmurai-je.

Il n'a certainement pas manqué de remarquer l'émotion dans ma voix, mais il ne m'en fit pas la remarque. Il se contenta de me serrer contre lui jusqu'à ce que nos cœurs ralentissent pour retrouver un rythme normal et que son sexe glisse hors de mon corps.

— Laisse-moi m'en occuper, ensuite je préparerai le café et le petit-déjeuner pendant que tu te prépares. Ça te va ?

— Parfait, ai-je dit.

Et ça l'était. Je n'avais jamais cru que la perfection existait, et pourtant, il était là. Parfait pour moi.

19

OMAR

La semaine qui a suivi mon rendez-vous avec Natalie, je me suis préparé à la publication d'un troisième article. Après deux semaines d'affilée, je me disais que c'était inévitable.

J'ai épluché le journal, deux fois par jour, sans rien voir de nouveau sur le fait que j'étais néfaste pour la ville. Mercredi, il n'y avait toujours rien.

Le soulagement était une sensation étrange, car je ne lui faisais pas confiance. Quelqu'un, quelque part, essayait de me détruire. Avoir Natalie de mon côté m'aidait, mais cela ne signifiait pas que la menace avait disparu.

Ni que je savais de qui elle provenait.

Jane m'a souri quand je suis arrivé au bureau le mercredi matin. Elle le faisait de plus en plus ces derniers temps. Je n'étais pas sûr de savoir pourquoi, mais je savais que tout le monde en ville était au courant de ma nouvelle relation avec Natalie. Nous n'avions pas essayé de la cacher après notre rendez-vous, et je n'avais aucune intention de le faire.

— Comment va Natalie ? m'a demandé Jane, confirmant ce que je pensais.

— Elle va bien. Pourquoi ?

— Vous ne m'avez jamais dit si vous aviez apprécié le restaurant que je vous ai recommandé.

— Je vous prie de m'excuser. J'aurais dû. C'était excellent. Une cuisine délicieuse et un service impeccable. J'apprécie la recommandation. Natalie aussi.

— Bien. Je pense qu'elle vous fait du bien.

J'ai souri. — Je le pense aussi.

Jane est retournée à son travail, et j'ai continué vers mon bureau.

On était à moins d'un mois de la première collecte de fonds pour le camping, et j'en voyais de plus en plus de mentions en ville. J'étais déterminé à faire tout ce qui était en mon pouvoir pour garantir son succès. Y compris contacter Goldie Spear pour faire le point avec elle sur les progrès.

Cinq minutes avant mon rendez-vous prévu avec Goldie, Jane m'a appelé sur l'interphone.

— Monsieur le Maire, votre prochain rendez-vous est arrivé.

— Merci, Jane. Elle peut entrer.

Goldie a été annoncée par un coup frappé à la porte, et je me suis levé pour l'accueillir.

Elle s'est approchée rapidement, la main tendue pour me la serrer. — Contente de te voir, Omar.

— Moi aussi, Goldie. J'espère que les choses se passent bien. Patrick semble aller bien.

— Nous allons bien tous les deux. Merci. Et l'office du tourisme fonctionne comme prévu. Nous avons beaucoup d'événements de prévus pour l'été, et nous sommes très enthousiastes à l'idée de la collecte de fonds.

— Je sais que ça ne fait pas partie de tes fonctions habituelles, mais j'apprécie que tu donnes un coup de main.

— Nous sommes tous heureux de le faire. Mon fils a travaillé à la colonie de vacances l'année dernière. Il adore

Natalie. Il est vraiment emballé à l'idée de déménager au terrain de camping. Non pas qu'il se souvienne du terrain, mais il peut imaginer toutes les choses amusantes que Natalie va inventer.

— Elle a l'air assez incroyable dans ce qu'elle fait.

— Elle l'est. Et si tu cherches à me faire dire autre chose, tu t'adresses à la mauvaise personne.

— Que veux-tu dire ? Pourquoi est-ce que je chercherais à te faire dire autre chose ?

— Je peux être honnête, Omar ?

— Je t'en prie.

Goldie a pris une seconde pour rassembler ses esprits. Ses longs cheveux blonds et lâches ont ondulé lorsqu'elle a tourné la tête pour se concentrer à nouveau sur moi. — Natalie est une amie. Je l'aime beaucoup. J'étais heureuse de l'aider parce que je crois en ce qu'elle fait. Je pense que tu ressens la même chose, mais je sais aussi que les choses entre vous n'ont pas très bien commencé. J'ai été surprise quand Jane a appelé pour demander un rendez-vous, surtout quand elle a dit que tu voulais des nouvelles de la collecte de fonds. Natalie maîtrise parfaitement la situation. Elle est très organisée et méthodique. Je lui fais entièrement confiance pour ça. Et je ne sais pas si tu me poses des questions parce que tu ne lui fais pas confiance ou s'il y a une autre raison, mais je ne vais pas te dire qu'elle ne fait pas ce qu'elle est censée faire.

Je me suis adossé à ma chaise et j'ai assimilé ce que Goldie venait de dire. J'ai ri doucement. — Tu as raison. Je m'excuse. Je sais à quel point elle est nerveuse à cause de la collecte de fonds. Elle ne voulait pas la faire, et elle ne me dit pas grand-chose à moins que je ne le lui demande directement à cause du conflit d'intérêts."

— Conflit d'intérêts ? Parce que vous sortez ensemble ? a demandé Goldie en se penchant en avant et en posant son avant-bras sur mon bureau.

— Non, pas ça. Si j'avais eu un plus gros budget pour le camp d'été, elle n'aurait pas eu besoin de faire une collecte de fonds. Elle a fait une blague à ce sujet, et je me suis mis sur la défensive."

— Ah, je vois. Alors tu essaies de me soutirer des informations parce que tu ne veux pas qu'elle se plante, mais tu ne peux pas le lui demander."

J'ai gloussé. — C'est à peu près ça, ouais."

— Eh bien, je trouve ça adorable, mais ce n'est pas la peine. D'une part, Natalie est incroyable. D'autre part, tu devrais simplement lui poser la question. Elle évite probablement d'en parler pour la même raison, mais ça ne veut pas dire que tu ne devrais pas le faire."

— Tu as raison. Et je suis ridicule."

— Non, pas du tout. Tu as beaucoup à gérer. D'ailleurs, comment vas-tu ?"

— Je vais bien. Que veux-tu dire ?"

Ses sourcils se sont haussés. — L'article d'aujourd'hui ? Et les deux derniers."

— Aujourd'hui ? Je n'en ai pas vu datant d'aujourd'hui." J'ai déverrouillé mon ordinateur et j'ai affiché le journal.

— Il n'est pas en ligne. Uniquement en version papier."

— Quoi ? Je ne savais pas que c'était possible."

— Il est dans le journal gratuit qu'ils distribuent dans les boîtes. Je l'ai apporté. Je me suis dit que tu allais me poser la question."

J'ai secoué la tête en attrapant le journal qu'elle me tendait.

Goldie est restée silencieuse pendant que je lisais la dernière édition de « Omar Knight est nul ».

C'était toujours la même rengaine, avec de nouvelles citations du soi-disant ancien employé et d'autres fausses preuves selon lesquelles je faisais du favoritisme et ne soutenais que les initiatives de ma petite amie.

— Tu sais bien que ce n'est pas vrai, n'est-ce pas ?

Goldie a hoché la tête. — Bien sûr. Tout le monde dans mon bureau le sait aussi. On m'a déjà traînée dans la boue, mais c'était surtout à l'intérieur de ce bâtiment et pas en public. Le maire Levine s'assurait que tous ceux à qui il parlait soient convaincus que j'étais incapable de faire mon travail. Mais il n'est jamais allé jusqu'à faire publier un article pour le dire.

— Non, il allait juste te couper l'herbe sous le pied et te remplacer par un homme qui aurait fait ce qu'il disait, ai-je répondu. Le maire Levine était un sacré numéro. Et une vraie ordure. Il ne voyait pas la valeur que Goldie apportait au service du tourisme, ni la valeur de la plupart des femmes qui travaillaient pour lui. C'était un tyran, et il ne se passait pas un jour sans que je sois heureux qu'il soit parti.

— Exactement. Alors, qui t'es-tu mis à dos ?

J'ai eu un petit rire. — Si seulement je le savais.

— Tu n'en as aucune idée ? Elle a semblé surprise par ça.

J'ai secoué la tête. — Pas la moindre. La femme sur la photo…

— Natalie.

— Comment tu… ?

— On est tous au courant. Peut-être pas ceux qui écrivent ces articles, mais Natalie est une amie. Elle l'a admis. Mais elle ne ferait pas ça. Elle n'a pas fait ça. Tu le sais, pas vrai ?

Je n'avais pas pensé à Natalie avant que Goldie ne le dise, mais j'ai secoué la tête alors même que l'idée me venait. — Elle ne le ferait pas. Je le sais. Elle n'a pas toujours été ma fan, mais elle ne ferait jamais une chose pareille.

— Tu ne pensais pas qu'elle était une fan ? Tu as vu la façon dont elle s'en est prise au journaliste il y a quelques semaines ? Avant que vous ne commenciez à sortir ensemble ?

— Oui, je l'ai vu. Et elle a bien fait comprendre que je ne lui plaisais pas.

— Mais tout ça, c'est du passé. Natalie est jeune et un peu effrayée, et elle pense qu'elle n'est pas assez bien pour vous.

— Elle m'a dit la même chose, mais je ne comprends pas.

— Les gens ne sont pas toujours logiques. Tout comme la personne qui est derrière ces articles. Qui est l'ancien employé ? Le savez-vous ?

J'ai secoué la tête. — Non. Je n'ai licencié qu'une seule personne depuis que je travaille dans ce bâtiment. Il utilisait les ordinateurs de la ville à des fins personnelles et accédait à des sites web qui étaient censés être inaccessibles.

— Oh. Eh bien, c'est intéressant. Et ça pourrait être votre homme.

— Ça fait des années, et il a quitté la région.

— Ça n'a pas d'importance. Ces journalistes sont capables de déterrer n'importe quoi. Quelqu'un pourrait aussi vous suivre. Voir où vous allez, avec qui vous passez du temps, vérifier si vous cachez quelque chose.

Elle avait raison. Et c'était probablement comme ça qu'ils savaient que Natalie et moi sortions ensemble. La pointer du doigt et prétendre que je ne faisais que soutenir son projet, c'était la mêler à toute cette histoire. — Natalie ne mérite pas d'être traînée dans la boue pour ça.

— Je suis d'accord. C'est pourquoi je pense que vous devriez peut-être vous entretenir avec un journaliste et donner votre version des faits.

— Je ne suis pas sûr que ce soit une bonne idée.

— Moi, si. Pas celui qui a publié ces articles, mais quelqu'un qui va vraiment vous écouter.

— Je ne crois pas connaître quelqu'un.

— L'amie d'une amie est une nouvelle journaliste. Elle a travaillé pour le journal il y a des années, puis a démissionné quand elle a eu sa fille. Elle vient de divorcer et travaille à nouveau là-bas.

— Et vous pensez qu'elle m'écouterait vraiment ?

— Absolument. C'est une bonne amie de Melody Holland. Vous connaissez Ramsey, n'est-ce pas?

— Ouais. L'idée me plaisait de plus en plus.

— Melody a dit que Casey est furieuse à cause des articles. Elle envisage de trouver un autre travail parce qu'elle n'aime pas être associée à un journal qui essaie de ruiner la réputation de quelqu'un qui fait de bonnes choses pour la ville. Elle a aussi une fille qui va participer à la colonie de vacances.

— Donc il y a un conflit d'intérêts.

Goldie a secoué la tête. — Pas si tu parles de ton travail au lieu de la colonie de vacances.

— C'est vrai.

— Comment se présente le reste de ta semaine? As-tu le temps de la rencontrer demain?

— Je trouverai le temps, ai-je dit. Laver mon nom était trop important pour ne pas le faire.

— Ça te dérange si j'appelle Melody tout de suite? Je n'ai pas le numéro de Casey, mais Melody garde sa fille après l'école. Elle la voit tous les jours et peut la joindre facilement.

— Je t'en prie, vas-y.

J'ai écouté la version de Goldie de la courte conversation. D'après ce que j'ai compris, Melody était partante et ravie de dire à Casey que je voulais lui parler, sur la suggestion de Goldie.

— Melody va demander à Casey d'appeler Jane pour prendre rendez-vous avec vous, a dit Goldie en rangeant son téléphone.

— Alors il vaut mieux dire à Jane d'en faire une priorité, ai-je dit en me levant de mon bureau. J'ai ouvert la porte de mon bureau pour Goldie, qui s'est arrêtée avec moi devant celui de Jane. — Une femme du nom de Casey...

— White, a complété Goldie.

— Merci. Casey White est une journaliste et elle va appeler pour prendre rendez-vous sur mon agenda. Je veux que vous fixiez un rendez-vous avec elle dès que possible. C'est l'amie d'une amie.

— Alors elle va publier un bon article sur vous, pour une fois ? demanda Jane.

Goldie rit. — C'est le but.

— Exactement.

Le téléphone de Jane a sonné, et nous l'avons tous regardé. Jane a répondu et nous a fait un clin d'œil avant de consulter son agenda. Une minute plus tard, elle a raccroché.

— Demain à neuf heures, a annoncé Jane. Elle sera accompagnée d'un photographe et a dit qu'elle voulait mettre en avant tout le bien que vous avez fait pour L'anse MacKellar depuis que vous avez pris vos fonctions de maire par intérim.

— Parfait. Merci, Jane. Et toi aussi, Goldie. J'apprécie que tu sois passée, et que tu aies été franche avec moi.

— Quand tu veux, Omar. Passe une bonne fin de journée.

— Je pense que c'est une bonne chose que vous fassiez ça, a dit Jane. C'est bien que les gens voient qui vous êtes.

— Merci, Jane. J'espère que ça se passera bien.

— Ça se passera bien. Goldie ne l'aurait pas recommandé sinon. C'est votre plus grande fan. Enfin, peut-être la deuxième plus grande. Je crois que Natalie pourrait bien occuper la première place ces derniers temps.

Mes lèvres se sont étirées en un sourire à la pensée de Natalie. J'étais sans aucun doute son plus grand fan.

Et il n'y avait personne avec qui j'avais plus envie de parler de cet article que Natalie.

AVEC LES NUITS tardives de Natalie au centre communautaire, nous ne nous voyions pas très souvent pendant la semaine. Je l'ai mise au courant pour l'article, et elle m'a souhaité bonne chance. Elle a aussi demandé que je lui raconte tout samedi, où nous avions prévu un autre rendez-vous.

En arrivant au travail jeudi matin, j'étais plus nerveux que je ne m'y attendais. Je savais que ce seul article pourrait avoir un impact plus important sur mon avenir que tout ce que je ferais au cours des prochains mois. Je détestais que ce soit vrai, mais c'est ainsi que la politique fonctionnait. Si un candidat paraissait horrible une seule fois, c'était la seule chose dont tout le monde se souvenait.

Trente minutes avant l'heure d'arrivée prévue de Casey White, Jane a appelé mon bureau. J'avais fermé la porte pour me concentrer et éviter les distractions. Je n'avais aucune envie d'être dérangé, mais j'ai répondu au cas où ce serait Mme White, qui était en avance.

— Oui ?

— Vous avez une visite, monsieur le Maire. Elle promet de faire vite.

— D'accord, ai-je dit, le cœur battant. Un sourire s'est dessiné sur mes lèvres avant même que la porte ne s'ouvre pour révéler Natalie. — Qu'est-ce que tu fais là ?

Elle s'est dirigée droit sur moi et s'est glissée dans mes bras sans la moindre hésitation. — Quand j'ai un truc important comme ça, ça me rend nerveuse. Un câlin de quelqu'un que j'aime bien, ça aide. J'ai pris le risque que ce soit bon pour toi aussi.

Je l'ai serrée fort contre moi et j'ai inspiré son parfum de fraise et de feutre. Mon rythme cardiaque a ralenti et mon corps s'est détendu. — Comment tu fais ça ?

— Des années de thérapie et beaucoup de médicaments, a-t-elle dit avec un petit rire.

— Vraiment ?

Elle a haussé les épaules, l'air gênée par son aveu.

— Aucun jugement. Je ne savais pas, c'est tout.

— L'anxiété est une vraie saloperie. Parfois, c'est pire que d'autres. Je ne suis pas à l'aise quand je dois parler à des inconnus. Des adultes. Avec les enfants, ça va, mais j'ai fait une crise de panique et j'ai vomi avant ma première soirée portes ouvertes quand j'étais une jeune prof. Pareil avant les réunions parents-profs. Le premier jour de classe, nickel. Que des enfants ? Pas de problème. Mais les parents ? Laisse tomber.

— Je suis désolé.

— Ne sois pas désolé. Ça fait juste partie de mon histoire. Et je ne suis pas là pour me plaindre de moi. Je suis là pour t'aider à te détendre.

J'ai haussé un sourcil en la regardant. — Ah, vraiment ?

Elle m'a repoussé. — Pas détendu à ce point.

— Punaise.

Elle a eu un petit rire et a lissé les revers de mon costume. — Tu es prêt ?

— Non, ai-je admis. Goldie est passée hier et me l'a suggéré. Elle a dit qu'elle pensait que ce serait une bonne chose de donner ma version des faits.

— Elle a raison. Je n'y aurais pas pensé, mais c'est une bonne idée.

— J'essayais de prendre de tes nouvelles, ai-je avoué.

— Pardon ? a-t-elle lâché.

— Je voulais savoir où en était la collecte de fonds, mais j'avais peur de te le demander. Goldie m'a raisonné. Je veux tout savoir sur la collecte de fonds. Et sur ta journée. Et tout ce qui te concerne.

Le visage de Natalie s'est adouci. Elle a hoché la tête et s'est de nouveau glissée dans mes bras. — D'accord.

Je l'ai serrée fort contre moi, laissant sa présence m'apaiser et me rappeler que j'étais bon dans mon domaine et que je croyais non seulement en moi, mais aussi en mon personnel et en la ville.

— Tu vas être génial, a murmuré Natalie. Tu es tellement bon pour cette ville, et les gens le savent.

— Merci d'être venue.

— De rien.

Elle s'est reculée et s'est hissée sur la pointe des pieds pour m'embrasser. Notre baiser est resté chaste et simple, mais j'en voulais plus. Je voulais toujours plus d'elle.

— Je vais y aller avant que le journaliste n'arrive, mais bonne chance. Déchire tout. Et n'oublie pas à quel point tu es formidable.

— Merci, Natalie.

— De rien. Elle a souri en me tenant la main alors qu'elle se dirigeait vers la porte. Quand elle a été trop loin pour me tenir, elle m'a serré la main une dernière fois, puis l'a lâchée.

Je l'ai regardée partir, sachant que l'article allait être un succès.

Casey White est arrivée quelques minutes après le départ de Natalie. Casey et le photographe se sont rapidement installés, puis nous avons commencé, en échangeant quelques politesses.

— Dites-moi ce qui est le plus important dans ce travail, Monsieur le Maire, a dit Casey.

— Je crois que mon travail consiste à rendre chaque situation la meilleure possible pour le plus grand nombre. À utiliser les fonds de la ville pour soutenir les résidents et à trouver des moyens d'attirer plus d'argent dans la ville pour aider à la soutenir.

— Les articles de ces derniers temps ont été assez durs

concernant votre position sur l'aide à la nouvelle colonie de vacances. Pouvez-vous commenter cela ?

— La nouvelle colonie de vacances sera sur un terrain qui a été donné à la ville par une famille très généreuse qui voulait qu'il soit utilisé pour la commune. L'idée originale était d'utiliser la propriété pour une colonie de vacances. C'était la suggestion des propriétaires, et j'ai convenu qu'elle était excellente.

— Mais il faut de l'argent pour la rénover, a insisté Casey.

— Bien sûr. Nous avions un très petit excédent que j'ai dirigé vers ce projet parce que nous approchons de la fin de notre exercice fiscal et que l'argent n'avait pas d'autre utilité. Investir cet argent dans la nouvelle colonie de vacances et avoir la possibilité de l'ouvrir à plus d'élèves sera un avantage énorme pour les parents de L'anse MacKellar.

— Ce le sera, oui. Ça créera aussi des emplois, n'est-ce pas ?

— Oui. Amelia Rucker, la directrice du centre communautaire, a des idées incroyables sur ce qui peut être fait avec la propriété. Nous avons l'intention de l'utiliser pour plus qu'une simple colonie de vacances. Ce sera un atout pour la ville, et elle sera facilement rentabilisée. Mais d'abord, il faut qu'elle soit fonctionnelle.

— Quels autres projets avez-vous en cours en ce moment ? a demandé Casey, une lueur d'approbation dans les yeux.

— Nous travaillons à la réparation du kiosque du parc Catherine. La promenade le long de la rivière a besoin de quelques petites réparations après la tempête d'il y a un an. Et notre budget touristique a été augmenté cette année pour aider à attirer plus de gens en ville. Goldie Spear est incroyable pour trouver des événements qui attirent des visiteurs en ville.

— Mais cela ne met-il pas les ressources locales à rude épreuve ?

— Il y a un équilibre, oui. Toujours. D'après ce que j'ai entendu, le Auberge L'anse MacKellar est presque complet pour l'été, et les hôtels juste en périphérie de la ville le sont bientôt aussi. Les autres villes de la région ressentent également les retombées positives de la nôtre, voyant leurs hôtels se remplir davantage et plus d'argent affluer chez elles.

— Est-ce une bonne chose ? Que l'argent aille dans ces autres villes ? a demandé Casey.

— Absolument. En faisant mieux connaître la région, les gens visitent toutes les villes et en découvrent la diversité. Chacune des villes le long du fleuve Saint-Laurent a quelque chose d'un peu différent à offrir. Nous ne nous faisons pas concurrence. Nous travaillons ensemble et nous nous soutenons mutuellement. Goldie a pris contact avec les autres villes et certains des événements qu'elle organise cette année prévoient des parcours pour les visiteurs sur toute la longueur du fleuve Saint-Laurent, du lac Ontario jusqu'au Canada. Tout ce que nous faisons est bénéfique pour L'anse MacKellar et toutes les autres villes.

Le sourire de Casey s'élargit. — Ça a l'air très amusant. Convivial pour les familles, mais pas exclusivement. Vous avez créé une équipe formidable, Monsieur le Maire.

— J'ai beaucoup de chance. Les gens qui consacrent leur temps à cette ville sont vraiment des personnes spéciales. Elles travaillent dur pour faire de L'anse MacKellar non seulement un endroit extraordinaire où vivre, mais aussi un lieu de visite formidable. Et ça se voit. C'est grâce à cela que nous n'avons pas eu à augmenter les impôts depuis que je suis devenu maire par intérim, et je ne vois aucune raison de le faire pour l'année prochaine non plus. C'est un travail d'équipe, et je peux faire tout ce que je fais grâce à l'équipe qui m'entoure.

Casey a hoché la tête. — Merci pour le temps que vous m'avez accordé aujourd'hui, Monsieur le Maire. Je pense que j'ai tout ce dont j'ai besoin. C'était un vrai plaisir de vous rencontrer. Et je dois dire que je voterai pour vous.

— Merci, Mademoiselle White. Cela compte beaucoup pour moi.

— C'est vous qui comptez beaucoup, Monsieur le Maire. Merci.

— Merci à vous.

Ils ont rangé leurs affaires et sont sortis. Jane m'a fait un pouce en l'air après leur départ. Je ne pouvais pas m'arrêter de sourire.

Si l'article était aussi bon que l'interview, j'étais confiant quant à mes chances aux élections.

rois semaines après mon entretien avec Casey White, j'ai eu ma dernière réunion avec Natalie et Amelia avant la collecte de fonds. Tout était en place, tout le monde était prêt, et je devais admettre qu'elles avaient mis sur pied un événement incroyable.

— Je pense que nous allons atteindre notre objectif, Omar, a dit Amelia avant que nous ne terminions la réunion.

— Je le pense aussi. C'était une excellente idée, ces paniers sur lesquels les gens pourront faire des offres. C'est aussi très généreux de la part d'Hudson de fournir la nourriture et les boissons à prix coûtant. Je sais que c'est un grand manque à gagner pour lui, surtout un week-end, ai-je dit.

— Il était content d'aider. Il paie à son personnel leurs salaires habituels, mais chaque personne qui vient reçoit un ticket boisson et un ticket repas, a expliqué Amelia.

— Il a vraiment hâte d'y être. Il en parlait la semaine dernière. Tout le monde est prêt.

— J'espère juste qu'on obtiendra l'argent dont on a besoin. Le kit de construction que nous voulons n'est pas donné, mais je pense que ce sera l'idéal pour nous, a dit Natalie. Elle a étudié attentivement ses notes. — Nous avons quelques billets en prévente, mais pas assez pour tout couvrir.

— Les gens viendront, l'a rassurée Amelia.

— Oui, ils viendront. Ce sera un immense succès. Tout le monde veut que la colonie de vacances fonctionne. J'étais complètement d'accord.

— L'interview que tu as donnée il y a quelques semaines a aidé. Nous avons reçu beaucoup d'appels de gens qui voulaient donner un coup de main après cet article, a dit Amelia.

— Je suis heureux de l'apprendre. Et je suis heureux que l'article ait été un succès, ai-je dit. Aucun article négatif à mon sujet n'était sorti depuis. Ça ne voulait pas dire que j'étais tiré d'affaire, ou que celui qui était derrière les autres articles en avait fini, mais ça signifiait que les choses évoluaient dans le bon sens.

— À quelle heure peux-tu être à la collecte de fonds ? a demandé Amelia.

J'ai regardé Natalie pour qu'elle réponde. Je lui avais proposé que nous y allions ensemble. Je voulais la soutenir, et cela signifiait être là aussi longtemps qu'elle le souhaiterait.

— Il va venir avec moi à seize heures, a dit Natalie.

— Parfait, a répondu Amelia. — Merci pour ton aide. Nous n'aurions certainement pas pu faire tout ça sans ton soutien.

— J'ai hâte d'être à la collecte de fonds, ai-je dit, et je le pensais vraiment. Ça allait être une soirée amusante, et je ne doutais pas qu'ils atteindraient leur objectif.

— On se verra là-bas, alors. Amelia s'est levée, sortant du bureau pour nous laisser un moment seuls, Natalie et moi.

Natalie a jeté un coup d'œil à sa patronne, puis s'est retournée vers moi. — Je suis nerveuse pour samedi.

— Ça va bien se passer. Les bourses d'études sont toutes mises en place, et nous l'annoncerons samedi, étant bien entendu que la colonie de vacances doit d'abord être financée et que tout ce qui dépassera votre objectif ira aux bourses.

Elle a pris une inspiration et l'a expirée lentement, hochant la tête et se mordillant la lèvre.

— Qu'est-ce qu'il y a d'autre ? Il y avait autre chose.

— Comment est-ce que je me comporte avec toi ?

— Que veux-tu dire ?

— Eh bien, c'est un événement professionnel, et nous avons été très professionnels quand l'un de nous deux est au travail. Mais c'est aussi un événement social.

J'ai tendu la main vers la sienne par-dessus mon bureau, souriant quand elle n'a pas hésité à me rejoindre à mi-chemin. — Je pense que nous ferons ce qui nous semblera juste sur le moment.

— Ça ne te dérange pas que tout le monde sache que nous sommes ensemble ?

— Oui. Sans aucun doute. Je ne cherche pas à nous cacher.

— D'accord, a-t-elle murmuré.

— Et toi ?

Son regard a croisé le mien, ses yeux noisette s'écarquillant comme si la question était ridicule. — Moi ? Tu penses que j'aurais honte de dire aux gens que je sors avec toi ?

J'ai haussé les épaules. — C'est toi qui as demandé la première.

— Non, a-t-elle dit en riant. — Je pense que les gens seront plus choqués qu'autre chose.

— J'aimerais que tu puisses te voir comme moi je te vois.

— Moi aussi.

J'ai caressé son poignet avec mon pouce. Elle a soupiré, puis s'est reculée et s'est levée.

— Tu vas me donner envie de rester ici toute la journée.

— Chez moi, ce serait encore mieux. Je l'ai suivie jusqu'à la porte.

— On pourra peut-être faire ça dimanche, après la collecte de fonds.

— Prépare un sac et reste chez moi. Je passerai te prendre samedi pour que tu n'aies pas à te soucier de ta voiture.

— Dans la voiture bleue ? a-t-elle demandé, les yeux brillants d'excitation.

J'ai gloussé. — Dans la voiture bleue.

Elle a poussé un petit cri de joie. — On se voit samedi, alors.

— Salut.

— Salut.

Je l'ai regardée s'éloigner, sachant que je ferais n'importe quoi pour elle. Elle était sortie de nulle part, mais je n'étais pas sûr de pouvoir revenir à une vie sans elle.

J'espérais que je n'aurais pas à le faire.

LE O'KELLEY'S ÉTAIT BONDÉ. Je pouvais à peine me frayer un chemin dans le bar et je me suis demandé si quelqu'un allait appeler les pompiers vu le nombre de personnes qui s'y trouvaient.

Natalie a été immédiatement happée par Amelia à notre arrivée, et je l'avais à peine revue depuis. Elle souriait et parlait aux gens, mais je pouvais voir l'anxiété dans ses yeux les rares fois où j'arrivais à l'apercevoir.

— Tu as vu Natalie ? m'a demandé une femme blonde et pétillante. Il m'a fallu une minute pour réaliser que c'était Daisy.

J'ai secoué la tête.

— Je suis Daisy, au fait. Nous ne nous sommes pas officiellement rencontrés.

Je lui ai adressé un grand sourire, hochant la tête et tendant la main. — Je suis ravi de te rencontrer enfin. Je sais que j'ai beaucoup monopolisé Natalie au cours du dernier mois. J'ai entendu tellement de bien de toi.

— Eh bien, j'espère que ma meilleure amie chante mes louanges. Elle a intérêt.

— Elle n'est pas la seule à t'adorer. On dirait que tu me donnerais du fil à retordre si tu décidais de te présenter à la mairie.

Elle a secoué la tête, ses cheveux blonds tombant de toutes parts. — Oh, non, Monsieur le Maire, je ne veux pas de ton poste. Pas assez d'amusement.

J'ai ri. — Ça, c'est certain. Et si je t'aidais à chercher Natalie ? Je sais qu'elle court partout et parle à beaucoup de monde. Une pause lui ferait sûrement du bien.

— Oh oh. Ça tombe mal, parce que c'est l'heure pour elle de faire son discours.

— Est-ce qu'elle sait qu'elle doit faire un discours ? ai-je demandé.

Daisy a haussé les épaules et s'est tournée vers la foule.

Je l'ai suivie, faisant de mon mieux pour regarder par-dessus les têtes des gens autour de nous et trouver Natalie.

Daisy cherchait à l'aveuglette dans la foule, pas assez grande pour voir autre chose que la personne devant elle. Elle se tournait au hasard et faisait du surplace.

J'ai finalement repéré Natalie sur notre droite et j'ai tapoté l'épaule de Daisy. Elle s'est retournée pour lever les yeux vers moi, et j'ai montré la droite.

Daisy a hoché la tête et s'est frayé un chemin à travers la foule. Une minute plus tard, nous étions devant Natalie.

— Je t'ai apporté à boire, a dit Daisy en lui tendant le verre qu'elle tenait. — C'est juste de l'eau.

— Merci, a dit Natalie, en le prenant et en avalant la moitié de l'eau en quelques secondes. — Il fait chaud ici ou c'est juste moi ?

— C'est toujours toi, ma belle. Mais oui, il fait chaud. Il y a une tonne de monde. Où en êtes-vous pour atteindre votre objectif ? a crié Daisy pour se faire entendre par-dessus le bruit.

Natalie a haussé les épaules. — C'est surtout Amelia qui a tout suivi. La dernière fois que je l'ai vue, on était à peu près à la moitié.

— C'est une excellente nouvelle ! Hudson a un micro pour toi, a dit Daisy.

— Pour quoi faire ? s'est écriée Natalie.

— Euh, tu es censée faire un petit discours, ma belle. Pour remercier tout le monde d'être venu et leur dire à quoi tu vas utiliser l'argent.

Natalie a secoué la tête pendant que Daisy parlait. — Non. Je ne peux pas le faire. Non. Non. Je vais me ridiculiser. J'ai déjà parlé à des gens toute la soirée, et j'ai dit à un couple qu'ils devraient organiser une fête dans leur douche, et à un autre homme qu'il devrait se mettre à faire des enfants pour qu'ils puissent venir à ma colonie. Je n'arrive pas à parler aux gens.

— Mais si, tu peux le faire, Natalie. C'est ta soirée. Tu as été incroyable. Ce ne sera rien pour toi, l'a encouragée Daisy.

— Non. Daisy, je ne peux pas. Je ne peux pas. J'ai besoin d'une pause. Je ne peux pas le faire. Je ne peux pas me tenir devant tout le monde et parler. Je n'arrive pas à respirer. Je ne peux… a suffoqué Natalie, aspirant et rejetant l'air rapidement. Ses yeux étaient écarquillés par la peur. Elle s'est agrippée la gorge, la griffant. La panique l'avait submergée.

— Allons-y, ai-je dit, en attrapant le bras de Natalie. — Fais-les patienter, ai-je dit à Daisy.

Natalie m'a laissé l'entraîner vers la sortie et la pousser

dehors. Elle continuait à lutter pour reprendre son souffle, même si nous étions à l'extérieur.

Je l'ai guidée à quelques mètres de la porte, loin de la foule qui sortait du bar. Je lui ai poussé la tête vers le bas, l'encourageant à mettre ses mains sur ses genoux. Je lui ai frotté le dos et me suis accroupi à côté d'elle.

— Inspire, deux, trois, quatre. Respire avec moi, Natalie. Expire, deux, trois, quatre. Inspire, deux, trois, quatre. Bien. C'est mieux. Expire, deux, trois, quatre.

Elle a pris le relais, respirant sans que j'aie à la guider. Son corps tremblait moins et sa respiration était plus contrôlée et moins paniquée.

— Prends ton temps.

— Je ne peux pas le faire, Omar. Je ne peux pas parler à tous ces gens, a-t-elle dit, la panique s'insinuant à nouveau dans sa voix.

— Continue de respirer pour moi, Natalie. J'ai attendu qu'elle prenne une profonde inspiration et qu'elle la relâche avant de continuer. — Tu n'es pas obligée de faire un discours.

Elle se redressa d'un coup. — Oui, il le faut. Tu as entendu Daisy. Tous ces gens. Ils sont là. Et ils donnent tout cet argent. Ils soutiennent ma colonie de vacances. Ils font tout ça, et je dois dire quelque chose.

— Quel est le pire qui puisse arriver si tu ne le fais pas ?

Elle inspira brusquement. — Je ne peux pas. Je ne peux pas rester ici sans rien dire.

— Et si je disais quelque chose à ta place ?

— Qu'est-ce que tu veux dire ? Pourquoi ferais-tu ça ? Tu ferais vraiment ça ?

J'ai haussé les épaules. — Si tu veux que je le fasse, bien sûr. Je sais à quoi l'argent va servir. Je sais ce que tu fais à la colonie de vacances. Je sais à quel point c'est important. Autant que ma position de maire serve à quelque chose.

— Je ne peux pas te demander de faire ça.

— Mon cœur, ça ne me dérange pas de parler à un groupe de personnes. Ça ne me gêne pas. J'ai l'habitude de m'adresser à une foule. Si tu veux le faire, je ne t'en empêcherai pas. Je sais que tu peux y aller, dire ce que tu veux dire et rendre ce moment incroyable. Je sais que tu es éloquente et intelligente, et que tu peux tout faire. Je le sais. Tout ce que je dis, c'est que si tu y es totalement opposée, si tu vas encore avoir une crise de panique, je t'aiderai. Mais je crois en toi.

Natalie secoua la tête. — Je ne sais pas si j'en suis capable.

— Moi, si, ai-je dit simplement. — Je sais que tu peux le faire.

Elle leva les yeux vers moi, son regard noisette à la fois confiant et anxieux. — Comment le sais-tu ?

J'ai glissé une mèche de ses cheveux derrière son oreille et lui ai pris la mâchoire en coupe. — Parce que je t'ai vue en action. Je t'ai regardée me défier, gérer des entrepreneurs et t'occuper d'un bâtiment rempli d'enfants. Ce dernier point effraierait presque n'importe qui dans ce bar, mais toi, tu le fais avec aisance et grâce. Chaque personne à l'intérieur est ici parce qu'elle croit en toi. Ces gens veulent te voir réussir. Ils ne sont pas là pour te huer ou te dire que tu n'es pas à la hauteur. Nous savons tous que tu es la femme parfaite pour diriger cette colonie et pour rendre l'ancien terrain de camping incroyable.

— La perfection n'existe pas, dit Natalie d'un ton ironique.

J'ai souri. La panique dans ses yeux avait presque disparu. — Peut-être pas, mais tu es sans aucun doute la personne la mieux placée pour t'en charger. Et nous le savons tous. Tu t'investis, Natalie. Tu adores ce que tu fais. Tu veux que ce projet soit un succès. Et tu feras n'importe quoi pour t'assurer qu'il le soit. Même si cela signifie affronter tes peurs et te tenir devant tous ces gens pour leur dire que tu es reconnaissante de leur soutien."

— Tu viendras avec moi ?

— Absolument, ma chérie.

— Tu resteras à côté de moi et tu prendras le relais si je panique ?

— Oui, mais je ne pense pas que ce sera nécessaire. Tu vas gérer.

Elle a souri, ses yeux s'illuminant de confiance. — Merci."

— C'est toi qui es aux commandes, Natalie. Vas-y, sois toi-même, et tout se passera à merveille.

Elle s'est élancée vers le haut, me surprenant d'un baiser ferme. Ses bras se sont enroulés autour de mon cou et m'ont attiré vers elle.

Mes mains se sont posées sur ses hanches et je l'ai tenue contre moi, la laissant mener le baiser et l'emmener où elle le désirait. Quand elle a entrouvert les lèvres et léché les miennes, j'ai grogné et glissé ma langue contre la sienne. Elle a répondu à mon baiser, inspirant profondément et pressant sa poitrine contre la mienne.

Lorsqu'elle s'est doucement reculée, je l'ai lâchée sans hésiter. Elle a posé sa tête sur ma poitrine et a frissonné.

— Allez, rentrons. Il fait froid, et tu as une foule à qui t'adresser," ai-je dit en déposant un baiser sur le sommet de son crâne et en la faisant pivoter en direction d'O'Kelley's.

Natalie a hoché la tête, avec un air beaucoup plus assuré que lorsque nous étions sortis. Elle a fait un signe de tête à l'homme à la porte, puis m'a pris la main et m'a entraîné à l'intérieur, se dirigeant droit vers le bar.

Hudson parlait avec une Daisy à l'air très inquiet et a fait un signe de tête vers Natalie. Ils se sont tous les deux approchés. Hudson est arrivé à notre hauteur en premier.

— Comment ça va ?" a-t-il demandé.

— Bien. Daisy a dit que tu avais un micro pour moi," a dit Natalie.

Hudson a hoché la tête, me jetant un coup d'œil avant de se pencher sous le bar. — Tu peux monter dessus et t'adresser à tout le monde. Si tu veux. Le plafond est assez haut."

Natalie a hoché la tête. Elle s'est tournée vers Daisy et lui a souri, puis s'est tournée vers moi. — Merci.

— C'est à toi de jouer, Natalie. Je suis juste là si tu as besoin de moi.

Elle a acquiescé, puis a pris ma main et est montée sur le tabouret en face d'elle. Elle s'est assise sur le bord du bar, puis s'est mise en position pour se lever.

Une fois debout, Hudson lui a tendu le micro.

Natalie a tapoté le micro, le son résonnant dans tout le bar et faisant taire la foule.

— Bonsoir tout le monde ! a lancé Natalie d'une voix forte, ce qui a fait grésiller le haut-parleur.

— Aïe ! a répondu la foule.

— Désolée pour ça, a dit Natalie plus doucement. — Pour ceux à qui je n'ai pas encore parlé ou que je n'ai pas encore rencontrés, je suis Natalie Edwards.

Quelques acclamations se sont élevées de la foule, faisant rougir Natalie.

— Merci à tous. Euh, je voulais juste vous remercier tous. D'avoir soutenu le camp de vacances. D'être ici ce soir. De prouver à quel point nous avons une communauté incroyable.

Tout le monde a applaudi, acclamant Natalie et ses paroles.

Elle était incroyable, exactement comme je savais qu'elle le serait.

— J'aimerais remercier tout particulièrement Harry et

Sue, qui ont fait don du terrain que nous utiliserons pour le nouveau camp de vacances.

La foule a applaudi bruyamment, même si Harry et Sue n'étaient pas là. C'était une belle attention de la part de Natalie, et ils en entendraient sans doute parler.

— Le camp de vacances a toujours été ma période préférée de l'année. J'adorais pouvoir jouer tout en apprenant. J'ai adoré avoir la chance de partager cette passion avec vos enfants. Ce camp, et les choses que nous prévoyons, nous aideront à pouvoir étendre cela à plus d'enfants cette année.

Une fois de plus, tout le monde a acclamé Natalie.

Plus elle parlait, et plus la foule lui répondait, plus elle paraissait sûre d'elle. Mon cœur s'est gonflé de fierté. Elle était en train de le faire.

— Il y a des illustrations près du bar montrant ce à quoi nous espérons que le camp ressemblera, et j'espère que vous avez eu l'occasion d'y jeter un coup d'œil. Notre objectif ce soir est de récolter assez de fonds pour rendre la piscine et le terrain de volley-ball fonctionnels, pour ajouter un bâtiment que nous pourrons utiliser pour le déjeuner et lorsque le temps n'est pas de la partie, et pour offrir des bourses pour le camp. Lorsque le bâtiment ne sera pas utilisé pour le camp, nous pourrons l'utiliser pour les événements de la ville et il pourra être loué pour des réceptions privées. Nous voulons que ce soit vraiment un espace pour la ville.

Une fois de plus, tout le monde a acclamé.

— Le mois prochain, si nous atteignons notre objectif, nous organiserons une semaine de bénévolat. Nous monterons le bâtiment que nous allons acheter. Il y a des fiches d'inscription un peu partout, et si vous pouvez vous engager pour quelques heures, une journée ou une semaine, votre aide nous sera très précieuse. Nous avons l'intention de faire la même chose en mai. Cette semaine-là, nous travaillerons à l'aménagement paysager, au nettoyage et à rendre le terrain de camping plus fonctionnel, et peut-être un peu plus joli.

— Avons-nous atteint l'objectif ? a crié quelqu'un.

— Avons-nous atteint l'objectif ? Natalie a balayé la foule du regard, cherchant quelqu'un. « Amelia s'occupe des comptes. Amelia ? »

— Je suis là ! a lancé Amelia. Elle a fait un signe de la main pour attirer l'attention de Natalie.

— Amelia ! Avons-nous atteint notre objectif ?

— Nous avons plus que doublé notre objectif ! a crié Amelia.

Les personnes proches ont poussé des cris de joie.

Les yeux de Natalie s'écarquillèrent. « Non. Nous avons doublé notre objectif ? »

La foule était en délire.

— C'est vrai ! a crié Amelia pour couvrir le vacarme.

Les yeux de Natalie s'emplirent de larmes. Elle a essuyé ses cils, puis a baissé les yeux vers moi.

— C'est toi qui as fait ça, ai-je crié.

Elle a posé une main sur son cœur. « Merci, » a-t-elle dit dans le micro. « Merci à vous tous. Pour votre soutien. Pour votre générosité. Pour votre confiance, votre foi et votre engagement. Je ne peux pas vous dire à quel point ça compte pour moi. »

Une fois de plus, la foule a explosé de joie, applaudissant et célébrant.

— Nat-a-lie ! Nat-a-lie ! Nat-a-lie !

Natalie posa un baiser sur le bout de ses doigts et l'envoya à la foule. Son visage était empourpré de joie, ses yeux débordant de larmes de bonheur.

Elle a rendu le micro à Hudson, puis m'a pris la main pour descendre du bar et s'est jetée dans mes bras. Elle a enfoui son visage dans mon cou et a laissé ses larmes couler.

— Je suis si fier de toi. Si heureux pour toi. Tu es incroyable, Natalie. Incroyable.

— Merci. Je n'y serais jamais arrivée sans toi.

— Il reste encore beaucoup à faire, mais tu vas y arriver.

Elle s'est reculée. Ses yeux étaient brillants et remplis de larmes. Ses joues étaient rouges et rebondies à force de sourire. « Je vais y arriver. Merci. »

Je me suis penché tout près et j'ai murmuré : « Ce soir, on fête ça. »

Elle a levé les yeux vers moi, le regard pétillant. Elle a hoché la tête. « On peut partir maintenant ? »

J'ai eu un petit rire. « Bientôt, mon amour. Bientôt. »

21

NATALIE

Mon amour ? Il a dit *mon amour*. Est-ce que ça voulait dire ce que je pensais ? Ou est-ce que je me faisais des idées ?

Je n'ai pas eu le temps de décortiquer tout ça avant d'entendre mon nom dans la foule.

— Natalie ! Natalie !

— Maman ? Je me suis retournée dans les bras d'Omar et j'ai aperçu ma mère qui guidait mon père à travers la foule compacte.

Ma mère m'a fait un signe de la main. — Natalie !

— Maman !

Omar m'a lâchée, me laissant serrer mes parents dans mes bras. — Qu'est-ce que vous faites ici ? leur ai-je demandé.
— C'est Amelia qui m'en a parlé, a dit maman. Elle était surprise que tu ne l'aies pas fait. Pourquoi tu ne nous as rien dit ? On voulait être là pour te soutenir.

— Je ne voulais pas que vous vous sentiez obligés de venir. Vous n'aviez pas à venir.

— On en avait envie, Natalie. Tu as été formidable là-haut. J'ai toujours su que tu avais ça en toi, a dit papa.

— Merci, papa.

— Tu as sûrement montré à ce crétin avec qui tu avais un rencard le mois dernier à quel point il avait tort à ton sujet, aussi. Personne n'est trop bien pour ma fille, a continué papa.

Mes joues m'ont brûlée à ses mots, surtout quand j'ai senti Omar derrière moi et que j'ai su que non seulement il avait entendu ce que papa avait dit, mais qu'il avait aussi parfaitement compris qu'il était le crétin en question.

— Hum, ouais. Bref, maman, papa, je vous présente Omar, ai-je dit.

— Enchantée, Monsieur le Maire, a dit Maman. Nous sommes ravis d'apprendre que vous vous représentez cet automne. Nous serons heureux de vous soutenir.

— Tant que vous traitez bien notre fille. Papa a croisé les bras et a toisé Omar. — C'est bien le cas ?

Omar a serré la main de Maman, puis a laissé Papa le jauger. — Je fais de mon mieux, Monsieur Edwards.

— Est-ce que votre mieux est suffisant ? a demandé Papa.

— Papa ! ai-je sifflé.

Papa a haussé les sourcils dans ma direction. — Peu importe ton âge, je suis toujours ton père, et je vais m'assurer que tout homme qui t'embrasse comme il l'a fait assume sa part du marché. Il n'y a pas que ce qui se passe sous la couette dans la vie.

— Oh mon Dieu. Papa !

Omar a eu un petit rire, son corps secoué d'amusement. — Je suis d'accord, monsieur. Je suis divorcé, mais mon premier mariage n'a pas été une réussite. Je ne vais pas refaire les mêmes erreurs. Mais j'ai bien l'intention de continuer à voir Natalie aussi longtemps qu'elle voudra bien sortir avec moi.

Papa m'a fusillée du regard, un de ceux qui, je le savais, signifiait qu'il attendait ma réponse.

— Papa, tout va bien.

Papa a hoché la tête, puis a fait un signe de menton en direction d'Omar. — Je vous ai à l'œil, Monsieur le Maire. Et si j'apprends que vous avez fait du mal à ma petite fille, nous aurons une conversation très différente de celle-ci.

Papaaa !

Omar s'est contenté de hocher la tête. — Je n'en attendrais pas moins, Monsieur Edwards.

— Dean, laissez le maire tranquille, a dit Maman. C'est une fête. Va me chercher à boire.

Papa a embrassé Maman sur la joue, puis est parti lui chercher un verre, laissant derrière lui un regard assassin pour Omar.

— Ne vous occupez pas de lui, a dit maman. —Il est inoffensif.

— Un père est prêt à tout pour protéger sa fille, madame Edwards. Je respecte ça.

Maman a souri à Omar. —Je vous aime bien. Plus que l'homme qui vous a fait accourir jusqu'à notre maison. Vous sortez ensemble depuis combien de temps ?

— Environ un mois, a répondu Omar en soutenant le regard de maman et en lui faisant comprendre que c'était la vérité.

Une vague de chaleur m'a envahie.

Omar a glissé un bras autour de ma taille. —Nos débuts ont été un peu difficiles, à cause d'un malentendu entre nous. Un malentendu que je me suis efforcé de dissiper. Je tiens beaucoup à Natalie, madame Edwards. Je ferais n'importe quoi pour m'assurer qu'elle sache ce que je ressens pour elle.

— Et que ressentez-vous pour elle ? a demandé maman.

Omar m'a regardée. Ses yeux bruns pétillaient dans la pénombre du bar, leur profondeur m'aspirant. —Je l'aime, madame Edwards, a-t-il dit, son regard rivé au mien. —Mais c'est la première fois que je lui dis ces mots.

Maman a eu un hoquet de surprise. —Natalie ! Tu dois répondre quelque chose.

— C'est ce que je ferais, si tu me le permettais, ai-je dit.

Maman a inspiré brusquement, nous observant comme si nous étions le seul spectacle des environs.

— Tu m'aimes ? ai-je demandé à Omar.

Il a hoché la tête. —Je n'avais pas l'intention de te le dire comme ça, mais oui, je t'aime. Depuis un moment, et je ne savais pas comment te le dire. Je pense que je suis tombé amoureux de toi le soir où nous sommes allés faire un tour en voiture. Peut-être quand nous étions coincés au terrain de camping. Ou peut-être le jour où tu es tombée à genoux devant moi et que tu as failli me châtrer. Le moment exact m'importe peu, tout ce qui compte, c'est que je t'aime, Natalie.

— Moi aussi, je t'aime, ai-je murmuré.

— Vraiment ? Ses lèvres se sont retroussées sur les côtés.

J'ai hoché la tête en le serrant contre moi.

Il a effacé la distance entre nous et a scellé notre déclaration par un baiser qui promettait bien plus, une fois que nous serions seuls. Il s'est retiré bien avant que je ne sois prête, mais nous avions un public. Un public nombreux.

Y compris mes parents.

— Oh, je suis si heureuse pour toi, Natalie, s'est exclamée maman. Elle m'a pris le menton dans sa main, puis m'a serrée fort dans ses bras. — Je suis contente que vous ayez arrangé les choses.

— Moi aussi, ai-je admis. Je savais qu'un jour, je devrais leur raconter toute l'histoire, mais pas maintenant.

— Que s'est-il passé ? a demandé papa, nous rejoignant avec un verre pour maman et un pour lui.

— Ils sont amoureux, Dean. Il vient de lui dire pour la première fois qu'il l'aime. Maman a pris une gorgée de son verre, puis m'a regardée avec de grands yeux. — C'était toi, la femme dans l'article de journal.

Elle ne pouvait pas avoir cette révélation sans mon père à ses côtés ? J'ai hoché la tête, mais avant que je puisse dire quoi que ce soit, Omar est intervenu.

— Monsieur et Madame Edwards, cette photo a été sortie de son contexte. Je marchais dans le couloir, en revenant des toilettes. Natalie est sortie des toilettes pour femmes, et un homme passait en courant. Il l'a bousculée et l'a fait tomber. J'ai essayé de la rattraper, mais elle est tombée. C'est à ce moment-là que la photo a été prise.

Papa m'a regardée avec un air qui frisait le meurtre. — C'est vrai ?

J'ai hoché la tête. — Oui, c'est exactement ce qui s'est passé. C'était le soir de la fête de fiançailles dont je vous ai parlé.

— Pour la coiffeuse ? a demandé maman.

— Oui, Haley et Knox de chez Al's Hardware.

Papa a hoché la tête, sachant de qui nous parlions.

— J'ai essayé de m'agripper à quelque chose et j'ai fini par m'agripper à Omar. Mais il essayait juste de m'aider. Il n'a rien fait de mal, ai-je expliqué, les suppliant de comprendre.

— C'est très gentil à toi d'essayer de l'aider, a dit Maman. N'est-ce pas, Dean ?

Papa a émis un grognement qui se voulait approbateur.

— Nous devrions aller nous mêler aux autres. Et je suis sûre que tu as besoin de parler à des gens, toi aussi. Nous sommes si fiers de toi, Natalie. Et Omar, nous sommes très heureux de vous rencontrer. J'espère que nous vous verrons beaucoup plus souvent. Vous devriez venir dîner cette semaine. Mardi soir ? Ce n'était pas une question de la part de Maman, même si elle en donnait l'impression.

— On fera de notre mieux, Maman, ai-je répondu pour nous deux.

— Bien. On se voit alors, a dit Maman avant d'entraîner Papa avec elle dans la foule.

— Alors, j'ai rencontré ta famille. Est-ce que ça veut dire que ça devient plus sérieux entre nous ?

J'ai secoué la tête. —Non. Ça veut dire que je t'aime.

Il a souri et m'a attirée à lui pour un baiser. —Je t'aime, Natalie.

— Natalie ! a appelé quelqu'un d'autre dans la foule.

— Va briller, Natalie, a dit Omar en m'embrassant doucement avant de me laisser à la foule.

Et pour la première fois, je n'avais pas peur de leur faire face. Parce que je savais que je pouvais le faire, et je savais qu'il serait là, juste à côté de moi.

JE SUIS RESTÉE silencieuse sur le trajet vers chez Omar après la collecte de fonds. J'étais vidée, épuisée, et j'avais besoin de calme. Il a tenu ma main et m'a laissé ce silence.

Je ne me souvenais pas que quelqu'un m'ait jamais laissée être silencieuse. Ni mes parents, ni Daisy, ni aucune des personnes avec qui j'étais sortie ou avais été amie. Ils voulaient que je parle.

Omar, lui, voulait que je sois moi-même. Si je n'étais pas déjà amoureuse de lui, ça aurait scellé mon sort.

— Merci, ai-je dit quand il est entré dans le garage et a fermé la porte derrière nous.

— Pour quoi ?

— Pour ne pas m'avoir demandé de parler pendant le trajet.

— J'ai supposé que tu essayais de décompresser. Il y avait beaucoup de monde, la soirée a été très chargée et tout le monde voulait te parler.

J'ai hoché la tête. — La plupart des gens n'auraient pas compris que cela signifiait que j'avais besoin de calme.

Il s'est penché par-dessus la console centrale et m'a embrassée sur la joue. — Je suppose que je ne suis pas comme tout le monde. Tu es prête à rentrer ?

J'ai hoché la tête, lâchant sa main et sortant du véhicule utilitaire sport. Comme nous allions juste chez O'Kelley, il avait pris le véhicule utilitaire sport, mais il avait promis que nous sortirions bientôt l'Oiseau Bleu.

Oui, j'appelais sa voiture l'Oiseau Bleu. Il avait mis son veto à Myrtille.

Omar m'a tenu la porte, puis m'a suivie à l'intérieur. J'étais sur le point de m'effondrer, mais une partie de moi était pleine d'énergie grâce au succès de l'événement.

— De l'eau ? a demandé Omar en se dirigeant vers la cuisine.

— Oui, s'il te plaît.

Il a versé deux verres et m'a rejointe sur le canapé. Je m'étais déchaussée, ayant besoin d'étirer mes orteils. Je n'avais pas l'habitude de porter autre chose que des baskets, et j'avais atrocement mal aux pieds.

Omar s'est assis sur le canapé à côté de moi, m'a tendu mon verre d'eau, puis a posé le sien sur la table d'appoint et a tiré mes pieds sur ses genoux.

J'ai essayé de les retirer. — Mes pieds sentent mauvais.

Il en a porté un à son nez et a inspiré profondément. — Non, pas du tout. Mais à la façon dont tu n'arrêtes pas de les bouger, je suppose qu'ils te font mal. Laisse-moi te les masser. Toi, trouve quelque chose à regarder. Il m'a tendu la télécommande et s'est attaqué à mes pieds endoloris.

J'ai trouvé un film et j'ai gémi de plaisir pendant le meilleur massage de pieds de toute ma vie. À la fin du film, je n'étais plus qu'une flaque sur le canapé, à peine consciente.

— Allons au lit. Tu veux te changer seule ?

J'ai secoué la tête. — Pas la peine.

— D'accord. Il m'a suivie dans sa chambre, où j'avais laissé mon sac plus tôt.

J'ai attrapé mon sac et j'en ai sorti la tenue que j'avais préparée pour la nuit. Je me sentais d'humeur spontanée et sexy, et même si j'étais épuisée, ces sensations revenaient alors que je troquais mon jean et mon joli haut contre mon débardeur ample et mon short si court qu'il ne cachait presque rien. Ma tenue n'avait rien de trop séduisant, mais les deux pièces étaient bordées de dentelle et presque transparentes.

Quand j'ai surpris le regard sur le visage d'Omar, j'ai su que la tenue avait fait mouche.

— Tu vas me tuer. Son ton était rauque et débordait de désir. L'érection qu'il arborait ne faisait qu'ajouter à l'impact.

— Ce n'était pas mon intention.

— Quelle était ton intention, alors ?

— Célébrer la soirée, qu'elle soit un succès ou non.

— Ça a été un sacré succès. Et ça, c'est une sacrée tenue.

— Elle te plaît ? J'ai tourné sur moi-même pour qu'il puisse voir le décolleté plongeant dans le dos et la façon dont mes fesses étaient presque exposées.

— Putain, Natalie. Il a traversé la pièce en trois enjambées rapides, sans s'arrêter avant de capturer mes lèvres. Ses mains se sont posées sur le bas de mon dos, incendiant ma peau nue de son désir.

Je lui ai rendu son baiser avec la même urgence. Il s'était débarrassé de son pantalon et de sa chemise pour ne garder que son caleçon. Sa peau était chaude, lisse et invitait mes doigts à la caresse.

Il a empaumé mes fesses de ses deux mains, trouvant la dentelle et la chair et a grogné en me touchant. Il nous a guidés vers le lit, s'arrêtant pour me jeter un dernier regard avant de me pousser doucement à monter sur son lit.

J'ai rampé jusqu'en haut du lit et je me suis allongée, l'attirant sur moi. Il s'est positionné entre mes cuisses et m'a embrassée à nouveau, ses mains explorant mon corps comme les miennes exploraient le sien.

Il a pressé son bassin contre le mien, m'enflammant avant même que nous soyons déshabillés. Il a soulevé mon t-shirt entre nous, posant ses mains sur mon ventre nu avant de rompre notre baiser et de faire glisser ses lèvres le long de ma gorge, sur mes clavicules et par-dessus mon haut pour sucer ardemment mes tétons.

Il a laissé des traces humides de sa bouche sur le tissu et a embrassé mon ventre, relevant mon t-shirt jusqu'à pouvoir atteindre mes seins sans aucune barrière. Il a mordillé et taquiné mes tétons pendant que je haletais et me tortillais, en voulant toujours plus et désirant qu'il ne s'arrête jamais.

— Je t'aime, a-t-il murmuré au creux de ma poitrine.

— Je t'aime.

Il a tiré sur mon t-shirt et je me suis redressée pour l'enlever. Il a dévoré le haut de mon corps maintenant entièrement nu, ses lèvres partout à la fois, me rendant folle. Quand il a glissé un doigt sous ma culotte, j'ai perdu encore plus la tête.

— Omar, ai-je gémi.

— Tu es si belle, a-t-il répondu. « J'adore te regarder. »

J'ai réussi à ouvrir les yeux et je l'ai trouvé. Il était agenouillé entre mes jambes, une main invisible tandis qu'il jouait avec moi sous mon short. L'autre main embaumait mon sein, taquinant mon téton et s'amusant avec moi.

— J'ai besoin de toi.

— Je ne vais nulle part. Il a pressé ses doigts en moi, et mes hanches se sont soulevées en réponse. « Je veux te regarder. Puis je veux te goûter. Puis je veux te sentir. »

J'ai gémi à ses mots, le désirant de toutes les manières possibles. Son pouce a frotté mon clitoris, puis il a appuyé dessus alors que ses doigts s'enfonçaient profondément en moi. J'ai décollé sans préavis, mon corps éclatant comme un ballon alors que je jouissais instantanément.

L'instant d'après, mon short et ma culotte avaient disparu, et son visage était enfoui entre mes jambes. Il a sucé mon clitoris et a pompé ses doigts profondément en moi, me faisant passer d'un sommet à un autre encore plus élevé. Il a refusé de me laisser retomber, me maintenant sur ce fil jusqu'à ce que j'essaie de le pousser pour finir le travail moi-même.

Il a grondé contre ma main et l'a attrapée avec celle qui était libre, enlaçant ses doigts dans les miens et me pénétrant sans pitié avec son autre main.

J'ai rougi, puis j'ai joui dans un cri, mes hanches se cabrant contre son visage alors qu'il luttait pour ne pas lâcher prise et prendre tout ce que j'avais en moi.

— Putain, je t'aime, a-t-il dit en remontant le long de mon corps avec sa langue, laissant des traînées humides sur tout mon ventre. Ses doigts sont restés en moi, me taquinant et me poussant à en vouloir toujours plus.

— Je t'en supplie, Omar, l'ai-je imploré.

Il a attrapé un préservatif sur la table de nuit et me l'a tendu. Il s'est agenouillé près de moi, prolongeant la délicieuse torture entre mes cuisses pendant que je déroulais le préservatif le long de son membre.

Dès qu'il a été en place, il s'est à nouveau glissé entre mes jambes et a remplacé ses doigts par sa bite.

— Oh, mon Dieu, que c'est bon, ai-je gémi.

— Oui, tu es si bonne, mon amour. Si bonne, a-t-il dit.

— Je t'aime.

— Je t'aime, Natalie. Tellement. J'ai besoin de te sentir. Es-tu prête?

J'ai hoché la tête, me préparant.

Il s'est retiré, puis s'est enfoncé en moi d'un coup sec.

Mon corps s'est contracté, la sensation de sa présence me ramenant au bord du précipice.

Il a recommencé, son rythme s'accélérant à chaque coup de rein. Il me pilonnait, se perdant dans l'instant, mais sans jamais me perdre.

— Je t'aime, Natalie. Je t'aime. Il répétait ces mots, comme une incantation, ses hanches suivant le rythme de ses paroles alors qu'il m'emmenait là où je n'étais jamais allée auparavant.

De plus en plus haut, encore et encore, nous avons grimpé ensemble. Ma gorge s'est nouée. Mon corps s'est tendu. Mon orgasme m'a submergée, j'avais besoin de lâcher prise avant de m'évanouir.

— Omar, ai-je soufflé. — Omar, ai-je gémi. — Omar! ai-je hurlé, jouissant si fort que j'ai craint d'avoir fait un peu pipi.

— Putain, oui. Natalie! a-t-il crié, s'abandonnant et se libérant avec moi.

Il a pompé en moi encore quelques fois, frémissant et tremblant alors que ses muscles se contractaient et que son corps se vidait dans le mien.

Il s'est effondré sur moi, et je l'ai enlacé pour le maintenir en place. Il tremblait dans mes bras, à l'unisson des secousses de mon propre corps.

Nous sommes restés là, allongés, une éternité, nos corps se rafraîchissant et s'apaisant, nos cœurs ne faisant plus qu'un. Et j'ai su, sans l'ombre d'un doute, qu'il était l'homme destiné à faire partie de ma vie pour toujours.

J'espérais seulement pouvoir le garder.

22

OMAR

Natalie m'émerveillait chaque jour. Après la collecte de fonds, elle semblait assumer à quel point les gens l'appréciaient et sollicitaient son avis, et lorsque la semaine des bénévoles est arrivée, elle menait tout d'une main de maître.

Les inscriptions pour le camp d'été ont affiché complet en moins de vingt-quatre heures, et elle a pu attribuer vingt-cinq bourses à des enfants qui voulaient y participer, mais n'en avaient pas les moyens. Les larmes dans ses yeux alors qu'elle appelait personnellement chacune des familles pour leur annoncer la nouvelle en disaient long.

Elle changeait des vies.

— Je ne sais pas comment tu fais pour être si incroyable, mais je suis reconnaissant que tu m'aies choisi, lui ai-je dit le premier matin de la semaine des bénévoles. C'était la troisième semaine de mars, et le camp d'été aurait lieu dans trois mois.

Elle m'a souri par-dessus son épaule et a secoué la tête. — Je n'ai rien d'incroyable. Je suis juste moi.

— Mais si, tu es incroyable, ai-je dit en m'approchant

d'elle par-derrière et en enlaçant sa taille de mes bras. J'ai embrassé sa nuque et savouré le frisson qui l'a parcourue. — Dis-moi quand tu es prête à partir.

Elle a hoché la tête et est retournée dans ma chambre. Elle passait environ la moitié de ses nuits avec moi et l'autre moitié chez elle avec Daisy. J'étais resté chez elles quelques fois, mais je ne voulais pas que Natalie ou Daisy aient l'impression que j'envahissais leur espace. Ou qu'elles aient l'impression de ne pas pouvoir passer du temps ensemble sans que je sois là. Les amitiés étaient importantes, une chose que j'avais aussi apprise au cours du dernier mois.

J'étais devenu un habitué des soirées entre mecs chez O'Kelley's et j'apprenais à connaître les hommes du coin. C'étaient des hommes intelligents, drôles et bons, et j'étais honoré qu'ils m'accueillent si chaleureusement. Eux tous, toutes les femmes du club de lecture, et tant d'autres personnes s'étaient inscrits pour aider Natalie à construire le bâtiment pour le camp d'été. Le projet prenait forme.

— Je suis prête, a dit Natalie, enfilant un sweat par-dessus sa tête tout en se dirigeant vers la porte. Elle portait un jean délavé et un tee-shirt taché de peinture, et ses bottes boueuses l'attendaient près de la porte.

Et elle était sublime.

— Tu n'es pas censée être aussi sexy dans ces vêtements.

— Tu préférerais que je me change ? demanda-t-elle avec un sourire en coin.

— Non. J'ai juste hâte de t'enlever tout ça plus tard.

Elle a ri et a renversé la tête en arrière pour un baiser.

Je l'ai embrassée passionnément, m'attardant assez longtemps pour que mon corps se demande s'il ne valait pas mieux rester au lit toute la journée au lieu d'aller travailler au camping.

Natalie, bien plus intelligente que moi, s'est retirée avec un petit rire. — Tu vas nous mettre en retard.

J'ai secoué la tête et l'ai suivie dehors. — Jamais de la vie.

Elle a ri, sachant que c'était un mensonge.

Elle a décidé de venir avec moi pour éviter d'avoir un véhicule de plus là-bas. J'ai dû la convaincre que ça ne me dérangeait pas qu'elle conduise mon véhicule utilitaire sport, ou même ma voiture, si elle en avait besoin. Elle a finalement accepté.

— As-tu pensé à un nom pour le camp d'été ? ai-je demandé alors que je conduisais vers le camping.

— Euh... non. Est-ce qu'il a besoin d'un nom ? Je pensais que ce serait le Centre de Loisirs de L'anse MacKellar.

— Ça peut l'être. Je pensais juste que tu voudrais peut-être lui trouver un nom. Ça va être bien plus qu'un centre de loisirs.

— Hmm. C'est vrai. Mais tu penses que je devrais trouver un nom ?

— Oui. Le Refuge de Natalie ?

Elle a plissé le nez. — Je ne veux pas que mon nom y soit associé. C'est pour la ville.

— Et quelque chose avec « Vue sur la Montagne » ?

— Ça pourrait être une bonne idée. J'aime l'idée de rendre hommage à Harry et Sue et à ce qu'ils ont bâti ici.

— Je suis sûr qu'ils adoreraient ça.

Elle a hoché la tête. Elle a regardé par la fenêtre, pensive, pendant que je conduisais le reste du trajet jusqu'au camping.

Amelia était déjà là, ainsi que quelques autres véhicules, quand nous sommes arrivés. Natalie a salué tout le monde, en les remerciant d'être venus.

Je suis resté derrière elle, la laissant briller. Knox, Sofia, Sebastian et Teddy, qui travaillait pour Knox, étaient tous là pour le premier jour de la construction. Chacun d'eux possédait des connaissances et une expérience considérables. Ils s'étaient réparti les autres jours de la semaine, et chacun gérait le projet seul pendant une journée.

Natalie s'est coordonnée avec eux quatre et a attribué à chacun une couleur pour la journée afin de pouvoir indiquer aux bénévoles avec quelle équipe ils travailleraient. La journée s'annonçait chargée, mais avec leurs compétences et l'organisation de Natalie, tout allait bien se passer.

Les premiers bénévoles sont arrivés peu avant huit heures, et Natalie a rapidement assigné un chef d'équipe à chacun. Elle a rejoint le groupe de Sofia et a commencé à travailler.

On m'a assigné au groupe de Sebastian avec une douzaine d'autres personnes. Sebastian donnait des instructions claires et faciles à suivre aux bénévoles qui aidaient.

— Quand on aura fini ce panneau, on va le soulever et le caler pour qu'il ne bouge pas. Avant de pouvoir le fixer, on devra s'assurer qu'il est d'aplomb et de niveau pour que tout corresponde quand tous les panneaux seront en place. Ensuite, on passera au panneau suivant. Chaque équipe commence avec quatre panneaux. Sebastian a croisé le regard de chaque membre du groupe.

Natalie avait fait couler des fondations en béton juste après la collecte de fonds et, les inspections terminées, le bâtiment était prêt à être monté. Un seuil a été installé sur le dessus du béton pour que les murs y soient fixés, et pour servir de barrière entre les fondations en béton et les murs.

Sebastian m'a mis en binôme avec un homme que je ne connaissais pas pour assembler notre partie du mur.

— Je suis Omar, ai-je dit en tendant la main à l'homme.

— Ouah, le maire. Je sais qui tu es. Je suis Andre Davidson.

— Ravi de te rencontrer, Andre. Comment t'es-tu retrouvé impliqué là-dedans ?

— J'habite dans l'immeuble de Sofia. Dans l'ancien appartement de la fiancée de Knox, en fait.

— Haley, ai-je dit.

Andre a hoché la tête. — Ouais. Elle a décidé d'emménager avec lui, et j'ai enfin réussi à m'éclipser de chez mes parents.

— T'éclipser ? Andre devait avoir à peu près mon âge.

Il a eu un petit rire. — Mon père a fait un AVC il y a quelques années. Je pataugeais un peu et j'essayais de comprendre ce que j'allais faire de ma vie. Je suis retourné vivre chez eux pour aider ma mère, parce que c'était beaucoup de travail au début avec mon père.

— Waouh. Je suis désolé. Comment va ton père maintenant ?

— Très bien, en fait. On ne dirait jamais qu'il lui est arrivé quoi que ce soit. Mais mes parents ne voulaient pas que je reparte, alors ils n'arrêtaient pas d'inventer des choses que je devais faire pour les aider.

— Ah, d'où le fait de t'être éclipsé.

Andre a ri. — Ouais. Je pense que c'est mieux passé parce que je suis resté dans le coin. Je détestais cet endroit quand j'étais plus jeune, mais en revenant, j'ai réalisé que ce n'est pas un mauvais endroit où vivre.

— Je suis d'accord. Je ne m'imagine pas vivre ailleurs.

Natalie a ri, et je l'ai regardée. J'adorais la voir détendue et s'amuser. Non pas que son anxiété ait disparu, ou qu'elle en soit un jour guérie. Je savais que ça ne marchait pas comme ça. Elle luttait toujours, mais elle avait une nouvelle confiance en elle depuis la collecte de fonds. C'était incroyable à voir.

— Vous êtes plutôt sérieux, tous les deux, non ? a demandé Andre, me ramenant à notre tâche.

J'ai hoché la tête. — Nous le sommes. J'ai de la chance.

— Tu en as. Non pas que je cherche à te la voler ou quoi que ce soit. Je n'ai jamais regardé une femme comme tu la regardes. Elle a de la chance, elle aussi.

— C'est cette fichue appli, lui ai-je dit.

— Quelle appli ?

— À la Recherche du Héros Littéraire Parfait, ai-je avoué.

— Je l'ai rencontrée là-dessus. Cette appli a une chance bizarre. Un groupe de gars du coin se réunit tous les jeudis soirs, et ils ont tous rencontré leur femme sur cette application.

— Tous ? a demandé Andre.

J'ai hoché la tête. — Oui, tous. Sebastian, James, Knox. Et bien d'autres.

— Redis-moi le nom de cette application.

J'ai ri. — « À la Recherche du Héros Littéraire Parfait ». Mais fais attention. Tu pourrais avoir bien plus que ce que tu es venu chercher.

— J'y compte bien, a dit Andre. Il a tapoté son écran, puis a rangé son téléphone. — Merci.

J'ai acquiescé. Nous sommes retournés à notre tâche, participant à la construction du panneau mural avant d'assembler toutes les sections et de le lever.

Sebastian a vérifié la position du panneau, puis l'a fixé. En groupe, nous sommes passés au deuxième panneau, et nous l'avons terminé au moment où le déjeuner est arrivé.

Des hayons se sont abaissés, des tables pliantes sont apparues de nulle part et de la musique s'est échappée des haut-parleurs d'un pick-up. Tout le monde s'est regroupé pour se faire passer des bouteilles d'eau, des paquets de chips et des sandwichs d'une boutique du coin.

Les rires fusaient de toutes parts et les conversations allaient bon train. Natalie s'est dirigée vers moi, remerciant chaque groupe en se frayant un chemin à travers la foule.

— Salut, a-t-elle dit en se penchant pour m'embrasser.

Je l'ai attrapée, la tirant sur mes genoux alors qu'elle poussait un petit cri mêlé d'un rire. Je me suis blotti contre son cou et j'ai mordillé son oreille.

— Omar, a-t-elle sifflé. — Les gens nous regardent.

— Personne n'y fait attention, ai-je dit. J'avais choisi une place un peu à l'écart de la foule au cas où elle aurait besoin d'une pause loin de l'agitation et de tout ce monde.

Elle a gigoté sur mes genoux, puis s'est assise à côté de moi sur le hayon de mon véhicule utilitaire sport.

— Comment trouves-tu que ça se passe ? lui ai-je demandé.

— Vraiment bien, a-t-elle dit avec un sourire heureux. — Je suis étonnée qu'on ait déjà fini autant de murs extérieurs.

— Il y a encore beaucoup à faire, mais tu as une super équipe ici.

— Eh bien, merci, a dit Andre en apparaissant devant nous. — Je ne voulais pas vous déranger, mais je tenais à vous dire à quel point je suis enthousiasmé par ce projet.

Natalie lui a souri. — Merci. Tu as des enfants qui vont venir ?

Andre a éclaté de rire. — Non. Pas encore d'enfants pour moi. Mais je sais à quel point ce sera bénéfique pour la ville. Je m'appelle Andre.

— Tu es le Andre qui a emménagé dans l'appartement de Haley ?

— Je plaide coupable.

— Enchantée de te rencontrer. Haley ne dit que du bien de toi, a dit Natalie.

— Eh bien, je pense aussi beaucoup de bien de Haley. Et de Knox. Je suis très heureux pour eux.

— Tu es célibataire ? J'ai une amie que je devrais te présenter.

— Je suis célibataire, a dit Andre. — Et très intéressé par tes amies célibataires.

Natalie a ri. — Je lui en parlerai ce soir. Merci d'être là, Andre. On a besoin de toute l'aide possible. Qu'est-ce que tu fais dans la vie ?

— J'ai une petite entreprise d'aménagement paysager. Surtout pour les particuliers, mais j'essaie de me lancer sur le marché professionnel. Je viens de décrocher le contrat du Auberge L'anse MacKellar pour l'été, a dit Andre.

— Je l'ignorais, ai-je dit.

Andre a hoché la tête, l'air timide et humble pour la première fois depuis que nous parlions. Il n'avait jamais mentionné son travail ni le fait qu'il voulait probablement le contrat de la mairie.

— Accepterais-tu de m'aider avec l'aménagement paysager de cet endroit quand nous aurons fini le bâtiment ? a demandé Natalie.

— Absolument. Je savais que cette semaine, tout tournait autour du bâtiment, alors je n'ai pas amené ma remorque, mais j'allais te demander si tu avais besoin d'aide pour l'aménagement paysager. C'est une période creuse en ce moment. Je déneige les allées et les parkings en hiver, mais la neige a pratiquement fondu et on n'est pas encore prêts pour les gros travaux extérieurs.

— Ça arrivera plus vite que tu ne le penses, a dit Natalie. Est-ce que je peux avoir ton numéro ?

— Bien sûr. Andre a pris son téléphone et a ajouté ses coordonnées. — Andre Davidson, et ma société s'appelle Davidson Outdoors, pour que tu saches qui est ce type inconnu dans ton téléphone. Et pour qu'il le sache aussi. Andre a fait un signe de tête dans ma direction en me faisant un clin d'œil.

— Ha ha. Je me souviendrai de toi.

Andre s'est mis à rire. —Je ne sais pas si c'est une bonne ou une mauvaise chose. Tu es un homme puissant, pour connaître mon nom. Devrais-je m'inquiéter ?

— As-tu fait quelque chose qui le justifierait ?

Andre a gloussé. —Bien vu, Monsieur le Maire.

—Je vais t'appeler, Andre. Une équipe doit venir

goudronner l'allée et le parking dans deux semaines, mais j'aurai besoin que l'aménagement paysager soit nettoyé avant l'ouverture.

— Je peux amener ma remorque plus tard dans la semaine prochaine si un jour t'arrange. Pour commencer, je pourrais tailler tout ce qui se trouve en bord de route et m'occuper du terrain de volley-ball. M'assurer que tout est dégagé pour l'entreprise de goudronnage. Ensuite, je peux revenir avant votre ouverture pour rafraîchir un peu le tout.

— Je ne sais pas si j'ai le budget pour un rafraîchissement, mais on peut discuter de quelques idées, a dit Natalie.

— Si tu me laisses mettre une pancarte ici, ou un dépliant là où les parents enregistrent les allées et venues des enfants, je ferai tout ça gratuitement, a dit Andre.

— Gratuitement ?

— Le nombre de personnes qui passeront par ici chaque semaine couvrira largement mes frais. Je vais même entretenir la propriété pour toi, gratuitement encore, pendant les trois premières années.

— Trois ans ? haleta Natalie.

Andre a hoché la tête. — Comme je l'ai dit, je crois en ce que tu fais. Je sais que ce sera bien pour la communauté. Les familles en ont besoin. Mes frais sont minimes, et mon travail est de qualité. J'espère embaucher quelques nouvelles personnes, mais j'ai de bonnes relations avec Landon de Blossom & Grow. S'il sait que c'est pour toi, il me donnera probablement tout gratuitement ou à très bas prix. Si tu es ouverte à ce qu'on proposera.

— J'adore cet endroit, a soufflé Natalie. — Et oui, bien sûr que je vous ferais confiance à tous les deux. C'est très généreux de ta part.

Andre a souri. — Avec plaisir, Natalie. Vraiment. Merci pour ce que tu fais ici. Ce gars-là fait à peu près sa part, mais c'est un peu moi qui le porte. Andre a murmuré la dernière partie sur un ton de fausse confidence.

Je lui ai lancé un regard noir.

Natalie a gloussé. — Eh bien, je le garde aussi pour d'autres raisons.

Andre a écarquillé les yeux, et Natalie a plaqué une main sur sa bouche.

J'ai eu un petit rire.

— Je ne voulais pas dire ça comme ça. Oh, mon Dieu. Ce n'est pas… Je vais arrêter de parler maintenant, a dit Natalie.

— C'est probablement mieux ainsi, lui ai-je dit. — Et je pense que la plupart de tes bénévoles sont prêts à s'y remettre, si tu es prête.

— Oui, je suis prête. Et il faut que j'aille me clouer le bec, alors je te dis merci, Andre. C'était merveilleux de te rencontrer, et j'ai hâte de travailler davantage avec toi.

— Toi aussi, Natalie.

Natalie est retournée vers le centre et a parlé à Sofia avant que leur groupe ne se remette au travail.

— Je l'aime bien, a dit Andre.

— Je l'aime, lui ai-je dit.

— Je m'en doutais un peu. Cet endroit a quelque chose de spécial. Tout comme ta femme.

— Ouais, ça, c'est sûr.

LE RESTE de la journée a permis de monter l'ossature du bâtiment, y compris la charpente du toit. La structure était immense, avec trois panneaux à chaque extrémité et six de chaque côté. Quand les bénévoles sont partis, la grue est entrée en scène.

Knox, Sofia, Sebastian et Teddy travaillaient avec l'ancienne équipe de Teddy pour poser le toit en métal sur le bâtiment. Natalie ne voulait pas que des travaux en hauteur avec la grue se fassent en présence des bénévoles, et tout le monde a proposé de s'en charger à la fin de la première journée.

Une fois que tout a été en place, et que le bâtiment a paru encore plus grand, tout le monde a décidé d'en rester là pour la nuit.

Le deuxième jour a été rythmé par le bruit incessant des marteaux, tandis que le bâtiment était entièrement recouvert de contreplaqué, puis d'un revêtement en vinyle fixé par-dessus. Les fenêtres ont été posées cet après-midi-là, suivies des premières rangées de parement.

Le parement a été terminé le troisième jour, les portes ont été installées, et la plomberie ainsi que l'électricité ont été mises en place dans tout le bâtiment. Une autre inspection nous a donné le feu vert pour l'isolation.

Si mon poste avait un avantage, c'était que je pouvais avoir un inspecteur à disposition dès que nous en avions besoin. Il est revenu à la première heure le quatrième jour pour vérifier l'isolation afin que nous puissions passer aux cloisons sèches.

— Ça ressemble à un vrai bâtiment, a dit Natalie alors que les cloisons sèches étaient vissées par des équipes de quatre. Elle a engagé une équipe pour s'occuper du plafond, car cela nécessitait des échafaudages, mais tout ce qui était accessible avec des échelles était géré par les bénévoles.

— C'est un vrai bâtiment. Ça va être incroyable.

— Ça l'est. Je n'arrive pas à croire tout ce qu'on a accompli cette semaine. Et Andre va passer la semaine prochaine pour déblayer le terrain à l'avant afin que je puisse déplacer le camping-car.

— Où vas-tu mettre le camping-car ?

— Je vais le mettre près de la lisière des arbres pendant qu'on asphalte, puis je trouverai le meilleur emplacement.

— Tu es sûre ? Ces arbres ont l'air de pouvoir tomber à tout moment.

Natalie a secoué la tête. « Ça devrait aller. C'est le meilleur endroit pendant qu'ils goudronnent, et je veux le déplacer de toute façon. Comme nous allons rendre le site disponible pour d'autres fonctions de la ville et des événements privés, je pense qu'il vaudrait mieux que le camping-car ne soit pas la première chose que les gens voient en arrivant. »

J'ai ri. — Ce n'est pas la plus jolie chose au monde, mais c'est fonctionnel.

— Oui, c'est vrai. À terme, je veux le remplacer par quelque chose d'un peu plus sympa, avec plus de salles de bain et un meilleur bureau. Peut-être une structure permanente, mais ce n'est pas prioritaire.

— Tu as beaucoup de pain sur la planche.

Elle a gémi. — Je sais. J'ai l'impression que je n'arriverai jamais à tout finir avant l'été.

— Mais si. Je sais que tu y arriveras. D'abord le bâtiment, puis le parking.

— Oui, l'entreprise de goudronnage vient dans quelques semaines pour paver l'allée et le parking et pour imperméabiliser le terrain de basket, ensuite il faudra ne rien toucher pendant au moins trois jours.

— Tu as encore largement le temps avant de devoir ouvrir, ai-je dit.

Elle a hoché la tête. — Oui. On fera peindre les lignes pour le parking, et on remettra le camping-car en place d'ici fin avril. Le pisciniste viendra début mai. Andre finira l'aménagement paysager dès qu'il pourra venir.

— C'était vraiment super de sa part de proposer son aide comme ça.

— Oui, je n'avais pas prévu grand-chose pour l'aménagement paysager, mais ça va vraiment ajouter un plus à l'endroit.

— C'est sûr. Et ton deuxième groupe de bénévoles aussi.

— J'avais oublié ça ! Tu vois, il se passe tellement de choses.

— Que des bonnes choses, par contre. Une chose à la fois. Pour l'instant, prends du recul et regarde ce que tu es en train de créer. Ce que tu as mis sur pied. Ce que cette ville a accompli.

Elle a souri et a contemplé le paysage. Les larmes lui sont montées aux yeux. Elle a hoché la tête. — Waouh.

— Tout ça, c'est grâce à toi, Natalie. Et il y a encore tellement plus à venir.

NATALIE

Le brouhaha ambiant me dérangeait moins que la première fois que j'étais entrée au Serenity Salon. Non pas que je veuille avouer à Daisy qu'elle avait eu raison de me convaincre de prendre rendez-vous régulièrement avec Chelsea pour une coupe et un brushing. Elle n'aurait pas arrêté de m'en parler.

— Ça avance, la colonie de vacances ? me demanda Chelsea tout en me faisant un shampoing.

— Tellement bien, avouai-je. Je suis si impressionnée par tout le travail qu'on a déjà réussi à faire.

— Cette ville est spéciale, n'est-ce pas ?

Je hochai la tête. — Elle l'est vraiment. Je n'arrive toujours pas à croire que les gens ont non seulement fait de si gros dons, mais qu'ils ont aussi donné de leur temps pour aider à donner vie au bâtiment.

— Haley et moi, on revient la deuxième semaine. Juste pour une journée, mais il me semble que tu as de nouveau une semaine complète de bénévoles.

— C'est ça. Ça me dépasse complètement. Mais j'aurai bien besoin d'eux. On va installer une clôture autour de la piscine et embellir un peu les lieux. Planter autour des bureaux et décorer le bâtiment. Je n'ai pas beaucoup eu l'occasion d'y aller, et je veux que ce soit un endroit amusant pour les enfants mais aussi agréable pour les adultes.

— Tu trouveras le juste équilibre. J'y travaille moi-même maintenant que Derek et moi emménageons ensemble. Évidemment, avec Dozer, je ne peux de toute façon pas avoir de belles choses, dit Chelsea en riant. Elle enroula une serviette autour de mes cheveux et me montra son fauteuil.

Je me relevai et traversai le salon jusqu'au fauteuil à côté de celui de Daisy, où Haley, très enceinte, s'occupait de la nouvelle coupe de cette dernière.

— Dis à Haley qu'elle est radieuse, me lança Daisy quand je m'assis.

Je regardai Haley dans le miroir et souris. — Tu l'es. Tu as l'air très heureuse.

Haley grimaça. — J'ai l'impression de peser une tonne et d'être sur le point de donner naissance à un éléphant.

— Tu ne vas pas être enceinte pendant vingt-deux mois, a dit Chelsea d'un ton qui me laissait entendre que Haley s'était beaucoup plainte.

— Je ne sais pas. On dirait bien, a dit Haley.

— S'il te plaît, fais-lui entendre raison, a dit Chelsea à Daisy en croisant son regard dans le miroir.

Daisy a gloussé. — Je ne suis pas sûre de ce que je pourrais dire. Je n'ai jamais été enceinte, alors je ne sais pas ce qu'elle ressent.

— Pareil, ai-je dit quand Chelsea m'a regardée.

— Même si c'était le cas, personne n'a eu un bébé éléphant, a dit Haley.

— Tu en fais vraiment des tonnes, a dit Chelsea en se moquant d'Haley.

Haley a renfrogné. — Attends un peu que Derek décide

qu'il veut d'autres enfants et que tu sois enceinte pour l'éternité.

Les yeux de Chelsea se sont écarquillés et elle a arrêté ce qu'elle faisait. — Nous n'avons pas parlé d'avoir d'autres enfants.

Haley, réalisant qu'elle avait touché un point sensible chez Chelsea, s'est approchée. Elle a pris les mains de Chelsea et a respiré avec elle. — Je plaisantais. Vous parlerez d'enfants ensemble. C'est à vous deux de décider si vous en voulez.

— Est-ce que Knox et toi, vous en avez parlé ? a demandé Daisy.

Haley a hoché la tête. — Oui. Nous n'avions pas prévu de tomber enceinte si vite, mais nous voulions tous les deux des enfants.

— J'ai toujours voulu des enfants, ai-je dit. — Depuis que je suis toute petite. Mes sœurs sont beaucoup plus âgées que moi, et je pensais que ce serait amusant d'avoir un frère ou une sœur avec qui jouer.

— Moi aussi, a dit Daisy. — J'ai des frères jumeaux, et j'ai passé toute mon enfance à les regarder jouer au hockey. Je n'ai fait aucune activité parce qu'ils prenaient tellement de temps. J'ai toujours souhaité avoir une sœur pour avoir quelqu'un avec qui jouer.

— C'est si triste, a dit Haley en s'essuyant les yeux. Je n'ai eu aucun frère ni sœur. Oh mon Dieu, il faut que je recommence. Je ne peux pas avoir un enfant unique. Ce n'est pas juste pour lui. Je me sentais si seule en grandissant, et…

— Respire, Haley, a dit Chelsea d'une voix forte. Ton enfant ira très bien. Tout le monde est différent. Haley et Chelsea viennent de dire qu'elles avaient des frères et sœurs et qu'elles se sentaient seules. Moi non, mais j'avais une cousine qui était comme ma sœur. Tu étais fille unique et tu étais indépendante à cause de tes parents. Toi et Knox, vous n'allez pas être comme tes parents. Et ton enfant grandira avec toute une ville de gens qui voudront le connaître.

Haley a hoché la tête en accord avec Chelsea.

Je leur ai souri dans le miroir, puis j'ai croisé le regard de Daisy. Elle m'a souri en retour. Nous parlions toujours d'avoir des enfants en même temps et de les élever comme des cousins.

— Tu as raison. Tu as raison, a dit Haley. Mon Dieu, ces hormones. Je déteste ça.

Haley est retournée derrière Daisy et a repris sa tâche.

Chelsea s'est attaquée à mes cheveux, les peignant et épinglant une large section pour pouvoir commencer.

— Tu ne sais pas encore si c'est un garçon ou une fille ? a demandé Daisy une fois le calme revenu.

Haley a secoué la tête, un sourire aux lèvres. — Knox voulait avoir la surprise. On en a beaucoup parlé, mais il a dit que ça lui était égal. Le plus important, c'est de savoir que notre bébé va bien, ou de savoir quoi faire s'il y a un problème. Pour l'instant, tout se passe vraiment bien.

— Je ne sais pas si j'en serais capable, ai-je admis. Je crois que je voudrais savoir.

— Omar et toi, vous parlez d'enfants ? a demandé Chelsea.

J'ai secoué la tête, évitant de justesse une catastrophe alors que Chelsea s'apprêtait à me couper les cheveux.

— Ne bouge pas, a dit Chelsea, les yeux écarquillés. D'accord, pas d'enfants pour l'instant. Mais tout se passe toujours bien entre vous ?

— Ouais, ai-je dit, en gardant la tête immobile. Il n'a rien à voir avec l'idée que je m'étais faite de lui au début.

Chelsea a ri. — Oh, je te comprends tellement. Je détestais Derek avant qu'on se rencontre. Je pensais que c'était un vrai con. Je suis contente de m'être trompée.

— On est toutes contentes que tu te sois trompée. Mais

c'était un peu un con avant que vous sortiez ensemble, a dit Haley. — Les mots qu'il laissait sur ta porte ?

Chelsea a ri. — Dès qu'il me tape sur les nerfs, je lui rappelle ça. Il arrête de se plaindre très vite. C'est quasiment des excuses à vie.

— Oh, t'es vache, a dit Haley.

Chelsea a secoué la tête. — Non. Il sait que je le taquine, c'est tout. Tout va bien entre nous.

— Vous avez déjà fixé une date ? lui ai-je demandé. Derek l'avait demandée en mariage peu de temps auparavant lors d'une fête dans le jardin de Chelsea'.

— On pense au début de l'été, a dit Chelsea.

— Ouah, c'est rapide, ai-je lâché.

Chelsea a ri. — Oui, c'est vrai. Mais c'est plus simple pour nous de faire quelque chose quand Jude n'est pas à l'école. Il sera à ton camp de vacances, mais on pense partir pour un long week-end pour une courte lune de miel, et puis on fera un voyage en famille plus tard. Mes parents veulent que Jude reste avec eux pendant notre absence, mais il faut que je trouve quelqu'un pour garder Dozer. C'est impossible que mes parents s'en sortent avec lui.

— Je veux bien le faire, a dit Daisy en faisant un signe de la main à Chelsea. — J'adore ce chien.

— Je ne pourrais pas te demander ça, a dit Chelsea.

— Oh, s'il te plaît ? J'adorerais vraiment. Il est tellement adorable, et j'adore les chiens. Encore une chose qu'on n'a jamais eue en grandissant. À cause des tournois de hockey, on était tout le temps sur les routes, et mes parents disaient qu'on ne pouvait pas avoir de chien, a expliqué Daisy.

— Tu as déjà eu un chien ? a demandé Chelsea, son visage trahissant son inquiétude.

— Non, mais je les adore. Je peux rester chez toi, si ça ne te dérange pas, pour qu'il soit à l'aise. Natalie m'aidera, pas vrai ? Daisy a croisé mon regard dans le miroir.

J'ai haussé les épaules. — Bien sûr. On avait un chien quand j'étais au lycée. J'aime bien les chiens.

— Il faut le promener souvent. Au moins deux fois par jour, a dit Chelsea.

— Chelsea, je te le promets, je ferai tout ce que tu me demanderas. Je prendrai vraiment bien soin de lui. Daisy a souri, la suppliant du regard.

Chelsea a soupiré et haussé les épaules. — D'accord. Merci. Mais si tu changes d'avis, dis-le-moi. Le Dr Harris propose un service de pension si on doit en arriver là.

— Non, je m'occuperai de Dozer. Je passerai avant pour qu'il s'habitue à moi. Daisy s'est de nouveau concentrée sur le miroir devant elle pour que Haley puisse finir sa coupe.

Chelsea a souri, mais le stress se lisait dans ses yeux. Elle s'est concentrée sur mes cheveux, restant silencieuse alors que le salon autour de nous restait animé.

Quand Haley a allumé le sèche-cheveux pour coiffer Daisy, j'ai fait un signe de tête pour attirer l'attention de Chelsea. — Elle sera formidable. Elle adore Dozer et prendra vraiment bien soin de lui.

Chelsea a hoché la tête. — Je sais. Ça m'angoisse de le laisser. J'essayais de convaincre Derek d'aller quelque part où nous pourrions tous aller pour ne pas avoir à laisser Dozer. Il a traversé beaucoup de choses, et ça ne fait même pas un an que je l'ai. Je ne veux pas qu'il pense que je l'ai abandonné.

— Il sera si heureux quand vous rentrerez. On pourra peut-être organiser quelque chose avec Jude et tes parents pour qu'ils se voient, ai-je suggéré.

Le regard de Chelsea s'est illuminé. — C'est une bonne idée. Je suis tellement ridicule de m'inquiéter pour mon chien.

— Mais non, pas du tout, l'ai-je rassurée. — Les chiens font partie de la famille. Tu l'aimes. Il n'y a rien de mal à ça.

En plus, tu sais que tes parents prendront parfaitement soin de Jude, donc c'est Dozer qui te préoccupe.

Chelsea a hoché la tête. — Ça ira, cependant. Merci.

Je souris, heureuse de pouvoir apaiser ses inquiétudes.

Chelsea attrapa son sèche-cheveux pour terminer ma coiffure quand je sentis mon téléphone vibrer dans ma poche. Je l'ai ignoré, la laissant commencer, mais il s'est remis à sonner aussitôt.

Je levai un doigt pour que Chelsea s'arrête et je sortis mon téléphone de ma poche.

Le sèche-cheveux s'est arrêté.

— C'est l'entreprise de pavage. Attends. Ils peignent les lignes au camp aujourd'hui. Ils veulent sûrement confirmer quelque chose.

Chelsea a hoché la tête et s'est écartée pour que je puisse répondre.

— Allô, Natalie à l'appareil.

— Bonjour, Natalie, ici Chuck de Total Paving. Euh, désolé de vous déranger, mais nous venons d'arriver sur place et il y a un problème.

— Que se passe-t-il, Chuck ? Je croyais que tout était en ordre pour que vous puissiez peindre aujourd'hui.

— C'est le cas, et nous pouvons le faire. Mais votre camping-car ?

— Oui ?

— Euh, un arbre est tombé dessus.

— Quoi ? ai-je hurlé.

Toutes les machines du salon se sont éteintes, les sèche-cheveux, les bacs à shampoing, tout. Le silence a résonné à mon oreille.

— Oui, je me doutais bien que vous ne le saviez pas encore.

— Euh, non, je ne savais pas qu'un arbre était tombé sur mon bureau. Bon sang.

Le hoquet de surprise collectif autour de moi m'a rappelé que je n'étais pas seule.

— Désolé, Natalie. Voulez-vous toujours que nous peignions les lignes ? Nous pouvons attendre si vous voulez venir voir avant que nous commencions.

— Ouais, ai-je dit en tirant sur la cape que Chelsea m'avait mise autour du cou. — J'arrive tout de suite.

Chelsea s'est avancée et a détaché la cape au moment où je raccrochais. — Tu vas bien ?

J'ai secoué la tête, un rire sans joie m'échappant. — Non. Je… Merde. Omar a dit que les arbres avaient l'air sur le point de tomber et il m'a dit de ne pas mettre le camping-car où je l'ai mis. Je pensais que ça irait.

— Tu ne pouvais pas savoir, a dit Haley.

— Lui, il le savait, ai-je craché.

— Qu'est-ce qu'on peut faire ? a demandé Chelsea.

— Rien. J'ai pris une grande inspiration et l'ai expirée lentement. — Il faut que j'aille voir ça pour savoir s'il est récupérable. Je suis désolée de partir si vite. Laissez-moi vous payer avant de partir.

— Ne t'en fais pas pour ça, a dit Chelsea.

— Je m'en occupe, a répondu Daisy. — Je te retrouve là-bas dans quelques minutes.

— Tu n'es pas obligée, lui ai-je dit, reconnaissante que mes cheveux soient finis, à part le séchage et le coiffage.

— Je te retrouve là-bas bientôt, a dit Daisy fermement. — Vas-y. Va voir à quoi ça ressemble.

J'ai hoché la tête et les ai remerciées, puis je suis partie.

Mon cœur s'est emballé pendant tout le trajet. Ça n'a duré que quelques minutes, mais j'ai imaginé le pire tout du long, en essayant de trouver un plan B.

Le plus simple serait d'installer une table dans le bâtiment pour que les parents puissent enregistrer les enfants à l'arrivée et au départ.

<u>Mais sans le camping-car, nous n'avions pas de toilettes.</u>
<u>Bordel.</u>

Je me suis engagée depuis la route dans l'allée fraîchement goudronnée et j'ai eu une soudaine envie de pleurer. Elle était magnifique, exactement ce que je voulais, mais c'est là que j'ai vu la caravane.

Et je me suis mise à pleurer.

Je me suis garée près des camions et j'ai fermé les yeux, en espérant que tout ça n'était qu'un rêve et qu'en les rouvrant, tout serait rentré dans l'ordre.

Peine perdue.

J'ai essuyé mes larmes et je suis sortie de mon véhicule utilitaire sport. J'entendais des voix tout autour de moi : c'était l'équipe de peintres qui se préparait à commencer sa journée. Chuck avait dit qu'ils n'en auraient que pour un jour, et j'étais certaine qu'ils avaient d'autres chantiers qui les attendaient et que je les retardais.

Chuck et deux autres hommes se tenaient près de la caravane. J'ai traversé la pelouse pour les rejoindre, la gorge se nouant à chaque pas, à mesure que je me rapprochais et que les dégâts devenaient plus visibles.

— Waouh, ai-je soufflé en arrivant à leur hauteur.

Chuck s'est retourné et a hoché la tête. — Je suis désolé, Natalie.

L'un des autres hommes a contourné la caravane et s'est avancé vers nous. — C'est le pire des scénarios, a-t-il dit en hochant la tête dans ma direction. Le châssis est cassé. Ça peut être réparé, mais ça vous coûtera moins cher d'en racheter une neuve que de faire réparer celle-ci.

— Merde, ai-je lâché dans un soupir.

— Johnny, je vous présente Natalie. C'est la propriétaire, a dit Chuck d'un ton sévère.

— Merde, désolé, a dit Johnny. — Je ne voulais pas…

— Ce n'est rien, lui ai-je dit. — Je l'aurais découvert tôt ou tard. Vous n'y pouvez rien.

— Ça craint, quand même. Patron, vous voulez qu'on aille chercher les tronçonneuses ? a demandé Johnny.

Chuck a hoché la tête. — Ouais.

Johnny et l'autre type sont retournés vers leurs camions et Chuck s'est tourné vers moi.

— On va couper l'arbre et le retirer du camping-car. Je sais que ça n'aide pas beaucoup, mais je me suis dit qu'on pouvait au moins vous aider avec ça. Gratuitement, bien sûr.

— Chuck.

Il a secoué la tête. — Mon petit-fils a eu une des places ici. Ma fille était si heureuse. Il n'a pas été pris l'année dernière, et ils ont dû descendre à A-Bay pour la colonie de vacances. L'avoir ici, c'est énorme pour elle et mon gendre. Si j'avais un camping-car à vous donner, je le ferais. Si j'avais quoi que ce soit que je pouvais vous donner, je le ferais. Enlever cet arbre, ce n'est pas grand-chose, mais c'est ce que je peux faire pour l'instant.

— Merci, Chuck, ai-je dit, les larmes me montant aux yeux et mes mots ne sortant qu'en un murmure.

Il a hoché la tête et m'a serré l'épaule en passant, me laissant quelques minutes seule près du camping-car.

Je l'ai fixé à travers mes larmes en me demandant ce que j'allais faire. Le seul argent qu'il me restait était pour la réparation de la piscine. Ce n'était pas assez pour acheter un nouveau camping-car, du moins pas à un prix décent. Tout ce que je pourrais acheter ressemblerait probablement à celui qui était écrasé devant moi.

Des voix se sont approchées, et j'ai su que je devais m'écarter pour que les hommes de Chuck puissent abattre l'arbre. Mon esprit s'emballait à chercher des solutions, mais je n'en trouvais aucune. Je ne pouvais pas gérer une colonie sans sanitaires. Sans le camping-car, je n'en avais pas.

— Natalie, a dit Omar juste derrière moi.

— Qu'est-ce que tu fais ici ?

— Daisy m'a appelé. Ça va ? Je suis vraiment désolé.

J'ai ricané. — Tu peux dire que tu me l'avais bien dit.

— Quoi ? Pourquoi je ferais ça ? a demandé Omar.

— Parce que tu m'as dit de ne pas mettre le camping-car ici. Tu avais raison. J'aurais dû t'écouter. Si je l'avais fait, je pourrais encore ouvrir la colonie cet été.

— Tu vas ouvrir la colonie. Pourquoi tu ne l'ouvrirais pas ?

— Ce sont mes seules et uniques toilettes, Omar, ai-je crié, en désignant le camping-car endommagé d'un geste large des bras. Je ne peux pas organiser une colonie de vacances sans offrir aux enfants et au personnel un endroit où aller aux toilettes.

Il a fermé les yeux et a poussé un soupir. — Je n'y avais pas pensé. Rien près de la piscine ?

— Non. La piscine a des vestiaires, mais pas de sanitaires.

— Merde, a-t-il soufflé.

— Exactement. Ce qui veut dire que c'est fini. Tout ce travail. Tous ces enfants. Tout ça pour rien.

— Natalie, a-t-il dit alors que je m'éloignais.

— Les hommes de Chuck vont découper l'arbre pour l'enlever. On doit leur laisser de la place. Et moi, il faut que je trouve comment je vais annoncer à toutes les familles qui comptaient envoyer leurs enfants ici que ça ne se fera pas et qu'elles doivent trouver une autre colonie de vacances. Deux mois après l'ouverture de toutes les inscriptions de la région. Merde !

— Natalie, a-t-il répété.

— Omar, je ne peux pas, là, maintenant. Il faut juste… il faut que je trouve une solution.

Il a cessé de me suivre.

Je me suis arrêtée pour dire à Chuck d'y aller, puis je me

suis dirigée vers mon véhicule utilitaire sport. Daisy est arrivée au moment où j'allais monter dedans et partir.

— C'est grave ? a demandé Daisy.

— Le pire scénario possible. La colonie est fichue. Avant même d'avoir commencé, c'est fichu. Il faut que je parte d'ici. Ils sont en train de tracer les lignes, alors tu dois partir aussi. Même si je ne vois pas à quoi vont servir ces foutues lignes s'il n'y a pas de colonie, mais peu importe. À plus tard.

Daisy a hoché la tête, sans me contredire tandis que je grimpais dans mon véhicule utilitaire sport, que je claquais la portière et que je démarrais en trombe.

Avec seulement mes larmes pour seule compagnie.

OMAR

Je ne pouvais que la regarder s'éloigner. J'ai tout laissé tomber pour aller la rejoindre, et elle ne voulait pas de moi. Elle m'en voulait pour quelque chose que je ne maîtrisais absolument pas.

— Elle est anéantie, a dit Daisy en s'approchant sans que je la remarque. Qu'est-ce qu'on va faire ?

— Elle ne veut pas de mon aide. Elle m'a reproché ce qui est arrivé. Elle a dit que je lui avais conseillé de ne pas installer le camping-car ici et elle est en colère contre moi parce qu'elle ne m'a pas écouté.

Daisy s'est postée devant moi, me barrant la vue du véhicule utilitaire sport de Natalie qui disparaissait sur la route. — Elle s'en remettra. Son monde vient d'être chamboulé, et pas de la façon dont tu l'as secouée ces derniers temps.

J'ai laissé échapper un rire bref qui a fait sourire Daisy.

— Tu vois ? Tout n'est pas si noir.

— Ça l'est, si elle ne peut pas ouvrir le camp.

— Elle ne peut pas ouvrir le camp ? a demandé l'homme qui semblait être le responsable. Pourquoi pas ? Qu'est-ce que les enfants vont faire ?

J'ai montré du doigt le camping-car démoli. — C'étaient les seules toilettes ici. Sans ça, elle ne peut pas ouvrir.

— Vous ne pouvez pas laisser faire ça. Vous êtes le maire, non ? a demandé l'homme.

J'ai inspiré brusquement. Il avait raison. Je n'étais pas inutile. Je n'étais pas impuissant. Je n'avais peut-être pas un camping-car sous la main, mais je pouvais me bouger et faire quelque chose. — Ne dites à personne que le camp n'ouvrira pas. Nous allons trouver une solution. — Ah oui ? a demandé Daisy.

Je me suis tourné vers elle. — Il le faut. On ne peut pas laisser une chose pareille l'arrêter. Arrêter tout ça. Elle a travaillé trop dur.

Daisy a affiché un large sourire. — Ça, c'est parler. Qu'est-ce que je peux faire ?

— Il faut qu'on trouve un nouveau camping-car.

— Sérieusement ? Où est-ce que tu crois qu'on va trouver un nouveau camping-car ? Pourquoi on n'achèterait pas un autre de ces bâtiments préfabriqués ? Ça coûtera moins cher, a dit Daisy.

— Elle veut une structure permanente, mais ça va demander beaucoup plus de travail. Il y a déjà une fosse septique de l'ancien terrain de camping, mais il faut la mettre aux normes avant de pouvoir installer un bâtiment permanent.

— C'est de mieux en mieux, a dit Daisy.

— On va trouver une solution. On est obligés. Il y a bien quelqu'un qui ne se sert plus d'un vieux camping-car.

— D'accord. D'accord, on peut le faire. Vieux comment ?

J'ai ricané en voyant l'air dégoûté sur son visage.

— Tu n'étais pas là avant qu'on nettoie celui-là. C'était une horreur.

— J'ai entendu. Et je me fiche de l'état du truc tant que les toilettes sont fonctionnelles. Ce serait mieux si on pouvait trouver quelque chose avec plus d'une salle de bains, mais on fera avec ce qu'on a. Au pire, on devra faire venir des toilettes portables.

Daisy a froncé le nez à cette idée. — C'est pire.

— Mais ça marche. On ne va pas laisser tomber ces familles, et on ne va pas laisser tomber Natalie. Tu es avec moi ?

— Pour Natalie ? Absolument.

— Merci de m'avoir appelé, aussi. Même si elle n'était pas contente de me voir, je suis content de l'avoir su.

— Je suis désolée qu'elle ait été si en colère. Laisse-lui quelques jours.

J'ai hoché la tête, détestant l'idée de devoir rester loin d'elle. Je voulais aller la voir et lui dire que tout irait bien, mais si elle ne voulait pas de moi dans les parages, je lui donnerais l'espace dont elle avait besoin.

De retour dans mon véhicule utilitaire sport, je savais que je devais retourner au travail, mais je devais d'abord faire un autre arrêt.

Le O'Kelley's était calme ce mardi midi, mais Hudson était là. Sa femme, Anna, était au bar, lui souriant tout en déjeunant. Hudson s'est redressé quand il m'a vu marcher d'un pas décidé vers eux.

— Monsieur le Maire. Omar. On ne vous voit pas souvent par ici pendant la journée.

— Désolé de vous déranger tous les deux. Bonjour, Anna.

— Bonjour, Omar. Qu'est-ce qui ne va pas ?

— Le camping-car que Natalie allait utiliser comme bureau et sanitaires pour la colonie de vacances est écrasé. Un arbre est tombé dessus. Elle a dit qu'il n'y avait aucune chance de le réparer. La situation est grave.

— Oh, merde, a soufflé Hudson. — Pas de sanitaires, pas de colonie.

J'ai hoché la tête. — Exactement. Je sais que beaucoup de

gens passent par ici tous les jours. Si vous entendez parler de quelqu'un qui mentionne un camping-car, une caravane ou quelque chose avec des sanitaires dont il cherche à se débarrasser, pourriez-vous me le faire savoir ? Nous avons le temps, mais nous devons trouver une solution. De préférence, pas des toilettes de chantier.

— C'est une option, a dit Hudson.

— Oui, mais j'espère que ce n'est pas la seule que nous ayons. Appelez-moi si vous entendez quoi que ce soit.

— On n'y manquera pas. Désolé, Omar. Je sais que Natalie doit être très contrariée.

J'ai hoché la tête et je n'en ai pas dit plus. Je ne pouvais pas me résoudre à admettre qu'elle ne m'adressait plus la parole.

Je suis retourné au bureau et j'ai appelé Amelia. — Avez-vous entendu pour le camping-car ? a-t-elle dit en décrochant.

— Oui. C'est pour ça que je vous appelle. Ne la laissez pas dire aux familles que la colonie n'aura pas lieu.

— Mais pourquoi ?

— Nous trouverons une solution.

— Pourquoi ne pouvez-vous pas le lui dire vous-même ?

— Elle m'en veut. Et je comprends. Je lui laisse de l'espace parce qu'elle me l'a demandé, mais je vais trouver une solution.

— Je l'espère, parce qu'elle est entrée ici, elle est allée directement dans son bureau, a pris quelques affaires et est repartie aussitôt. Je ne l'ai jamais vue aussi abattue.

— Je vais faire installer des toilettes de chantier là-bas aujourd'hui pour les gens qui travaillent sur le parking. Vous savez par hasard de qui il s'agit? Je n'y avais pas pensé, mais sans le camping-car, ils n'ont pas de sanitaires en ce moment.

— C'est probablement Total Paving. Chuck est le chef de chantier. Voulez-vous que je l'appelle?

— Oui, si vous pouviez le faire, j'apprécierais beaucoup,

Amelia. Je vais y faire livrer des toilettes dès que possible. Dites-lui de les faire installer où ils le souhaitent.

— D'accord. Merci, Omar. On va trouver une solution pour notre petite.

— Oui, on trouvera.

Je n'avais rien. Rien de rien. Une semaine entière à écumer les moindres recoins d'Internet et à contacter toutes mes connaissances dans la région, et je n'avais trouvé aucune option valable de camping-car pour Natalie.

Je commençais à m'inquiéter.

Ses piscinistes commençaient dans une semaine, et les toilettes de chantier que j'avais payées de ma poche étaient toujours là, mais c'était une horrible solution pour tout l'été.

Un été chaud et une bande de gamins. Ça sentait le désastre. Et le dégoûtant.

Le téléphone sur mon bureau a sonné. — Oui, Jane.

— Derek Bailey est là pour vous voir, Monsieur le Maire.

— Faites-le entrer. Merci, Jane. Je me suis levé, contournant mon bureau pour accueillir Derek. C'était un bon homme d'affaires et un ami encore meilleur, mais il n'était pas sur mon agenda.

Derek a frappé une fois, puis a ouvert la porte et est entré. Il s'est approché de moi, la main tendue pour une poignée de main. — Comment allez-vous, Omar?

— Bien. Merci. Que puis-je faire pour vous, Derek?

Derek a affiché un large sourire. —En fait, c'est plutôt ce que je peux faire pour toi.

— De quoi tu parles ?

— À quel point es-tu flexible pour cette caravane que tu cherchais ?

J'ai eu le souffle coupé. —Tu as trouvé quelque chose ? Vraiment ?

Derek a hoché la tête. —C'est la dernière semaine du mois, donc nous recevons beaucoup de véhicules pour le contrôle technique. Une famille avait une caravane qui a été recalée.

— Oui. Enfin, je suis désolée pour eux.

Derek a gloussé. —Je sais. Ils m'ont dit qu'ils ne s'en étaient pas servis depuis quatre ans, et qu'ils avaient continué de faire le contrôle technique, mais c'est à peu près tout ce qu'ils ont fait comme trajet avec. Elle est correcte, mais il y a du travail à faire pour qu'elle soit de nouveau apte à circuler.

— Mais si on ne compte pas la mettre sur la route…

— Il faudrait cependant lui apporter quelques modifications. Pour qu'elle ne puisse plus être mise sur la route. — Ce qui veut dire ?

— Retirer les roues.

— La mettre sur cales ?

Derek a eu un petit rire. —En gros, oui, mais il faudrait une sorte de fondation pour elle. Quelque chose qui montre que ce n'est plus un véhicule.

— On peut faire ça ?

Derek a hoché la tête. —On peut. Et encore mieux, la famille est prête à s'en séparer pour une bouchée de pain.

— C'est-à-dire, une bouchée de pain ? ai-je demandé.

Derek m'a annoncé un chiffre.

— Vendu.

Derek a souri. — Je me doutais que tu dirais ça. Le seul autre hic, c'est qu'on doit l'amener sur le terrain du camp avant la fin du mois, parce qu'à partir du premier mai, il sera illégal de circuler avec sur la route."

— Donc, notre date limite, c'est samedi."

— Ouais. Tu peux t'en occuper ?"

— Tu connais quelqu'un avec un camion ?"

Derek a hoché la tête. — Je crois bien que j'ai un ami."

J'ai eu un petit rire, sentant que tout ça allait marcher. Pourvu que Natalie prenne mon appel et me laisse l'aider.

DEREK A ACCEPTÉ de garder la caravane à son atelier jusqu'à ce que j'aie l'occasion d'en parler à Natalie. Quand il est rentré, il a pris un tas de photos et me les a envoyées.

Elle était en mauvais état. C'était une vieille caravane, mais elle avait une salle de bain de taille correcte et pouvait être fonctionnelle. Les deux côtés étaient extensibles, mais le mécanisme pour les faire coulisser ne fonctionnait pas, alors il fallait les pousser en force. Mais une fois sortis, ils étaient bien fixés.

Il fallait que ça marche.

J'ai envoyé un texto à Daisy, lui demandant si Natalie serait à la maison ce soir-là et si elle pensait que je pouvais passer. Daisy m'a répondu que Natalie travaillait jusqu'à dix-sept heures, mais qu'elle serait à la maison après.

Je lui ai dit que je serais là à dix-sept heures quinze.

J'ai changé de voiture après le travail, puis j'ai conduit la Bluebird jusqu'à chez Natalie. Avec un peu de chance, elle accepterait de faire un tour avec moi et je pourrais lui montrer la caravane.

Daisy m'a dit de me garer à l'autre bout de l'allée pour que Natalie ne voie pas ma voiture depuis la porte, ce que j'ai fait, avant de remonter leur allée. J'ai sonné et essuyé mes mains moites sur mon pantalon.

— J'arrive ! a-t-elle crié de l'autre côté de la porte. Puis elle est apparue. — Omar."

Je n'étais pas sûr si l'expression sur son visage était bon

signe ou non, mais je n'étais pas là pour moi. — Tu veux bien me laisser t'emmener quelque part ?"

Elle a secoué la tête. — Non."

Tout mon espoir s'est évanoui. J'ai reculé d'un pas.

— Pas avant de m'être excusée pour la façon dont je t'ai traité la semaine dernière. J'étais contrariée, et je m'en suis pris à toi, et je n'aurais jamais dû te dire ce que je t'ai dit. Je sais que tu n'étais pas venu pour remuer le couteau dans la plaie. J'ai été une crétine. Et j'espère que tu pourras me pardonner un jour.

Je me suis élancé vers elle, j'ai attrapé son visage entre mes deux mains en humant son parfum. Je me suis arrêté juste avant que mes lèvres ne touchent les siennes. — Il n'y a rien à pardonner. Tu avais toutes les raisons d'être contrariée. Mais je t'aime. Je suis là pour toi. Dans les bons comme dans les mauvais moments, Natalie.

Elle a hoché la tête, sa gorge se nouant alors qu'elle déglutissait difficilement. — Je... je t'aime aussi. Je n'ai pas l'habitude de ça. D'avoir quelqu'un qui veut que je réussisse autant que je veux que tu réussisses.

— Tu as Daisy. Et tes parents.

— Oui, mais c'est ma famille. Ils n'ont pas le choix.

— Je n'ai pas le choix non plus, Natalie. C'est ça, l'amour.

Elle a acquiescé, les yeux pleins de larmes. Elle a relevé le menton et a comblé la distance qui nous séparait. Ses lèvres étaient chaudes, douces et engageantes.

J'ai grogné, me sentant enfin à ma place pour la première fois depuis une semaine. Ses mains ont glissé autour de ma taille et m'ont attiré plus près. Je n'ai pas perdu de temps à faire de même, lui empoignant une fesse d'une main et passant l'autre dans ses cheveux.

— Je suppose que le camping-car lui plaît, hein ? a interrompu Daisy.

— Ce n'est pas drôle, Daisy. Tu sais bien que le camping-car est détruit, a dit Natalie en s'écartant de moi. — Mais ce n'était pas la faute d'Omar.

Daisy m'a regardé avec de grands yeux.

Natalie a surpris son regard. — Qu'est-ce qui se passe ?

— Allons faire un tour.

— De quoi est-ce qu'elle parle ?

— Et si on allait faire un tour ?

Natalie s'est tournée vers Daisy et s'est dégagée de mes bras. — De quoi tu parles ? Quel camping-car ?

Daisy m'a lancé un regard paniqué.

J'ai secoué la tête, mais elle a soupiré.

— Il t'a acheté un nouveau camping-car. Je pensais qu'il te montrait des photos. Je ne savais pas qu'il allait t'y emmener. Je suis tellement désolée, a lâché Daisy.

— Tu m'as acheté un camping-car ? a crié Natalie.

— Je... Oui. Si tu le veux. Techniquement, il n'est pas encore acheté, mais si tu penses qu'il fera l'affaire, alors je vais l'acheter.

— La ville n'a pas d'argent pour un nouveau camping-car, a-t-elle dit.

J'ai eu un petit rire. — Il n'est pas neuf.

Elle a eu un large sourire. — Il est en si mauvais état que ça ?

— Ouais, a dit Daisy, il est en si mauvais état que ça ?

— Tu veux venir le voir avec nous ? ai-je demandé à Daisy.

Daisy a secoué la tête. — Non. Je suis bien ici. Allez-y, vous deux. Vous m'enverrez un texto plus tard. À demain !

Daisy a attrapé le sac à main de Natalie et nous a poussés dehors. Elle a claqué la porte derrière nous, la verrouillant pour plus de sécurité.

— Tu sais que j'ai les clés, a crié Natalie à travers la porte.

— Tu sais très bien que tu préfères être dehors avec lui qu'ici avec moi. Allez, profitez. Vous avez une semaine à rattraper, et je ne veux pas être aux premières loges pour entendre ça, a dit Daisy.

Natalie a levé les yeux vers moi et a éclaté de rire. — Je suppose que tu devrais me montrer ce camping-car.

J'ai hoché la tête et me suis rapproché d'elle. Elle a souri juste avant que je l'embrasse, répondant à chaque caresse de ma langue par une des siennes.

Nous étions haletants lorsque nous nous sommes séparés pour nous diriger vers Bluebird.

— Comment diable as-tu trouvé un nouveau camping-car ? a-t-elle demandé.

Je lui ai parlé de l'arrivée de Derek et de la famille qui ne s'en servait plus. Je lui ai expliqué tout ce que Derek m'avait dit sur le chemin de Stone Auto Repair. Quand nous sommes arrivés sur le parking, je me suis glissé jusqu'à l'arrière, là où Derek avait dit qu'il se trouverait.

Natalie a eu le souffle coupé en le voyant.

Il était bien plus laid que ce que j'imaginais.

J'ai coupé le moteur de Bluebird et je suis sorti.

Natalie est sortie à son tour et est venue se placer à côté de moi. Elle a éclaté de rire. — Il est hideux. Mais je l'adore.

J'ai laissé échapper un souffle et j'ai eu un petit rire. — C'est vrai qu'il est assez moche. Mais l'intérieur est peut-être pire.

— Tu as les clés ?

Je lui ai tendu la clé que Derek m'avait donnée plus tôt. Il en avait gardé une au cas où ils en auraient besoin, mais il voulait que Natalie voie l'ensemble.

Natalie a déverrouillé la porte et l'a ouverte, retenant sa respiration pendant une minute. — Eh bien, ça sent meilleur que le précédent.

J'ai expiré. Pour l'instant, ça allait.

Natalie est entrée. Il n'y avait pas d'électricité, alors elle a sorti son téléphone et a allumé la lampe de poche. J'ai allumé la mienne pour que nous puissions jeter un œil à l'endroit.

Nous sommes entrés dans le séjour principal. Un canapé gris se trouvait sur la droite et avait manifestement connu des jours meilleurs. À notre gauche se trouvait la plus petite cuisine du monde, avec une banquette encore plus petite qui occupait la majeure partie du passage. Le vinyle des sièges de la banquette était déchiré. Les appareils électroménagers étaient jaunes. En passant par la cuisine, on accédait à une salle de bain étonnamment spacieuse pour une caravane.

— Et tu es sûr qu'ils n'en veulent pas ? a demandé Natalie.

J'ai hoché la tête. — C'est ce que Derek a dit.

Elle a hoché la tête, puis a enfoui son visage dans ses mains et a éclaté en sanglots.

Merde.

En deux pas, je l'ai rejointe et je l'ai prise dans mes bras. Elle a passé les siens autour de moi et a enfoui son visage dans mon torse. Son chagrin m'a brisé le cœur.

Moi qui espérais que ce serait ce dont elle avait besoin… Ça ne lui convenait pas.

— Je suis désolé que ça ne soit pas assez bien, Natalie. On trouvera autre chose.

Elle s'est reculée et a levé les yeux vers moi. Son visage était strié de larmes, mais elle souriait. — Pas assez bien ? C'est incroyable.

— Quoi… Alors pourquoi tu pleures ?

— Parce que tu as fait ça pour moi. J'ai été une vraie garce avec toi, et tu t'es démené pour me trouver un endroit comme celui-ci. Je ne te mérite pas.

J'ai ouvert la bouche pour la contredire, et elle a posé son doigt sur mes lèvres.

— Je ne vais pas te laisser tomber, mais je ne te mérite pas.

J'ai mordillé la pulpe de son doigt.

Elle a eu un hoquet de surprise.

— Je ne te mérite pas non plus, Natalie. Mais je suis tellement heureux de t'avoir. Maintenant, sortons d'ici pour que je puisse te montrer à quel point tu m'as manqué.

Elle a acquiescé, m'entraînant vers la porte aussi vite que nous le pouvions.

ÉPILOGUE

J'ai apporté les dernières touches à ma table d'exposition et j'ai regardé autour de moi dans le camp. Le Retraite avec vue sur la montagne était terminé et prêt pour la soirée d'inauguration. Et moi aussi.

— C'est magnifique, s'est enthousiasmée Natalie en s'arrêtant devant ma table. Une douzaine d'entre nous étions installés à l'intérieur du nouveau bâtiment, dont toutes les portes et fenêtres étaient grandes ouvertes pour encourager les gens à se promener et à découvrir tout ce qu'il y avait sur le site.

— Merci. C'était une super idée de faire venir des gens ici. Et de présenter le Retreat à tout le monde avant que le camp ne commence la semaine prochaine."

— Je n'étais pas sûre qu'on y arriverait un jour, alors je suis contente que cet endroit soit fonctionnel."

— C'est bien plus que fonctionnel, ai-je dit à ma meilleure amie. Natalie s'était démenée comme une folle pour créer l'endroit dont elle rêvait. Rien ne l'a arrêtée. Ni l'arbre sur le camping-car, ni le budget minuscule qu'elle avait, ni son anxiété, et certainement pas son petit ami, même quand il a été pénible au tout début de l'aventure.

Natalie a regardé autour d'elle, de la fierté dans le regard. "— Ça a vraiment pris forme, n'est-ce pas ?"

— Oui, c'est vrai. Et tu as eu Omar par-dessus le marché."

Natalie a gloussé. "— J'ai failli tout faire foirer."

J'ai secoué la tête. "— Non. Il a compris. Tu le sais bien. Et de toute façon, la caravane qu'il t'a offerte est mieux que celle qui a été écrasée."

— Oui, c'est vrai, a admis Natalie à contrecœur. "Tout ça est encore mieux que ce que j'avais imaginé."

— Aujourd'hui, c'est fait pour s'amuser. Les gens arrivent à quelle heure ?"

Natalie a regardé son téléphone. "— Bientôt. Ça commence officiellement dans vingt minutes, donc probablement d'un moment à l'autre. Tu as besoin de quelque chose ?"

— Non, tout va bien pour moi."

Natalie m'a prise dans ses bras. — Merci d'être là. Et ton stand est magnifique. Il me faut un de ces tatouages. Elle en a attrapé un sur le devant du stand.

— Sers-toi, lui ai-je dit. J'avais fait faire des tatouages temporaires avec le logo de ma boutique et de mignonnes images d'animaux. Les mêmes motifs avaient aussi été déclinés en autocollants. Et j'avais acheté des mini ballons de plage et des ballons de foot avec le nom de mon magasin dessus. L'idée, c'était que les enfants puissent prendre un article et que les parents se souviennent d'où il venait et, avec un peu de chance, qu'ils passent à la boutique la prochaine fois qu'ils achèteraient des jouets.

— Merci. Je repasse tout à l'heure. Natalie m'a fait un signe de la main et est passée au stand suivant.

J'ai continué à tout réarranger, me demandant si tout était parfait, jusqu'à ce que les premières voitures s'engagent dans l'allée et se garent. Des enfants tout excités en sont sortis, les yeux écarquillés et le sourire encore plus grand.

C'était ce que je préférais au monde. Voir des enfants heureux.

J'ai été occupée pendant les deux heures qui ont suivi, alors qu'un flot continu de familles défilait dans le camp. Les enfants jouaient au basket et au volley sur les terrains fraîchement rénovés. Les familles sautaient dans la piscine. Les rires suivaient tout le monde.

Et au milieu de tout ça, Natalie rayonnait de fierté et de joie. Omar n'était jamais loin d'elle, une main sur sa hanche quand elle flanchait et un murmure à son oreille quand personne ne leur parlait.

J'étais tellement heureuse pour eux. Je n'étais pas très sûre d'Omar au début, mais c'était un homme bien. Exactement celui dont Natalie avait besoin dans sa vie. Elle était plus heureuse que je ne l'avais jamais vue, et elle était plus elle-même que je n'aurais jamais cru qu'elle puisse l'être avec un homme. Elle était la personne que je connaissais, pas celle qu'elle montrait aux autres.

Je n'avais pas hâte que vienne le jour où elle déménagerait et où je ne la verrais plus quotidiennement, mais j'avais hâte de voir tous ses rêves se réaliser.

Les voitures ont peu à peu quitté le parking et les autres vendeurs ont remballé leurs affaires pour partir. Il ne me restait que quelques articles promotionnels, et j'ai décidé de les laisser à Natalie pour les familles qui n'avaient pas pu venir à l'inauguration.

Omar et Natalie étaient près du bungalow de bureau quand je suis sortie du bâtiment. Leurs têtes étaient penchées l'une vers l'autre, lisant quelque chose sur son téléphone. La bouche de Natalie s'est entrouverte.

Je me suis précipitée vers eux. — Qu'est-ce qui ne va pas ? Qu'est-ce qui s'est passé ? Tout va bien ?

Natalie a levé les yeux vers moi et a laissé échapper un rire. — Tu ne vas jamais croire qui était derrière les articles sur Omar.

— Je pensais qu'il n'y avait aucun moyen de savoir. Omar a cherché pendant des mois, interrogeant le journaliste et mettant la pression sur le rédacteur en chef du journal. Personne n'a voulu lui dire quoi que ce soit sur l'identité de leur informateur.

— Casey White, la femme qui a interviewé Omar ?

— Je me souviens. L'amie de Melody. C'est elle qui est derrière tout ça ?

— Non, non. Mais elle voulait savoir, elle aussi. Elle n'a pas arrêté de chercher, même si après son article, plus rien n'est sorti. Elle vient d'envoyer un texto à Omar. C'était le maire Levine.

— Quoi ? ai-je piaillé. Le maire Levine a démissionné il y a deux ans, et Omar a pris sa place comme maire par intérim. Je ne connaissais pas beaucoup de détails, mais le peu que je savais laissait penser que ce n'était pas le maire Levine qui avait choisi de partir.

Natalie a eu un petit rire. — C'est ce que Casey a dit. Le journaliste qui a écrit les articles sur Omar a obtenu la photo de nous par un ami de la famille de Levine, quelqu'un qui voulait le voir revenir à son poste. Une fois qu'il a eu la photo, il n'a plus eu qu'à inventer une histoire sur Omar et l'article était bouclé. Le journaliste a mordu à l'hameçon, même si la plupart des faits étaient faux.

— La plupart ?

— La photo était réelle, mais elle a été sortie de son contexte. Omar a bien renvoyé quelqu'un, mais pas la personne que le journaliste a interviewée. Tout ce qui se trouvait dans ces articles avait un fond de vérité, mais seulement si on ne connaissait pas la véritable histoire.

— Waouh. C'est horrible. Pourquoi Levine voudrait-il revenir ici ?

— C'est ce que je me demande, a dit Omar. — Quand il est parti, Patrick lui a bien fait comprendre que tout ce qu'il avait fait serait révélé s'il essayait quoi que ce soit. Je suppose qu'il a pensé que suffisamment de temps avait passé et que tout le monde l'aurait oublié. S'il me faisait passer pour quelqu'un de mauvais, alors il paraîtrait bon en comparaison.

— Même pas en rêve, ai-je dit. — Personne ne veut le revoir aux commandes.

— Eh bien, Casey va publier un article sur lui et sur tout ce qui s'est passé, donc il n'aura aucune chance. Ça va l'enterrer, a dit Omar.

— Est-ce vraiment nécessaire ? Pourquoi le détruire alors qu'il est parti ? ai-je demandé.

Natalie secoua la tête. — Il n'a pas disparu. Ce n'est pas parce qu'elle a découvert que c'était lui qui était derrière tout ça qu'il est hors-jeu. Elle a dit qu'on dirait qu'il prévoit d'annoncer sa campagne la semaine prochaine."

J'ai secoué la tête. Je n'aimais pas voir les gens ruinés, mais cet homme l'avait bien cherché. Je n'allais pas soutenir quelqu'un qui s'opposait à des personnes en position de pouvoir en se basant sur leur genre, ou sur toute autre caractéristique qui n'avait rien à voir avec leurs compétences, mais une partie de moi avait de la peine pour lui. Il aurait simplement dû se tenir à l'écart.

— Il peut se présenter, mais je ne vais pas cacher ce qu'il a fait à la ville s'il essaie de la diriger à nouveau. J'étais prêt à laisser tomber avant parce qu'il ne pouvait plus faire de dégâts, mais je ne laisserai pas les gens voter pour lui sans savoir qui il est vraiment, a dit Omar.

— C'est logique. Dommage qu'il ne soit pas passé à autre chose." J'ai secoué la tête, me demandant ce qui avait bien pu le pousser à prendre ce risque.

— Au moins, maintenant, je sais pourquoi on m'attaquait. Et je sais que Natalie est à l'abri de la même chose." Omar s'est tourné vers Natalie et l'a embrassée tendrement.

Mon cœur s'est tordu de jalousie. Je détestais cette émotion. Je n'étais pas jalouse d'Omar, ou de Natalie, mais plutôt du fait que je voulais la même chose qu'eux. Une personne qui ferait n'importe quoi pour moi. Quelqu'un qui me soutiendrait et serait là pour moi. Je n'avais jamais eu ça. Jamais.

— Nous, on va y aller, a dit Natalie. — Tu passes dîner plus tard ?"

J'ai secoué la tête, sachant qu'ils avaient besoin de temps seuls après leur découverte et cette journée. Natalie ne me dirait jamais qu'elle était épuisée et qu'elle voulait être seule, mais je le voyais dans ses yeux. — Je vais jeter un œil à la boutique et ensuite passer une soirée tranquille. On se voit demain au club de lecture."

— Tu es sûre ?" a demandé Natalie.

Je l'ai prise dans mes bras. — Sûre et certaine." J'ai pris Omar dans mes bras. — Passe une bonne soirée."

— Toi aussi, ont-ils répondu en chœur.

J'ai marché jusqu'à ma voiture et ai quitté le parking avant eux. Dans mon rétroviseur, je les ai regardés s'embrasser et discuter à côté de son véhicule utilitaire sport.

J'étais heureuse pour eux. Vraiment. Je voulais que Natalie ait tout ce dont elle avait toujours rêvé. Et c'était si bon de voir qu'elle était en train de l'obtenir.

La boutique était calme, alors je suis rentrée chez moi après avoir fait le point avec mon personnel. Ils pouvaient gérer l'affluence du week-end et on n'avait pas besoin de moi.

J'ai mis de la musique et j'ai enfilé un short et un débardeur. J'ai commencé à préparer le dîner, en dansant dans le salon. Ça avait été une bonne journée.

Mon téléphone a sonné dans la cuisine, me ramenant à mon plat. Il était presque prêt. J'ai attrapé mon téléphone et j'ai souri en voyant que j'vais un nouveau match sur À la Recherche du Héros Littéraire Parfait.

— Docteur Grincheux ? Qui pourrait bien s'appeler comme ça ? ai-je gloussé en consultant son profil. — Qu'est-ce que je risque, après tout ? me suis-je demandé, souriant en lui envoyant un message. Peut-être que ce serait celui que j'espérais.

MERCI D'AVOIR LU l'histoire de Natalie et Omar ! J'ai toujours voulu trouver quelqu'un pour Omar, et Natalie était tout simplement parfaite. Leur histoire a mis un peu de temps à se construire, mais j'espère que vous l'avez aimée autant que moi !

Le prochain livre de la série est l'histoire de Daisy et Kingsley. Lorsqu'ils ont un match sur À la Recherche du Héros Littéraire Parfait, Daisy est intriguée. Il est différent de tous ceux qu'elle a connus, mais elle se surprend à vouloir en savoir plus sur lui. Jusqu'à ce qu'ils se rencontrent en personne et qu'elle découvre qu'il n'est pas celui auquel elle s'attendait. Pas du tout. Lisez ***Son Lumineuse aux Courbes Généreuses*** maintenant !

VOUS VOULEZ PLUS d'Omar et Natalie ? L'élection est terminée, mais Omar a-t-il gagné ? L'épilogue bonus n'est disponible que pour les abonnés. Inscrivez-vous maintenant !

À PROPOS DE L'AUTEUR

Auteure à succès classée au *USA TODAY*, Mary E Thompson a passé la majeure partie de son enfance à souhaiter avoir quelques courbes en moins. Elle se cachait dans les pages des livres parce que ses personnages préférés ne se souciaient jamais de sa taille de vêtements. Aujourd'hui, Mary non plus, et elle écrit des histoires qui célèbrent les femmes comme elle. Des femmes réelles qui ont des courbes, poursuivent leurs rêves et trouvent l'amour, parce que nous devrions tous être heureux, quelle que soit notre taille.

Mary passe son temps hors écriture avec son mari et ses deux enfants, à regarder trop de télévision, à encourager l'équipe de football de sa ville natale (Allez les Bills !) et à cacher du chocolat à sa famille.

Inscrivez-vous maintenant à la newsletter de Mary. Les abonnés reçoivent des ebooks gratuits et d'autres choses amusantes, comme du contenu exclusif réservé aux membres et des concours, et sont les premiers à connaître les nouvelles parutions et les promotions !